l'essence féminine
→ l'âme et l'esprit élevés
communication des yeux
la jeunesse

Honoré de Balzac

Eugénie Grandet

*Édition présentée, établie et annotée
par Samuel S. de Sacy*

Gallimard

PRÉFACE

Cela va sans dire, oui ; peut-être cependant n'est-il pas superflu de le dire : le personnage principal du roman intitulé Eugénie Grandet, *c'est Eugénie Grandet. Elle-même, et non son père. Il faut avouer que nous nous y trompons volontiers. Nous voyons au père des traits, des couleurs, des reliefs si violents et il prête à des rapprochements si tentants ! Mais non. Quoi qu'insinue quelquefois une critique outrecuidante, Balzac savait très bien ce qu'il faisait.*

EUGÉNIE GRANDET, HÉRITIÈRE AMOUREUSE

... Ou comment l'esprit vient aux filles. Apparemment il y a de la romance là-dedans : « Mon cœur s'ouvre à ta voix comme s'ouvrent les fleurs. » Une fille encore tout engourdie d'enfance et de rites se trouve soudain éveillée par l'amour, et transfigurée. Elle découvre en soi l'audace de juger, la force de refuser, la vertu d'affirmer. Et malgré la contrainte, malgré les poisons insidieux de l'absence, malgré l'usure du temps, malgré enfin la démission, plus affreuse, de celui qu'elle aime, cette

*âme de bonne trempe choisit de rester fidèle impa-
videment à sa promesse d'abord et bientôt à sa
propre vérité. Elle n'était qu'une touchante petite
sotte blottie dans la quiétude de l'effacement ; d'un
seul coup elle atteint à l'absolu de l'amour. Pour
toute sa vie. Désespérée. Justifiée…*

Voilà un portrait-robot qui ne défigure pas tellement le visage original. À ceci près, qu'il n'y a pas
de procédé plus sournois ni plus sûr pour trahir un
roman que de le réduire à un schéma. Comme si
vous prétendiez connaître le Don Juan de Mozart
pour avoir lu les analyses des musicologues. Un
roman, même s'il s'agit du genre le plus éloigné
des genres classiques, c'est d'abord une matière
romanesque, comparable à la matière sonore, à la
pâte picturale, à la pierre ou au métal des sculpteurs d'espace. Elle en commande le déroulement,
elle en détermine le scénario ; et non l'inverse. L'in-
trigue chez Balzac émane spontanément d'un envi-
ronnement complexe, lequel engendre personnages
et aventures à la manière dont les terroirs de Bour-
gueil ou de Vouvray engendrent leurs crus inimi-
tables.

En janvier 1834, comme son livre vient de
paraître, ce qu'il trouve de plus fort pour le défendre
auprès d'une amie provinciale qui le goûte mal,
c'est de dire qu'il peint très bien la vie de province.
Plus tard il s'avisera de faire valoir la qualité de
l'héroïne, pour répondre aux imbéciles qui accu-
sent toute son œuvre d'immoralité. En attendant,
il s'en tient au thème que vient de développer avec
insistance sa préface de 1833 (supprimée par la
suite, mais reproduite en annexe à la fin du présent
volume) : il ne se flatte de rien d'autre que d'avoir
restitué dans sa réalité et dans sa vérité la vie de
province.

La tragédie spirituelle d'Eugénie dépend inextri-

*cablement de l'existence quotidienne, de la structure
économique, du peuplement, des hiérarchies, des
intérêts, de la gravitation sociale, de la météorologie
qui conditionnent la vie d'une petite ville du bord
de la Loire. Ce n'est même pas une personne : ce
n'est qu'une héritière — une héritière considérable.*

AUTORITÉ DU PÈRE

*Tout ce système de pressions s'exerce sur elle par
le moyen du père Grandet, qui lui-même le subit
en même temps qu'il le commande — à la fois effet
et moteur d'une profonde dynamique. Le père
Grandet... Non ; ne nous montrons pas si fami-
liers envers un aussi haut et puissant seigneur,
envers un prolétaire musclé dont l'énergie, la ruse,
le cynisme et, il faut le dire, le génie ont planté
l'étendard du triomphe sur les décombres fumants
de châteaux et de couvents. Un vrai mâle balza-
cien : un Dévorant.*

*On a coutume de l'assimiler à Harpagon, et de
faire de lui un second type de l'avare. Balzac lui-
même se gardait de démentir, ronronnant d'aise de
se voir ainsi comparé à Molière. N'allons pas si
vite. Qu'est-ce au juste qu'un avare ? Je ne le sais
guère. Je songe seulement au mot de La Bruyère :
«Il ne faut ni vigueur, ni jeunesse, ni santé, pour
être avare.» Alain disait aussi que l'avarice est
propre à des êtres usés par l'âge ou la maladie, et
qui ont peur, et peur d'avoir peur. Or, Grandet
n'est aucunement de ces gens-là.*

*Qu'il s'agisse de prêts usuraires et d'échéances,
de vendanges et de tonneaux, de peupliers et de prairies, de fermages et de redevances, nous ne pouvons voir en lui qu'un homme d'affaires et un
spéculateur — un Nucingen rural. Un simple et*

classique avare se fût-il jamais dessaisi de son bon
or sonnant et trébuchant pour aller nuitamment
de Saumur à Angers, où la demande dépasse l'offre,
l'arbitrer contre des papiers d'État dont le cours a
baissé? Au lieu d'accumuler des espèces palpables,
il joue sur des différences et sur des signes, comme
à la Bourse.

Et la manière dont il liquide la faillite du frère
parisien! Le déshonneur commercial ne le concerne
pas, il s'en moque. Il n'a rien à gagner dans l'aventure, que des complications. Et ce sont justement
les complications qui l'amusent, et le plaisir de se
montrer, aux yeux de ces farauds de Parisiens, vir-
tuose de la procédure. Le jeu pour le jeu; et l'exercice de ses puissances pour jouir de sa puissance.

Il règne et gouverne à la fois. En despote, tout
naturellement; mais non pas en tyran. Car tyrannie suppose et implique révolte; et un tyran fait
bien de rester attentif à réprimer préventivement le
rêve de l'opprimé. Tandis que le peuple de Grandet
ne songe pas un instant à mettre en discussion, à
mettre en cause, à mettre en doute ses décisions ni
ses ordres. Il n'impose pas sa domination: simplement il domine; par la seule force de ce que Corneille n'eût pas craint d'appeler sa vertu.

Jusqu'au jour où Eugénie, avertie par l'amour,
découvre que la vraie vie d'une femme maîtresse de
soi ne passe point par ces chemins-là. Et voilà ce
que signifie le titre du roman: c'est elle qui inflé-
chit le destin, lorsqu'elle s'avise de discerner dans
l'autorité ce qui relève de la tyrannie. Sa nature
revendique les droits d'une personne libre, elle
prend conscience de la condition d'esclave qui est
la sienne; contestation, rébellion. Et, en retour, le
père naturellement déporté vers les nécessités de la
répression.

Qui va craquer? Cette fois, ce sera le tyran. Car

*ce maître a un point faible : ce père aime sa fille.
(Il se cache honteusement, comme un voyeur, pour
contempler la tendre séquestrée se coiffant à sa
fenêtre.) Or, l'affection est un sentiment interdit
aux tyrans ; ou ils s'effondrent. Et Grandet s'ef-
fondre. Le choc, le bouleversement, le traumatisme
déterminent en lui (l'âge aidant) une révolution.
Alors, et alors seulement, il subit l'attaque de l'avarice, maladie sénile.*

LE MAL DE L'OR

*Au début du roman, Balzac oppose l'activité dis-
crète, avisée, méthodique et fructueuse du bonhomme à la manie stérile des trois thésauriseurs
dont sa femme hérite opportunément : «L'avarice
de ces trois vieillards était si passionnée que depuis
longtemps ils entassaient leur argent pour pouvoir
le contempler secrètement. Le vieux monsieur La
Bertellière appelait un placement une prodigalité,
trouvant de plus gros intérêts dans l'aspect de l'or
que dans les bénéfices de l'usure.» Prenez le contre-
pied exactement : vous aurez défini Grandet.*

*Cependant, il porte déjà en lui des germes du
mal — le mal de l'or. Ses yeux, comme ceux de
Gobseck, ont pris dans leurs reflets la couleur du
métal jaune. Mais ces germes vont sommeiller jusqu'au jour où il apprendra qu'Eugénie s'est des-
saisie de son trésor. Si encore il s'agissait de titres
de rente ! Mais non : des pièces de bel or, et de
belles pièces de collection. L'ambiguïté favorise la
crise ; la rareté de la façon sera bientôt oubliée,
pour ne plus songer qu'à la fascinante matière. Jusqu'aux délires monomaniaques de la fin : «Eugénie lui étendait des louis sur une table, et il
demeurait des heures entières les yeux attachés sur*

les louis (…). — Ça me réchauffe! disait-il quel-
quefois en laissant paraître sur sa figure une
expression de béatitude. »

L'or désormais n'est plus un moyen; n'est plus
un signe; n'est plus même un symbole. L'or n'est
plus preuve ni promesse de puissance. On songe à
un mot du subtil La Fontaine: ce n'est plus Grandet qui possède l'or, maintenant c'est l'or qui
le possède. Au point que l'on devine là-dessous,
dans les arrière-fonds, je ne sais quoi de magique;
et comme une confidence inavouée, et peut-être
inconsciente, de Balzac lui-même. Rappelez-vous
Gobseck, et Facino Cane, et Maître Cornélius.
Trois personnages, et Grandet aussi, en qui le
maniement, la vue, la présence de l'or répondent à
un de ces sentiments sacrés au niveau desquels se
forment les mythologies.

UNE SORTE DE DÉMONOLOGIE

Les êtres que le destin a secrètement marqués du
signe mystérieux de l'or ont quelque point commun avec les sorciers. Ce sont les initiés d'une religion sauvage; et, à leur manière, des mystiques.
Ils disposent de facultés occultes, non pas surna-
turelles sans doute (car Balzac dans ses songeries
cherche plutôt à reculer les frontières du naturel),
mais, du moins, « irréalistes ». Facino Cane éclaire
par récurrence Cornélius, Cornélius éclaire Gobseck, Gobseck éclaire Grandet, jalonnant et appro-
fondissant de proche en proche les étranges mesures
d'une démesure.

Ce n'est certes pas par hasard que l'activité nocturne de Grandet — car la vérité de son action ne se
déploie que dans la solitude de la nuit — appelle en
quelques lignes l'évocation des alchimistes, des fées

et des démons. Une sorte de démonologie, toujours sous-jacente dans La Comédie humaine, *trahit les obsessions ésotériques de Balzac. Dont le goût qu'il ne cesse d'afficher pour* Les Mille et une Nuits *est l'aspect le plus manifeste. Baudelaire, le divinateur, le savait bien, qui disait que chacun chez lui, même les portières, a du génie. Balzac respirait à son aise dans l'univers des contes : comme s'il y rencontrait le vrai climat de sa nature profonde.*

N'allez donc pas croire que l'aventure de Charles, le fiancé oublieux, relève de l'artifice. N'allez pas y voir un truquage du romancier pressé de se défaire du personnage qu'il veut ravaler, et en même temps soucieux de masquer le convenu de l'épisode sous un rehaut technique. Au contraire nous rencontrons ici un des thèmes dont Balzac a — répétons le mot — l'obsession ; un des mythes qui lui sont propres. Rappelez-vous, par exemple, la rude jeunesse de Gobseck dans les Grandes Indes : « ... *La vie maintes fois en danger, et sauvée peut-être par ces déterminations dont la rapide urgence excuse la cruauté.* » *Rappelez-vous l'honorable Charles Mignon, et avec quelle suave simplicité il choisit le trafic de l'opium pour rétablir sa fortune. Et tant d'autres.*

Ainsi Charles Grandet, devenu « dur, âpre à la curée », *vend* « des Chinois, des Nègres, des nids d'hirondelles, des enfants, des artistes ». *Et dans les pages qui relatent son aventure il me semble distinguer les premiers accords de ce qui pourrait être le lointain prélude d'*Une saison en enfer : « Je reviendrai, avec des membres de fer, la peau sombre, l'œil furieux... J'aurai de l'or : je serai oisif et brutal... » *Oui, la même navigation dans les mêmes parages de l'imaginaire.*

Samuel S. de Sacy.

Eugénie Grandet

Il se trouve[1] dans certaines villes de province des maisons dont la vue inspire une mélancolie égale à celle que provoquent les cloîtres les plus sombres, les landes les plus ternes ou les ruines les plus tristes. Peut-être y a-t-il à la fois dans ces maisons et le silence du cloître et l'aridité des landes et les ossements des ruines : la vie et le mouvement y sont si tranquilles qu'un étranger les croirait inhabitées, s'il ne rencontrait tout à coup le regard pâle et froid d'une personne immobile dont la figure à demi monastique dépasse l'appui de la croisée, au bruit d'un pas inconnu. Ces principes de mélancolie existent dans la physionomie d'un logis situé à Saumur, au bout de la rue montueuse qui mène au château, par le haut de la ville. Cette rue, maintenant peu fréquentée, chaude en été, froide en hiver, obscure en quelques endroits, est remarquable par la sonorité de son petit pavé caillouteux, toujours propre et sec, par l'étroitesse de sa voie tortueuse, par la paix de ses maisons qui appartiennent à la vieille

<hr>

1. Rappelons que, dans l'édition originale, le roman était divisé en six chapitres non numérotés, mais titrés. Titre du premier chapitre : « Physionomies bourgeoises ».

ville, et que dominent les remparts. Des habitations trois fois séculaires y sont encore solides, quoique construites en bois, et leurs divers aspects contribuent à l'originalité qui recommande cette partie de Saumur à l'attention des antiquaires[1] et des artistes. Il est difficile de passer devant ces maisons, sans admirer les énormes madriers dont les bouts sont taillés en figures bizarres et qui couronnent d'un bas-relief noir le rez-de-chaussée de la plupart d'entre elles. Ici, des pièces de bois transversales sont couvertes en ardoises et dessinent des lignes bleues sur les frêles murailles d'un logis terminé par un toit en colombage que les ans ont fait plier, dont les bardeaux pourris ont été tordus par l'action alternative de la pluie et du soleil. Là se présentent des appuis de fenêtre usés, noircis, dont les délicates sculptures se voient à peine, et qui semblent trop légers pour le pot d'argile brune d'où s'élancent les œillets ou les rosiers d'une pauvre ouvrière. Plus loin, c'est des portes garnies de clous énormes où le génie de nos ancêtres a tracé des hiéroglyphes domestiques dont le sens ne se retrouvera jamais. Tantôt un protestant y a signé sa foi, tantôt un ligueur y a maudit Henri IV. Quelque bourgeois y a gravé les insignes de sa *noblesse de cloches*[2], la gloire de son échevinage oublié. L'Histoire de France est là tout entière. À côté de la tremblante maison à pans hourdés[3] où l'artisan a déifié son rabot,

---

1. Archéologues; Balzac parle un peu plus bas des « amis du moyen âge ».
2. On appelait « gentilshommes de la cloche » les descendants des maires et échevins de certaines villes où leur charge conférait un degré de noblesse. Le sens de l'expression est mal éclairci; il semble avoir un rapport avec l'usage de la cloche de la commune.
3. Maçonnés grossièrement entre les poteaux formant la véritable armature du bâtiment.

s'élève l'hôtel d'un gentilhomme où sur le plein
cintre de la porte en pierre se voient encore
quelques vestiges de ses armes, brisées par les
diverses révolutions qui depuis 1789 ont agité le
pays. Dans cette rue, les rez-de-chaussée commerçants ne sont ni des boutiques ni des maga-
sins, les amis du moyen âge y retrouveraient
l'ouvrouère[1] de nos pères en toute sa naïve simplicité. Ces salles basses, qui n'ont ni devanture,
ni montre, ni vitrages, sont profondes, obscures
et sans ornements extérieurs ou intérieurs. Leur
porte est ouverte en deux parties pleines, grossièrement ferrées, dont la supérieure se replie intérieurement, et dont l'inférieure, armée d'une
sonnette à ressort, va et vient constamment. L'air
et le jour arrivent à cette espèce d'antre humide,
ou par le haut de la porte, ou par l'espace qui se
trouve entre la voûte, le plancher et le petit mur
à hauteur d'appui dans lequel s'encastrent de
solides volets, ôtés le matin, remis et maintenus
le soir avec des bandes de fer boulonnées. Ce mur
sert à étaler les marchandises du négociant. Là,
nul charlatanisme. Suivant la nature du commerce, les échantillons consistent en deux ou
trois baquets pleins de sel et de morue, en
quelques paquets de toile à voile, des cordages,
du laiton pendu aux solives du plancher, des
cercles le long des murs, ou quelques pièces de
drap sur des rayons. Entrez? Une fille propre,
pimpante de jeunesse, au blanc fichu, aux bras
rouges, quitte son tricot, appelle son père ou sa
mère qui vient et vous vend à vos souhaits, fleg-
matiquement, complaisamment, arrogamment,
selon son caractère, soit pour deux sous, soit

---

1. Atelier. On ne sait trop pourquoi Balzac adopte cette
orthographe; sans doute veut-il « archaïser » la notion.

pour vingt mille francs de marchandise. Vous
verrez un marchand de merrain[1] assis à sa porte
et qui tourne ses pouces en causant avec un voisin, il ne possède en apparence que de mauvaises
planches à bouteilles et deux ou trois paquets de
lattes ; mais sur le port son chantier plein fournit
tous les tonneliers de l'Anjou ; il sait, à une
planche près, combien il *peut* de tonneaux si la
récolte est bonne ; un coup de soleil l'enrichit, un
temps de pluie le ruine : en une seule matinée, les
poinçons[2] valent onze francs ou tombent à six
livres. Dans ce pays, comme en Touraine, les vicis-
situdes de l'atmosphère dominent la vie commerciale. Vignerons, propriétaires, marchands de
bois, tonneliers, aubergistes, mariniers, sont tous
à l'affût d'un rayon de soleil ; ils tremblent en se
couchant le soir d'apprendre le lendemain matin
qu'il a gelé pendant la nuit ; ils redoutent la pluie,
le vent, la sécheresse, et veulent de l'eau, du
chaud, des nuages, à leur fantaisie. Il y a un duel
constant entre le ciel et les intérêts terrestres. Le
baromètre attriste, déride, égaie tour à tour les
physionomies. D'un bout à l'autre de cette rue,
l'ancienne Grand-Rue de Saumur, ces mots :
« Voilà un temps d'or ! » se chiffrent de porte en
porte. Aussi chacun répond-il au voisin : « Il pleut
des louis », en sachant ce qu'un rayon de soleil,
ce qu'une pluie opportune lui en apporte. Le
samedi, vers midi, dans la belle saison, vous
n'obtiendriez pas pour un sou de marchandise
chez ces braves industriels. Chacun a sa vigne, sa
closerie, et va passer deux jours à la campagne.

---

1. Planchettes de chêne destinées à la fabrication des tonneaux.
2. Tonneaux. Selon P.-G. Castex, la contenance du poinçon,
à l'époque, dans la région, était de 185 litres environ.

Là, tout étant prévu, l'achat, la vente, le profit,
les commerçants se trouvent avoir dix heures sur
douze à employer en joyeuses parties, en observations, commentaires, espionnages continuels.
Une ménagère n'achète pas une perdrix sans que
les voisins demandent au mari si elle était cuite
à point. Une jeune fille ne met pas la tête à sa
fenêtre sans y être vue par tous les groupes inoc-
cupés. Là donc les consciences sont à jour, de
même que ces maisons impénétrables, noires et
silencieuses n'ont point de mystères. La vie est
presque toujours en plein air : chaque ménage
s'assied à sa porte, y déjeune, y dîne, s'y dispute.
Il ne passe personne dans la rue qui ne soit étudié. Aussi, jadis, quand un étranger arrivait dans
une ville de province, était-il gaussé[1] de porte en
porte. De là les bons contes, de là le surnom de
copieux[2] donné aux habitants d'Angers qui excel-
laient à ces railleries urbaines. Les anciens hôtels
de la vieille ville sont situés en haut de cette rue
jadis habitée par les gentilshommes du pays. La
maison pleine de mélancolie où se sont accomplis les événements de cette histoire était précisément un de ces logis, restes vénérables d'un siècle
où les choses et les hommes avaient ce caractère
de simplicité que les mœurs françaises perdent
de jour en jour. Après avoir suivi les détours de
ce chemin pittoresque dont les moindres acci-
dents réveillent des souvenirs et dont l'effet général tend à plonger dans une sorte de rêverie
machinale, vous apercevez un renfoncement
assez sombre, au centre duquel est cachée la

---

1. Ce mot archaïque, et que l'auteur des *Contes drolatiques*
prenait plaisir à ressusciter, s'employait rarement au passif.
2. « Copieux » : copieurs ; la raillerie consistait souvent à paro-
dier les manières des étrangers de passage.

porte de la maison à monsieur Grandet. Il est impossible de comprendre la valeur de cette expression provinciale sans donner la biographie de monsieur Grandet.

Monsieur Grandet jouissait à Saumur d'une réputation dont les causes et les effets ne seront pas entièrement compris par les personnes qui n'ont point, peu ou prou, vécu en province. Monsieur Grandet, encore nommé par certaines gens le père Grandet, mais le nombre de ces vieillards diminuait sensiblement, était en 1789 un maître-tonnelier fort à son aise, sachant lire, écrire et compter. Dès que la République française mit en vente, dans l'arrondissement de Saumur, les biens du clergé, le tonnelier, alors âgé de quarante ans, venait d'épouser la fille d'un riche marchand de planches. Grandet alla, muni de sa fortune liquide et de la dot, muni de deux mille louis d'or, au district[1], où, moyennant deux cents doubles louis offerts par son beau-père au farouche républicain qui surveillait la vente des domaines nationaux, il eut pour un morceau de pain, légalement, sinon légitimement, les plus beaux vignobles de l'arrondissement, une vieille abbaye et quelques métairies. Les habitants de Saumur étant peu révolutionnaires, le père Grandet passa pour un homme hardi, un républicain, un patriote, pour un esprit qui donnait dans les nouvelles idées, tandis que le tonnelier donnait tout bonnement dans les vignes. Il fut nommé membre de l'administration du district de Saumur, et son influence pacifique s'y fit sentir politiquement et commercialement. Politiquement, il protégea les ci-devant et empêcha de tout son

1. Subdivision du département, établie à la fin de 1789, et moins étendue que l'arrondissement moderne.

pouvoir la vente des biens des émigrés; commercialement, il fournit aux armées républicaines un
ou deux milliers de pièces de vin blanc, et se fit
payer en superbes prairies dépendant d'une com-
munauté de femmes que l'on avait réservée pour
un dernier lot. Sous le Consulat, le bonhomme
Grandet devint maire, administra sagement,
vendangea mieux encore; sous l'Empire, il fut
monsieur Grandet. Napoléon n'aimait pas les
républicains : il remplaça monsieur Grandet, qui
passait pour avoir porté le bonnet rouge, par
un grand propriétaire, un homme à particule, un
futur baron de l'Empire. Monsieur Grandet quitta
les honneurs municipaux sans aucun regret. Il
avait fait faire dans l'intérêt de la ville d'excel-
lents chemins qui menaient à ses propriétés. Sa
maison et ses biens, très avantageusement cadas-
trés, payaient des impôts modérés. Depuis le classement de ses différents clos, ses vignes, grâce à
des soins constants, étaient devenues la tête du
pays, mot technique en usage pour indiquer les
vignobles qui produisent la première qualité de
vin. Il aurait pu demander la croix de la Légion
d'honneur. Cet événement eut lieu en 1806[1].
Monsieur Grandet avait alors cinquante-sept ans,
et sa femme environ trente-six. Une fille unique,
fruit de leurs légitimes amours, était âgée de dix
ans. Monsieur Grandet, que la Providence voulut
sans doute consoler de sa disgrâce administrative, hérita successivement pendant cette année

1. Une analyse de Jean-A. Ducourneau, dans le commentaire
de sa précieuse réédition fac-similé du «Furne corrigé»,
montre comment cette phrase s'applique non pas à la précédente, mais à ce qui précède celle-ci, c'est-à-dire à la disgrâce
administrative de Grandet. En effet, la phrase faisant mention
de la Légion d'honneur ne figure pas sur le manuscrit; elle a
été ajoutée *in extremis* sur épreuves, sans que Balzac ait eu le
souci d'adapter le contexte à cette addition.

de madame de La Gaudinière, née de La Bertellière, mère de madame Grandet ; puis du vieux
monsieur La Bertellière, père de la défunte ; et
encore de madame Gentillet, grand-mère du côté
maternel : trois successions dont l'importance ne
fut connue de personne. L'avarice de ces trois
vieillards était si passionnée que depuis longtemps ils entassaient leur argent pour pouvoir le
contempler secrètement. Le vieux monsieur La
Bertellière appelait un placement une prodigalité, trouvant de plus gros intérêts dans l'aspect
de l'or que dans les bénéfices de l'usure. La ville
de Saumur présuma donc la valeur des économies
d'après les revenus des biens au soleil. Monsieur
Grandet obtint alors le nouveau titre de noblesse
que notre manie d'égalité n'effacera jamais, il
devint *le plus imposé* de l'arrondissement[1]. Il
exploitait cent arpents[2] de vignes, qui, dans les
années plantureuses, lui donnaient sept à huit
cents poinçons de vin. Il possédait treize métairies, une vieille abbaye, où, par économie[3], il
avait muré les croisées, les ogives, les vitraux, ce
qui les conserva ; et cent vingt-sept arpents de
prairies où croissaient et grossissaient trois mille
peupliers plantés en 1793. Enfin la maison dans

1. P.-G. Castex confirme, documents à l'appui, que l'administration publiait à l'époque les listes des contribuables, clas-
sés hiérarchiquement selon l'ordre décroissant du montant de
leurs impositions, et que l'on tenait à honneur de figurer en
tête de liste — honneur fondé apparemment sur d'autres consi-
dérations que la vertu civique ; l'impôt frappait essentiellement
les biens fonciers.
2. Mesure de surface variable selon les régions, l'arpent
représenterait ici environ deux tiers d'hectare.
3. Allusion à l'impôt des portes et fenêtres. Celui-ci, créé par
la Révolution pour frapper les signes extérieurs de richesse,
avait les incidences les plus fâcheuses notamment sur la salu-
brité du logement ; il fut supprimé en 1917, et acheva de dispa-
raître effectivement en 1926.

laquelle il demeurait était la sienne. Ainsi établissait-on sa fortune visible. Quant à ses capitaux, deux seules personnes pouvaient vaguement en présumer l'importance : l'une était monsieur Cruchot, notaire chargé des placements usuraires de monsieur Grandet ; l'autre, monsieur des Grassins, le plus riche banquier de Saumur, aux bénéfices duquel le vigneron participait à sa convenance et secrètement. Quoique le vieux Cruchot et monsieur des Grassins possédassent cette profonde discrétion qui engendre en province la confiance et la fortune, ils témoignaient publiquement à monsieur Grandet un si grand respect que les observateurs pouvaient mesurer l'étendue des capitaux de l'ancien maire d'après la portée de l'obséquieuse considération dont il était l'objet. Il n'y avait dans Saumur personne qui ne fût persuadé que monsieur Grandet n'eût un trésor particulier, une cachette pleine de louis, et ne se donnât nuitamment les ineffables jouissances que procure la vue d'une grande masse d'or. Les avaricieux en avaient une sorte de certitude en voyant les yeux du bonhomme, auxquels le métal jaune semblait avoir communiqué ses teintes. Le regard d'un homme accoutumé à tirer de ses capitaux un intérêt énorme contracte nécessairement, comme celui du voluptueux, du joueur ou du courtisan, certaines habitudes indéfinissables, des mouvements furtifs, avides, mystérieux, qui n'échappent point à ses coreligionnaires. Ce langage secret forme en quelque sorte la franc-maçonnerie des passions. Monsieur Grandet inspirait donc l'estime respectueuse à laquelle avait droit un homme qui ne devait jamais rien à personne, qui, vieux tonnelier, vieux vigneron, devinait avec la précision d'un astronome quand il fallait fabriquer pour sa récolte mille poinçons

ou seulement cinq cents; qui ne manquait pas
une seule spéculation, avait toujours des tonneaux à vendre alors que le tonneau valait plus
cher que la denrée à recueillir, pouvait mettre sa
vendange dans ses celliers et attendre le moment
de livrer son poinçon à deux cents francs quand
les petits propriétaires donnaient le leur à cinq
louis. Sa fameuse récolte de 1811, sagement serrée, lentement vendue, lui avait rapporté plus de
deux cent quarante mille livres. Financièrement
parlant, monsieur Grandet tenait du tigre et du
boa : il savait se coucher, se blottir, envisager
longtemps sa proie, sauter dessus, puis il ouvrait
la gueule de sa bourse, y engloutissait une charge
d'écus, et se couchait tranquillement, comme le
serpent qui digère, impassible, froid, méthodique.
Personne ne le voyait passer sans éprouver un
sentiment d'admiration mélangé de respect et
de terreur. Chacun dans Saumur n'avait-il pas
senti le déchirement poli de ses griffes d'acier ?
À celui-ci maître Cruchot avait procuré l'argent
nécessaire à l'achat d'un domaine, mais à onze
pour cent; à celui-là monsieur des Grassins avait
escompté des traites, mais avec un effroyable
prélèvement d'intérêts. Il s'écoulait peu de jours
sans que le nom de monsieur Grandet fût prononcé soit au marché, soit pendant les soirées
dans les conversations de la ville. Pour quelques
personnes, la fortune du vieux vigneron était
l'objet d'un orgueil patriotique. Aussi plus d'un
négociant, plus d'un aubergiste disait-il aux étrangers avec un certain contentement : « Monsieur,
nous avons ici deux ou trois maisons million-
naires; mais, quant à monsieur Grandet, il ne
connaît pas lui-même sa fortune ! » En 1816 les
plus habiles calculateurs de Saumur estimaient
les biens territoriaux du bonhomme à près de

quatre millions; mais, comme terme moyen, il avait dû tirer par an, depuis 1793 jusqu'en 1817, cent mille francs de ses propriétés, il était présumable qu'il possédait en argent une somme presque égale à celle de ses biens-fonds. Aussi, lorsque après une partie de boston, ou quelque entretien sur les vignes, on venait à parler de monsieur Grandet, les gens capables disaient-ils : «Le père Grandet?... le père Grandet doit avoir cinq à six millions. — Vous êtes plus habile que je ne le suis, je n'ai jamais pu savoir le total», répondaient monsieur Cruchot ou monsieur des Grassins s'ils entendaient le propos. Quelque Parisien parlait-il des Rothschild ou de monsieur Laffitte, les gens de Saumur demandaient s'ils étaient aussi riches que monsieur Grandet. Si le Parisien leur jetait en souriant une dédaigneuse affirmation, ils se regardaient en hochant la tête d'un air d'incrédulité. Une si grande fortune couvrait d'un manteau d'or toutes les actions de cet homme. Si d'abord quelques particularités de sa vie donnèrent prise au ridicule et à la moquerie, la moquerie et le ridicule s'étaient usés. En ses moindres actes, monsieur Grandet avait pour lui l'autorité de la chose jugée. Sa parole, son vêtement, ses gestes, le clignement de ses yeux faisaient loi dans le pays, où chacun, après l'avoir étudié comme un naturaliste étudie les effets de l'instinct chez les animaux, avait pu reconnaître la profonde et muette sagesse de ses plus légers mouvements. «L'hiver sera rude, disait-on, le père Grandet a mis ses gants fourrés : il faut vendanger. — Le père Grandet prend beaucoup de merrain, il y aura du vin cette année.» Monsieur Grandet n'achetait jamais ni viande ni pain. Ses fermiers lui apportaient par semaine une provision suffisante de chapons, de poulets, d'œufs, de

beurre et de blé de rente. Il possédait un moulin
dont le locataire devait, en sus du bail, venir
chercher une certaine quantité de grains et lui en
rapporter le son et la farine. La Grande Nanon,
son unique servante, quoiqu'elle ne fût plus jeune,
boulangeait elle-même tous les samedis le pain
de la maison. Monsieur Grandet s'était arrangé
avec les maraîchers, ses locataires, pour qu'ils le
fournissent de légumes. Quant aux fruits, il en
récoltait une telle quantité qu'il en faisait vendre
une grande partie au marché. Son bois de chauf-
fage était coupé dans ses haies ou pris dans les
vieilles truisses[1] à moitié pourries, qu'il enlevait
au bord de ses champs, et ses fermiers le lui
charroyaient en ville tout débité, le rangeaient
par complaisance dans son bûcher et recevaient
ses remerciements. Ses seules dépenses connues
étaient le pain bénit, la toilette de sa femme,
celle de sa fille, et le paiement de leurs chaises à
l'église ; la lumière, les gages de la Grande Nanon,
l'étamage de ses casseroles ; l'acquittement des
impositions, les réparations de ses bâtiments et
les frais de ses exploitations. Il avait six cents
arpents de bois récemment achetés qu'il faisait
surveiller par le garde d'un voisin, auquel il pro-
mettait une indemnité. Depuis cette acquisition
seulement, il mangeait du gibier. Les manières
de cet homme étaient fort simples. Il parlait peu.
Généralement il exprimait ses idées par de petites
phrases sentencieuses et dites d'une voix douce.
Depuis la Révolution, époque à laquelle il attira
les regards, le bonhomme bégayait d'une manière
fatigante aussitôt qu'il avait à discourir longuement ou à soutenir une discussion. Ce bredouillement, l'incohérence de ses paroles, le flux de

---

1. Vieux troncs d'arbres abattus.

mots où il noyait sa pensée, son manque apparent de logique attribués à un défaut d'éducation étaient affectés et seront suffisamment expliqués par quelques événements de cette histoire. D'ailleurs, quatre phrases exactes autant que des formules algébriques lui servaient habituellement à embrasser, à résoudre toutes les difficultés de la vie et du commerce: «Je ne sais pas, je ne puis pas, je ne veux pas, nous verrons cela.» Il ne disait jamais ni *oui* ni *non*, et n'écrivait point. Lui parlait-on? il écoutait froidement, se tenait le menton dans la main droite en appuyant son coude droit sur le revers de la main gauche, et se formait en toute affaire des opinions desquelles il ne revenait point. Il méditait longuement les moindres marchés. Quand, après une savante conversation, son adversaire lui avait livré le secret de ses prétentions en croyant le tenir, il lui répondait: «Je ne puis rien conclure sans avoir consulté ma femme.» Sa femme, qu'il avait réduite à un ilotisme complet, était en affaires son paravent le plus commode. Il n'allait jamais chez personne, ne voulait ni recevoir ni donner à dîner; il ne faisait jamais de bruit, et semblait économiser tout, même le mouvement. Il ne dérangeait rien chez les autres par un respect constant de la propriété. Néanmoins, malgré la douceur de sa voix, malgré sa tenue circonspecte, le langage et les habitudes du tonnelier perçaient, surtout quand il était au logis, où il se contraignait moins que partout ailleurs. Au physique, Grandet était un homme de cinq pieds, trapu, carré, ayant des mollets de douze pouces de circonférence, des rotules noueuses et de larges épaules, son visage était rond, tanné, marqué de petite vérole; son menton était droit, ses lèvres n'offraient aucune sinuosité, et ses dents

étaient blanches; ses yeux avaient l'expression
calme et dévoratrice que le peuple accorde au
basilic; son front, plein de rides transversales, ne
manquait pas de protubérances significatives; ses
cheveux jaunâtres et grisonnants étaient blanc et
or, disaient quelques jeunes gens qui ne connais-
saient pas la gravité d'une plaisanterie faite sur
monsieur Grandet. Son nez, gros par le bout,
supportait une loupe veinée que le vulgaire disait,
non sans raison, pleine de malice. Cette figure
annonçait une finesse dangereuse, une probité
sans chaleur, l'égoïsme d'un homme habitué à
concentrer ses sentiments dans la jouissance de
l'avarice et sur le seul être qui lui fût réellement
de quelque chose, sa fille Eugénie, sa seule héritière. Attitude, manières, démarche, tout en lui,
d'ailleurs, attestait cette croyance en soi que
donne l'habitude d'avoir toujours réussi dans ses
entreprises. Aussi, quoique de mœurs faciles et
molles en apparence, monsieur Grandet avait-il
un caractère de bronze. Toujours vêtu de la même
manière, qui le voyait aujourd'hui le voyait tel
qu'il était depuis 1791. Ses forts souliers se
nouaient avec des cordons de cuir; il portait en
tout temps des bas de laine drapés, une culotte
courte de gros drap marron à boucles d'argent,
un gilet de velours à raies alternativement jaunes
et puce, boutonné carrément, un large habit marron, à grands pans, une cravate noire et un chapeau de quaker. Ses gants, aussi solides que ceux
des gendarmes, lui duraient vingt mois et, pour
les conserver propres, il les posait sur le bord
de son chapeau à la même place, par un geste
méthodique. Saumur ne savait rien de plus sur
ce personnage.

Six habitants seulement avaient le droit de
venir dans cette maison. Le plus considérable

des trois premiers était le neveu de monsieur
Cruchot. Depuis sa nomination de président au
tribunal de Première Instance de Saumur, ce
jeune homme avait joint au nom de Cruchot celui
de Bonfons, et travaillait à faire prévaloir Bonfons sur Cruchot. Il signait déjà C. de Bonfons.
Le plaideur assez mal avisé pour l'appeler monsieur Cruchot s'apercevait bientôt à l'audience
de sa sottise. Le magistrat protégeait ceux qui le
nommaient monsieur le président, mais il favorisait de ses plus gracieux sourires les flatteurs qui
lui disaient monsieur de Bonfons. Monsieur le
président était âgé de trente-trois ans, possédait
le domaine de Bonfons (*Boni Fontis*), valant sept
mille livres de rente ; il attendait la succession de
son oncle le notaire et celle de son oncle l'abbé
Cruchot, dignitaire du chapitre de Saint-Martin-
de-Tours, qui tous deux passaient pour être assez
riches. Ces trois Cruchot, soutenus par bon
nombre de cousins, alliés à vingt maisons de la
ville, formaient un parti, comme jadis à Florence
les Médicis ; et, comme les Médicis, les Cruchot
avaient leurs Pazzi. Madame des Grassins, mère
d'un fils de vingt-trois ans, venait très assidû-
ment faire la partie de madame Grandet, espérant marier son cher Adolphe avec mademoiselle
Eugénie. Monsieur des Grassins le banquier favorisait rigoureusement les manœuvres de sa femme
par de constants services secrètement rendus
au vieil avare, et arrivait toujours à temps sur le
champ de bataille. Ces trois des Grassins avaient
également leurs adhérents, leurs cousins, leurs
alliés fidèles. Du côté des Cruchot, l'abbé, le Talleyrand de la famille, bien appuyé par son frère
le notaire, disputait vivement le terrain à la
financière et tentait de réserver le riche héritage
à son neveu le président. Ce combat secret entre

les Cruchot et les des Grassins, dont le prix était
la main d'Eugénie Grandet, occupait passionné-
ment les diverses sociétés de Saumur. Mademoiselle Grandet épousera-t-elle monsieur le président ou monsieur Adolphe des Grassins? À ce
problème, les uns répondaient que monsieur
Grandet ne donnerait sa fille ni à l'un ni à
l'autre. L'ancien tonnelier rongé d'ambition
cherchait, disaient-ils, pour gendre quelque pair
de France, à qui trois cent mille livres de rente
feraient accepter tous les tonneaux passés, présents et futurs des Grandet. D'autres répliquaient
que monsieur et madame des Grassins étaient
nobles, puissamment riches, qu'Adolphe était
un bien gentil cavalier, et qu'à moins d'avoir un
neveu du pape dans sa manche, une alliance si
convenable devait satisfaire des gens de rien, un
homme que tout Saumur avait vu la doloire[1] en
main, et qui, d'ailleurs, avait porté le bonnet
rouge. Les plus sensés faisaient observer que
monsieur Cruchot de Bonfons avait ses entrées à
toute heure au logis, tandis que son rival n'y était
reçu que les dimanches. Ceux-ci soutenaient que
madame des Grassins, plus liée avec les femmes
de la maison Grandet que les Cruchot, pouvait
leur inculquer certaines idées qui la feraient, tôt
ou tard, réussir. Ceux-là répliquaient que l'abbé
Cruchot était l'homme le plus insinuant du monde,
et que femme contre moine la partie se trouvait
égale. «Ils sont manche à manche», disait un bel
esprit de Saumur. Plus instruits, les anciens du
pays prétendaient que les Grandet étaient trop
avisés pour laisser sortir les biens de leur famille,
mademoiselle Eugénie Grandet de Saumur serait

---

1. Instrument de tonnelier servant à égaliser la surface du
bois.

mariée au fils de monsieur Grandet de Paris, riche marchand de vin en gros. À cela les Cruchotins et les Grassinistes répondaient : « D'abord les deux frères ne se sont pas vus deux fois depuis trente ans. Puis, monsieur Grandet de Paris a de hautes prétentions pour son fils. Il est maire d'un arrondissement, député, colonel de la garde nationale, juge au tribunal de commerce ; il renie les Grandet de Saumur, et prétend s'allier à quelque famille ducale par la grâce de Napoléon. » Que ne disait-on pas d'une héritière dont on parlait à vingt lieues à la ronde et jusque dans les voitures publiques, d'Angers à Blois inclusivement ? Au commencement de 1818, les Cruchotins remportèrent un avantage signalé sur les Grassinistes. La terre de Froidfond, remarquable par son parc, son admirable château, ses fermes, rivière[1], étangs, forêts, et valant trois millions, fut mise en vente par le jeune marquis de Froidfond obligé de réaliser ses capitaux. Maître Cruchot, le président Cruchot, l'abbé Cruchot, aidés par leurs adhérents, surent empêcher la vente par petits lots. Le notaire conclut avec le jeune homme un marché d'or en lui persuadant qu'il y aurait des poursuites sans nombre à diriger contre les adjudicataires avant de rentrer dans le prix des lots ; il valait mieux vendre à monsieur Grandet, homme solvable, et capable d'ailleurs de payer la terre en

---

1. « Rivière » au singulier, et non « rivières ». Balzac use ici du langage juridique des inventaires. L'imprimeur de l'édition Furne (1843), par un effet de contamination habituel en typographie (comme aujourd'hui en dactylographie), a substitué indûment le pluriel au singulier ; et Balzac a omis de rectifier la faute dans l'exemplaire de l'édition Furne qu'il corrigeait occasionnellement en vue d'une réédition éventuelle. Cette négligence est de celles qui retiennent plusieurs éditeurs modernes de faire fonds sans condition ni réserve sur le « Furne corrigé ».

argent comptant. Le beau marquisat de Froidfond fut alors convoyé vers l'œsophage de monsieur Grandet, qui, au grand étonnement de
Saumur, le paya, sous escompte, après les formalités. Cette affaire eut du retentissement à
Nantes et à Orléans. Monsieur Grandet alla voir
son château par l'occasion d'une charrette qui y
retournait. Après avoir jeté sur sa propriété le
coup d'œil du maître, il revint à Saumur, certain
d'avoir placé ses fonds à cinq, et saisi de la magnifique pensée d'arrondir le marquisat de Froidfond en y réunissant tous ses biens. Puis, pour
remplir de nouveau son trésor presque vide, il
décida de couper à blanc ses bois, ses forêts, et
d'exploiter les peupliers de ses prairies.

  Il est maintenant facile de comprendre toute la
valeur de ce mot : la maison à monsieur Grandet,
cette maison pâle, froide, silencieuse, située en
haut de la ville, et abritée par les ruines des remparts. Les deux piliers et la voûte formant la baie
de la porte avaient été, comme la maison, cons-
truits en tuffeau, pierre blanche particulière au
littoral de la Loire, et si molle que sa durée
moyenne est à peine de deux cents ans. Les trous
inégaux et nombreux que les intempéries du climat y avaient bizarrement pratiqués donnaient
au cintre et aux jambages de la baie l'apparence
des pierres vermiculées[1] de l'architecture française et quelque ressemblance avec le porche
d'une geôle. Au-dessus du cintre régnait un long
bas-relief de pierre dure sculptée, représentant
les quatre Saisons, figures déjà rongées et toutes
noires. Ce bas-relief était surmonté d'une plinthe

---

  1. Littré : «Terme d'architecture. Il se dit d'un travail en figure
de vers qui a lieu dans les bâtiments en pierre, sur des bossages
auxquels on prétend donner une apparence rustique. »

saillante, sur laquelle s'élevaient plusieurs de ces végétations dues au hasard, des pariétaires jaunes, des liserons, des convolvulus, du plantin, et un petit cerisier assez haut déjà. La porte, en chêne massif, brune, desséchée, fendue de toutes parts, frêle en apparence, était solidement maintenue par le système de ses boulons qui figuraient des dessins symétriques. Une grille carrée, petite, mais à barreaux serrés et rouges de rouille, occupait le milieu de la porte bâtarde et servait, pour ainsi dire, de motif à un marteau qui s'y rattachait par un anneau, et frappait sur la tête grimaçante d'un maître clou. Ce marteau, de forme oblongue et du genre de ceux que nos ancêtres nommaient jacquemart, ressemblait à un gros point d'admiration[1]; en l'examinant avec attention, un antiquaire y aurait retrouvé quelques indices de la figure essentiellement bouffonne qu'il représentait jadis, et qu'un long usage avait effacée. Par la petite grille, destinée à reconnaître les amis, au temps des guerres civiles, les curieux pouvaient apercevoir, au fond d'une voûte obscure et verdâtre, quelques marches dégradées par lesquelles on montait dans un jardin que bornaient pittoresquement des murs épais, humides, pleins de suintements et de touffes d'arbustes malingres. Ces murs étaient ceux du rempart sur lequel s'élevaient les jardins de quelques maisons voisines. Au rez-de-chaussée de la maison, la pièce la plus considérable était une *salle* dont l'entrée se trouvait sous la voûte de la porte cochère. Peu de personnes connaissent l'importance d'une salle dans les petites villes de l'Anjou, de la Touraine et du Berry. La salle est à la fois l'antichambre, le salon, le cabinet, le bou-

---

1. Ancien nom du point d'exclamation.

doir, la salle à manger ; elle est le théâtre de la
vie domestique, le foyer commun ; là, le coiffeur
du quartier venait couper deux fois l'an les cheveux de monsieur Grandet ; là entraient les fermiers, le curé, le sous-préfet, le garçon meunier.
Cette pièce, dont les deux croisées donnaient sur
la rue, était planchéiée ; des panneaux gris, à
moulures antiques, la boisaient de haut en bas ;
son plafond se composait de poutres apparentes
également peintes en gris, dont les entre-deux
étaient remplis de blanc en bourre[1] qui avait
jauni. Un vieux cartel de cuivre incrusté d'ara-
besques en écaille ornait le manteau de la cheminée en pierre blanche, mal sculpté, sur lequel
était une glace verdâtre dont les côtés, coupés en
biseau pour en montrer l'épaisseur, reflétaient
un filet de lumière le long d'un trumeau gothique
en acier damasquiné. Les deux girandoles de
cuivre doré qui décoraient chacun des coins
de la cheminée étaient à deux fins, en enlevant
les roses qui leur servaient de bobèches, et dont
la maîtresse branche s'adaptait au piédestal de
marbre bleuâtre agencé de vieux cuivre, ce piédestal formait un chandelier pour les petits jours.
Les sièges de forme antique étaient garnis en
tapisseries représentant les fables de La Fontaine ; mais il fallait le savoir pour en reconnaître
les sujets, tant les couleurs passées et les figures
criblées de reprises se voyaient difficilement. Aux
quatre angles de cette salle se trouvaient des
encoignures, espèces de buffets terminés par de
crasseuses étagères. Une vieille table à jouer en
marqueterie, dont le dessus faisait échiquier,
était placée dans le tableau qui séparait les deux

---

1. Mortier de chaux et de sable armaturé d'une « bourre » de
poils ou de fibres.

fenêtres. Au-dessus de cette table, il y avait un
baromètre ovale, à bordure noire, enjolivé par
des rubans de bois doré, où les mouches avaient
si licencieusement folâtré que la dorure en était
un problème. Sur la paroi opposée à la cheminée, deux portraits au pastel étaient censés
représenter l'aïeul de madame Grandet, le vieux
monsieur de La Bertellière, en lieutenant des
gardes françaises, et défunt madame Gentillet
en bergère. Aux deux fenêtres étaient drapés
des rideaux en gros[1] de Tours rouge, relevés par
des cordons de soie à glands d'église. Cette
luxueuse décoration, si peu en harmonie avec les
habitudes de Grandet, avait été comprise dans
l'achat de la maison, ainsi que le trumeau, le cartel, le meuble en tapisserie et les encoignures en
bois de rose. Dans la croisée la plus rapprochée
de la porte, se trouvait une chaise de paille dont
les pieds étaient montés sur des patins, afin d'élever madame Grandet à une hauteur qui lui per-
mît de voir les passants. Une travailleuse en bois
de merisier déteint remplissait l'embrasure, et le
petit fauteuil d'Eugénie Grandet était placé tout
auprès. Depuis quinze ans, toutes les journées
de la mère et de la fille s'étaient paisiblement
écoulées à cette place, dans un travail constant,
à compter du mois d'avril jusqu'au mois de
novembre. Le premier de ce dernier mois elles
pouvaient prendre leur station d'hiver à la cheminée. Ce jour-là seulement Grandet permettait
qu'on allumât du feu dans la salle, et il le faisait
éteindre au trente et un mars, sans avoir égard ni
aux premiers froids du printemps ni à ceux de
l'automne. Une chaufferette, entretenue avec la

----

1. Tissu de soie à gros grains. La soie était alors en Touraine
une production locale.

braise provenant du feu de la cuisine que la
Grande Nanon leur réservait en usant d'adresse,
aidait madame et mademoiselle Grandet à passer les matinées ou les soirées les plus fraîches
des mois d'avril et d'octobre. La mère et la fille
entretenaient tout le linge de la maison, et employaient si consciencieusement leurs journées à
ce véritable labeur d'ouvrière, que, si Eugénie
voulait broder une collerette à sa mère, elle était
forcée de prendre sur ses heures de sommeil en
trompant son père pour avoir de la lumière.
Depuis longtemps l'avare distribuait la chandelle
à sa fille et à la Grande Nanon, de même qu'il
distribuait dès le matin le pain et les denrées
nécessaires à la consommation journalière.

   La Grande Nanon était peut-être la seule créature humaine capable d'accepter le despotisme
de son maître. Toute la ville l'enviait à monsieur
et à madame Grandet. La Grande Nanon, ainsi
nommée à cause de sa taille haute de cinq pieds
huit pouces, appartenait à Grandet depuis trente-
cinq ans. Quoiqu'elle n'eût que soixante livres de
gages, elle passait pour une des plus riches ser-
vantes de Saumur. Ces soixante livres, accumu-
lées depuis trente-cinq ans, lui avaient permis de
placer récemment quatre mille livres en viager
chez maître Cruchot. Ce résultat des longues et
persistantes économies de la Grande Nanon parut
gigantesque. Chaque servante, voyant à la pauvre
sexagénaire du pain pour ses vieux jours, était
jalouse d'elle sans penser au dur servage par
lequel il avait été acquis. À l'âge de vingt-deux
ans, la pauvre fille n'avait pu se placer chez personne, tant sa figure semblait repoussante; et
certes ce sentiment était bien injuste: sa figure
eût été fort admirée sur les épaules d'un gre-
nadier de la garde; mais en tout il faut, dit-on,

l'à-propos. Forcée de quitter une ferme incendiée où elle gardait les vaches, elle vint à Saumur, où elle chercha du service, animée de ce robuste courage qui ne se refuse à rien. Le père Grandet pensait alors à se marier, et voulait déjà monter son ménage. Il avisa cette fille rebutée de porte en porte. Juge de la force corporelle en sa qualité de tonnelier, il devina le parti qu'on pouvait tirer d'une créature femelle taillée en Hercule, plantée sur ses pieds comme un chêne de soixante ans sur ses racines, forte des hanches, carrée du dos, ayant des mains de charretier et une probité vigoureuse comme l'était son intacte vertu. Ni les verrues qui ornaient ce visage martial, ni le teint de brique, ni les bras nerveux, ni les haillons de la Nanon n'épouvantèrent le tonnelier, qui se trouvait encore dans l'âge où le cœur tressaille. Il vêtit alors, chaussa, nourrit la pauvre fille, lui donna des gages, et l'employa sans trop la rudoyer. En se voyant ainsi accueillie, la Grande Nanon pleura secrètement de joie, et s'attacha sincèrement au tonnelier, qui d'ailleurs l'exploita féodalement. Nanon faisait tout : elle faisait la cuisine, elle faisait les buées[1], elle allait laver le linge à la Loire, le rapportait sur ses épaules ; elle se levait au jour, se couchait tard ; faisait à manger à tous les vendangeurs pendant les récoltes, surveillait les halleboteurs[2] ; défendait, comme un chien fidèle, le bien de son maître ; enfin, pleine d'une confiance aveugle en lui, elle obéissait sans murmure à ses fantaisies les plus saugrenues. Lors de la fameuse année de 1811, dont la récolte coûta des peines inouïes, après vingt ans de service, Grandet résolut de donner

1. Les lessives.
2. Grappilleurs.

sa vieille montre à Nanon, seul présent qu'elle reçut jamais de lui. Quoiqu'il lui abandonnât ses vieux souliers (elle pouvait les mettre), il est impossible de considérer le profit trimestriel des souliers de Grandet comme un cadeau, tant ils étaient usés. La nécessité rendit cette pauvre fille si avare que Grandet avait fini par l'aimer comme on aime un chien, et Nanon s'était laissé mettre au cou un collier garni de pointes dont les piqûres ne la piquaient plus. Si Grandet coupait le pain avec un peu trop de parcimonie, elle ne s'en plaignait pas; elle participait gaiement aux profits hygiéniques que procurait le régime sévère de la maison où jamais personne n'était malade. Puis la Nanon faisait partie de la famille: elle riait quand riait Grandet, s'attristait, gelait, se chauffait, travaillait avec lui. Combien de douces compensations dans cette égalité! Jamais le maître n'avait reproché à la servante ni l'alberge[1] ou la pêche de vigne, ni les prunes ou les brugnons mangés sous l'arbre. «Allons, régale-toi, Nanon», lui disait-il dans les années où les branches pliaient sous les fruits que les fermiers étaient obligés de donner aux cochons. Pour une fille des champs qui dans sa jeunesse n'avait récolté que de mauvais traitements, pour une pauvresse recueillie par charité, le rire équivoque du père Grandet était un vrai rayon de soleil. D'ailleurs le cœur simple, la tête étroite de Nanon ne pouvaient contenir qu'un sentiment et une idée. Depuis trente-cinq ans, elle se voyait toujours arrivant devant le chantier du père Grandet, pieds nus, en haillons, et entendait toujours le tonnelier lui disant: «Que voulez-vous ma

---

1. Abricot ou pêche de vigne. (Nous unifions une orthographe que Balzac fait varier avec fantaisie.)

mignonne?» Et sa reconnaissance était toujours jeune. Quelquefois Grandet, songeant que cette pauvre créature n'avait jamais entendu le moindre mot flatteur, qu'elle ignorait tous les sentiments doux que la femme inspire, et pouvait comparaître un jour devant Dieu, plus chaste que ne l'était la Vierge Marie elle-même, Grandet, saisi de pitié, disait en la regardant: «Cette pauvre Nanon!» Son exclamation était toujours suivie d'un regard indéfinissable que lui jetait la vieille servante. Ce mot, dit de temps à autre, formait depuis longtemps une chaîne d'amitié non interrompue, et à laquelle chaque exclamation ajoutait un chaînon. Cette pitié, placée au cœur de Grandet et prise tout en gré par la vieille fille, avait je ne sais quoi d'horrible. Cette atroce pitié d'avare, qui réveillait mille plaisirs au cœur du vieux tonnelier, était pour Nanon sa somme de bonheur. Qui ne dira pas aussi: «Pauvre Nanon!» Dieu reconnaîtra ses anges aux inflexions de leur voix et à leurs mystérieux regrets. Il y avait dans Saumur une grande quantité de ménages où les domestiques étaient mieux traités, mais où les maîtres n'en recevaient néanmoins aucun contentement. De là cette autre phrase: «Qu'est-ce que les Grandet font donc à leur Grande Nanon pour qu'elle leur soit si attachée? Elle passerait dans le feu pour eux!» Sa cuisine, dont les fenêtres grillées donnaient sur la cour, était toujours propre, nette, froide, véritable cuisine d'avare où rien ne devait se perdre. Quand Nanon avait lavé sa vaisselle, serré les restes du dîner, éteint son feu, elle quittait sa cuisine, séparée de la salle par un couloir, et venait filer du chanvre auprès de ses maîtres. Une seule chandelle suffisait à la famille pour la soirée. La servante couchait au fond de ce couloir, dans un bouge éclairé par un jour de souffrance. Sa robuste santé lui permettait d'habiter impunément cette espèce de trou, d'où elle pouvait entendre le moindre bruit par le silence profond qui régnait nuit et jour dans la maison. Elle devait, comme un dogue chargé de la police, ne dormir que d'une oreille et se reposer en veillant.

La description des autres portions du logis se trouvera liée aux événements de cette histoire; mais d'ailleurs le croquis de la salle où éclatait tout le luxe du ménage peut faire soupçonner par avance la nudité des étages supérieurs.

En 1819, vers le commencement de la soirée, au milieu du mois de novembre, la Grande Nanon alluma du feu pour la première fois. L'automne avait été très beau. Ce jour était un jour de fête bien connu des Cruchotins et des Grassinistes. Aussi les six antagonistes se préparaient-ils à venir armés de toutes pièces, pour se rencontrer dans la salle et s'y surpasser en preuves d'amitié. Le matin, tout Saumur avait vu madame et mademoiselle Grandet, accompagnées de Nanon, se rendant à l'église paroissiale pour y entendre la messe, et chacun se souvint que ce jour était l'anniversaire de la naissance de mademoiselle Eugénie. Aussi, calculant l'heure où le dîner devait finir, maître Cruchot, l'abbé Cruchot et monsieur C. de Bonfons s'empressaient-ils d'arriver avant les des Grassins pour fêter mademoiselle Grandet. Tous trois apportaient d'énormes bouquets cueillis dans leurs petites serres. La queue des fleurs que le président voulait présenter était ingénieusement enveloppée d'un ruban de satin blanc, orné de franges d'or. Le matin, monsieur Grandet, suivant sa coutume pour les jours mémorables de la naissance et de la fête d'Eugénie, était venu la surprendre au lit, et lui

avait solennellement offert son présent paternel, consistant, depuis treize années, en une
curieuse[1] pièce d'or. Madame Grandet donnait
ordinairement à sa fille une robe d'hiver ou
d'été, selon la circonstance. Ces deux robes, les
pièces d'or qu'elle récoltait au premier jour de
l'an et à la fête de son père, lui composaient un
petit revenu de cent écus environ, que Grandet
aimait à lui voir entasser. N'était-ce pas mettre
son argent d'une caisse dans une autre, et, pour
ainsi dire, élever à la brochette[2] l'avarice de son
héritière, à laquelle il demandait parfois compte
de son trésor, autrefois grossi par les La Bertellière, en lui disant : «Ce sera ton *douzain* de
mariage.» Le douzain est un antique usage encore
en vigueur et saintement conservé dans quelques
pays situés au centre de la France. En Berry, en
Anjou, quand une jeune fille se marie, sa famille
ou celle de l'époux doit lui donner une bourse où
se trouvent, suivant les fortunes, douze pièces
ou douze douzaines de pièces ou douze cents
pièces d'argent ou d'or. La plus pauvre des ber-
gères ne se marierait pas sans son douzain, ne
fût-il composé que de gros sous. On parle encore
à Issoudun de je ne sais quel douzain offert à une
riche héritière et qui contenait cent quarante-
quatre portugaises d'or. Le pape Clément VII,
oncle de Catherine de Médicis, lui fit présent,
en la mariant à Henri II, d'une douzaine de
médailles d'or antiques de la plus grande valeur.
Pendant le dîner, le père tout joyeux de voir son
Eugénie plus belle dans une robe neuve, s'était

---

1. Une pièce de collection.
2. Avec des soins minutieux, comme les oisillons qu'on élève
en leur tendant leur nourriture au bout d'une petite baguette de
bois ou brochette.

écrié : « Puisque c'est la fête d'Eugénie, faisons du feu ! ce sera de bon augure. »

— Mademoiselle se mariera dans l'année, c'est sûr, dit la Grande Nanon en remportant les restes d'une oie, ce faisan des tonneliers.

— Je ne vois point de partis pour elle à Saumur, répondit madame Grandet en regardant son mari d'un air timide qui, vu son âge, annonçait l'entière servitude conjugale sous laquelle gémissait la pauvre femme.

Grandet contempla sa fille, et s'écria gaiement : « Elle a vingt-trois ans aujourd'hui, l'enfant, il faudra bientôt s'occuper d'elle. »

Eugénie et sa mère se jetèrent silencieusement un coup d'œil d'intelligence.

Madame Grandet était une femme sèche et maigre, jaune comme un coing, gauche, lente ; une de ces femmes qui semblent faites pour être tyrannisées. Elle avait de gros os, un gros nez, un gros front, de gros yeux, et offrait, au premier aspect, une vague ressemblance avec ces fruits cotonneux qui n'ont plus ni saveur ni suc. Ses dents étaient noires et rares, sa bouche était ridée, et son menton affectait la forme dite en galoche. C'était une excellente femme, une vraie La Bertellière. L'abbé Cruchot savait trouver quelques occasions de lui dire qu'elle n'avait pas été trop mal, et elle le croyait. Une douceur angélique, une résignation d'insecte tourmenté par des enfants, une piété rare, une inaltérable égalité d'âme, un bon cœur, la faisaient universellement plaindre et respecter. Son mari ne lui donnait jamais plus de six francs à la fois pour ses menues dépenses. Quoique ridicule en apparence, cette femme qui, par sa dot et ses successions, avait apporté au père Grandet plus de trois cent mille francs, s'était toujours sentie si profondément humiliée

d'une dépendance et d'un ilotisme contre lequel
la douceur de son âme lui interdisait de se révol-
ter, qu'elle n'avait jamais demandé un sou, ni fait
une observation sur les actes que maître Cruchot
lui présentait à signer. Cette fierté sotte et secrète,
cette noblesse d'âme constamment méconnue
et blessée par Grandet, dominaient la conduite
de cette femme. Madame Grandet mettait constamment une robe de levantine[1] verdâtre, qu'elle
s'était accoutumée à faire durer près d'une
année ; elle portait un grand fichu de cotonnade
blanche, un chapeau de paille cousue, et gardait
presque toujours un tablier de taffetas noir. Sortant peu du logis, elle usait peu de souliers. Enfin
elle ne voulait jamais rien pour elle. Aussi Grandet, saisi parfois d'un remords en se rappelant le
long temps écoulé depuis le jour où il avait donné
six francs à sa femme, stipulait-il toujours des
épingles[2] pour elle en vendant ses récoltes de
l'année. Les quatre ou cinq louis offerts par le
Hollandais ou le Belge acquéreur de la vendange
Grandet formaient le plus clair des revenus
annuels de madame Grandet. Mais, quand elle
avait reçu ses cinq louis, son mari lui disait souvent, comme si leur bourse était commune : «As-
tu quelques sous à me prêter ?» Et la pauvre
femme, heureuse de pouvoir faire quelque chose
pour un homme que son confesseur lui représentait comme son seigneur et maître, lui rendait,
dans le courant de l'hiver, quelques écus sur l'argent des épingles. Lorsque Grandet tirait de sa
poche la pièce de cent sous allouée par mois pour
les menues dépenses, le fil, les aiguilles et la toi-

1. Étoffe de soie unie.
2. Littré : «Don fait à une femme quand on conclut quelque
marché avec son mari.»

lette de sa fille, il ne manquait jamais, après avoir boutonné son gousset, de dire à sa femme : « Et toi, la mère, veux-tu quelque chose ? »

— Mon ami, répondait madame Grandet animée par un sentiment de dignité maternelle, nous verrons cela.

Sublimité perdue ! Grandet se croyait très généreux envers sa femme. Les philosophes qui rencontrent des Nanon, des madame Grandet, des Eugénie ne sont-ils pas en droit de trouver que l'ironie est le fond du caractère de la Providence ? Après ce dîner, où, pour la première fois, il fut question du mariage d'Eugénie, Nanon alla chercher une bouteille de cassis dans la chambre de monsieur Grandet, et manqua de tomber en descendant.

— Grande bête, lui dit son maître, est-ce que tu te laisserais choir comme une autre, toi ?

— Monsieur, c'est cette marche de votre escalier qui ne tient pas.

— Elle a raison, dit madame Grandet. Vous auriez dû la faire raccommoder depuis longtemps. Hier, Eugénie a failli s'y fouler le pied.

— Tiens, dit Grandet à Nanon en la voyant toute pâle, puisque c'est la naissance d'Eugénie, et que tu as manqué de tomber, prends un petit verre de cassis pour te remettre.

— Ma foi, je l'ai bien gagné, dit Nanon. À ma place, il y a bien des gens qui auraient cassé la bouteille ; mais je me serais plutôt cassé le coude pour la tenir en l'air.

— C'te pauvre Nanon ! dit Grandet en lui versant le cassis.

— T'es-tu fait mal ? lui dit Eugénie en la regardant avec intérêt.

— Non, puisque je me suis retenue en me fichant sur mes reins.

— Hé ! bien, ~~puis~~que c'est la naissance d'Eugénie, dit Grandet, je vais vous raccommoder votre marche. Vous ne savez pas, vous autres, mettre le pied dans le coin, à l'endroit où elle est encore solide.

Grandet prit la chandelle, laissa sa femme, sa fille et sa servante sans autre lumière que celle du foyer qui jetait de vives flammes, et alla dans le fournil chercher des planches, des clous et ses outils.

— Faut-il vous aider? lui cria Nanon en l'entendant frapper dans l'escalier.

— Non! non! ça me connaît, répondit l'ancien tonnelier.

Au moment où Grandet raccommodait lui-même son escalier vermoulu, et sifflait à tue-tête en souvenir de ses jeunes années, les trois Cruchot frappèrent à la porte.

— C'est-y vous, monsieur Cruchot? demanda Nanon en regardant par la petite grille.

— Oui, répondit le président.

Nanon ouvrit la porte, et la lueur du foyer, qui se reflétait sous la voûte, permit aux trois Cruchot d'apercevoir l'entrée de la salle.

— Ah! vous êtes des fêteux, leur dit Nanon en sentant les fleurs.

— Excusez, messieurs, cria Grandet en reconnaissant la voix de ses amis, je suis à vous! Je ne suis pas fier, je rafistole moi-même une marche de mon escalier.

— Faites, faites, monsieur Grandet, *Charbonnier est Maire chez lui* [1], dit sentencieusement le

---

1. Balzac avait un goût extrêmement vif pour toutes les manières de jouer avec les mots et pour les surprises qu'elles apportent à l'esprit. Retourner les proverbes était l'un de ses jeux favoris, comme on voit notamment dans *Un début dans la vie*, où il prête à Mistigris une virtuosité exceptionnelle. Voir plus loin notre note 1, p. 207.

président en riant tout seul de son allusion que personne ne comprit.

Madame et mademoiselle Grandet se levèrent. Le président, profitant de l'obscurité, dit alors à Eugénie : « Me permettez-vous, mademoiselle, de vous souhaiter, aujourd'hui que vous venez de naître, une suite d'années heureuses, et la continuation de la santé dont vous jouissez ? »

Il offrit un gros bouquet de fleurs rares à Saumur ; puis, serrant l'héritière par les coudes, il l'embrassa des deux côtés du cou, avec une complaisance qui rendit Eugénie honteuse. Le président, qui ressemblait à un grand clou rouillé, croyait ainsi faire sa cour.

— Ne vous gênez pas, dit Grandet en rentrant. Comme vous y allez les jours de fête, monsieur le président !

— Mais, avec mademoiselle, répondit l'abbé Cruchot armé de son bouquet, tous les jours seraient pour mon neveu des jours de fête.

L'abbé baisa la main d'Eugénie. Quant à maître Cruchot, il embrassa la jeune fille tout bonnement sur les deux joues, et dit : « Comme ça nous pousse, ça ! Tous les ans douze mois. »

En replaçant la lumière devant le cartel, Grandet, qui ne quittait jamais une plaisanterie et la répétait à satiété quand elle lui semblait drôle, dit : « Puisque c'est la fête d'Eugénie, allumons les flambeaux ! »

Il ôta soigneusement les branches des candélabres, mit la bobèche à chaque piédestal, prit des mains de Nanon une chandelle neuve entortillée d'un bout de papier, la ficha dans le trou, l'assura, l'alluma, et vint s'asseoir à côté de sa femme, en regardant alternativement ses amis, sa fille et les deux chandelles. L'abbé Cruchot, petit homme dodu, grassouillet, à perruque rousse et plate, à figure de vieille femme joueuse, dit en avançant ses pieds bien chaussés dans de forts souliers à agrafes d'argent : «Les des Grassins ne sont pas venus ?»

— Pas encore, dit Grandet.

— Mais doivent-ils venir ? demanda le vieux notaire en faisant grimacer sa face trouée comme une écumoire.

— Je le crois, répondit madame Grandet.

— Vos vendanges sont-elles finies ? demanda le président de Bonfons à Grandet.

— Partout ! lui dit le vieux vigneron en se levant pour se promener de long en long dans la salle et se haussant le thorax par un mouvement plein d'orgueil comme son mot, partout ! Par la porte du couloir qui allait à la cuisine, il vit alors la Grande Nanon, assise à son feu, ayant une lumière et se préparant à filer là, pour ne pas se mêler à la fête. — Nanon, dit-il, en s'avançant dans le couloir, veux-tu bien éteindre ton feu, ta lumière, et venir avec nous ? Pardieu ! la salle est assez grande pour nous tous.

— Mais, monsieur, vous aurez du beau monde.

— Ne les vaux-tu pas bien ? Ils sont de la côte d'Adam tout comme toi.

Grandet revint vers le président et lui dit : «Avez-vous vendu votre récolte ?»

— Non, ma foi, je la garde. Si maintenant le vin est bon, dans deux ans il sera meilleur. Les propriétaires, vous le savez bien, se sont juré de tenir les prix convenus, et cette année les Belges ne l'emporteront pas sur nous. S'ils s'en vont, hé ! bien, ils reviendront.

— Oui, mais tenons-nous bien, dit Grandet d'un ton qui fit frémir le président.

— Serait-il en marché ? pensa Cruchot.

En ce moment, un coup de marteau annonça

la famille des Grassins, et leur arrivée interrompit une conversation commencée entre madame Grandet et l'abbé.

Madame des Grassins était une de ces petites femmes vives, dodues, blanches et roses, qui, grâce au régime claustral des provinces et aux habitudes d'une vie vertueuse, se sont conservées jeunes encore à quarante ans. Elles sont comme ces dernières roses de l'arrière-saison, dont la vue fait plaisir, mais dont les pétales ont je ne sais quelle froideur, et dont le parfum s'affaiblit. Elle se mettait assez bien, faisait venir ses modes de Paris, donnait le ton à la ville de Saumur, et avait des soirées. Son mari, ancien quartier-maître dans la garde impériale, grièvement blessé à Austerlitz et retraité, conservait malgré sa considération pour Grandet, l'apparente franchise des militaires.

— Bonjour, Grandet, dit-il au vigneron en lui tenant la main[1] et affectant une sorte de supériorité sous laquelle il écrasait toujours les Cruchot.
— Mademoiselle, dit-il à Eugénie après avoir salué madame Grandet, vous êtes toujours belle et sage, je ne sais en vérité ce que l'on peut vous souhaiter. Puis il présenta une petite caisse que son domestique portait, et qui contenait une bruyère du Cap, fleur nouvellement apportée en Europe et fort rare.

Madame des Grassins embrassa très affectueusement Eugénie, lui serra la main, et lui dit: «Adolphe s'est chargé de vous présenter mon petit souvenir.»

---

1. Il ne paraît pas nécessaire de voir ici, comme on a fait, une coquille typographique pour «en lui tendant la main»: retenir la main du vigneron en la lui serrant correspond à une habitude assez répandue.

Un grand jeune homme blond, pâle et frêle, ayant d'assez bonnes façons, timide en apparence, mais qui venait de dépenser à Paris, où il était allé faire son Droit, huit ou dix mille francs en sus de sa pension, s'avança vers Eugénie, l'embrassa sur les deux joues, et lui offrit une boîte à ouvrage dont tous les ustensiles étaient en vermeil, véritable marchandise de pacotille, malgré l'écusson sur lequel un E. G. gothique assez bien gravé pouvait faire croire à une façon très soignée. En l'ouvrant, Eugénie eut une de ces joies inespérées et complètes qui font rougir, tressaillir, trembler d'aise les jeunes filles. Elle tourna les yeux sur son père, comme pour savoir s'il lui était permis d'accepter, et monsieur Grandet dit un «Prends, ma fille!» dont l'accent eût illustré un acteur. Les trois Cruchot restèrent stupéfaits en voyant le regard joyeux et animé lancé sur Adolphe des Grassins par l'héritière à qui de semblables richesses parurent inouïes. Monsieur des Grassins offrit à Grandet une prise de tabac, en saisit une, secoua les grains tombés sur le ruban de la Légion d'honneur attaché à la boutonnière de son habit bleu, puis il regarda les Cruchot d'un air qui semblait dire: «Parez-moi cette botte-là!» Madame des Grassins jeta les yeux sur les bocaux bleus où étaient les bouquets des Cruchot, en cherchant leurs cadeaux avec la bonne foi jouée d'une femme moqueuse. Dans cette conjoncture délicate, l'abbé Cruchot laissa la société s'asseoir en cercle devant le feu et alla se promener au fond de la salle avec Grandet. Quand ces deux vieillards furent dans l'embrasure de la fenêtre la plus éloignée des des Grassins: «Ces gens-là, dit le prêtre à l'oreille de l'avare, jettent l'argent par les fenêtres.»

— Qu'est-ce que cela fait, s'il rentre dans ma cave ? répliqua le vigneron.

— Si vous vouliez donner des ciseaux d'or à votre fille, vous en auriez bien le moyen, dit l'abbé.

— Je lui donne mieux que des ciseaux, répondit Grandet.

— Mon neveu est une cruche, pensa l'abbé en regardant le président dont les cheveux ébouriffés ajoutaient encore à la mauvaise grâce de sa physionomie brune. Ne pouvait-il inventer une petite bêtise qui eût du prix ?

— Nous allons faire votre partie, madame Grandet, dit madame des Grassins.

— Mais nous sommes tous réunis, *nous pouvons* deux tables...

— Puisque c'est la fête d'Eugénie, faites votre loto général, dit le père Grandet, ces deux enfants en seront. L'ancien tonnelier, qui ne jouait jamais à aucun jeu, montra sa fille et Adolphe. — Allons, Nanon, mets les tables.

— Nous allons vous aider, mademoiselle Nanon, dit gaiement madame des Grassins toute joyeuse de la joie qu'elle avait causée à Eugénie.

— Je n'ai jamais de ma vie été si contente, lui dit l'héritière. Je n'ai rien vu de si joli nulle part.

— C'est Adolphe qui l'a rapportée de Paris et qui l'a choisie, lui dit madame des Grassins à l'oreille.

— Va, va ton train, damnée intrigante ! se disait le président ; si tu es jamais en procès, toi ou ton mari, votre affaire ne sera jamais bonne.

Le notaire, assis dans son coin, regardait l'abbé d'un air calme en se disant : « Les des Grassins ont beau faire, ma fortune, celle de mon frère et celle de mon neveu montent en somme à onze cent mille francs. Les des Grassins en ont tout au plus la moitié, et ils ont une fille : ils peuvent offrir ce qu'ils voudront ! héritière et cadeaux, tout sera pour nous un jour. »

À huit heures et demie du soir, deux tables étaient dressées. La jolie madame des Grassins avait réussi à mettre son fils à côté d'Eugénie. Les acteurs de cette scène pleine d'intérêt, quoique vulgaire en apparence, munis de cartons bariolés, chiffrés, et de jetons en verre bleu, semblaient écouter les plaisanteries du vieux notaire, qui ne tirait pas un numéro sans faire une remarque ; mais tous pensaient aux millions de monsieur Grandet. Le vieux tonnelier contemplait vaniteusement les plumes roses, la toilette fraîche de madame des Grassins, la tête martiale du banquier, celle d'Adolphe, le président, l'abbé, le notaire, et se disait intérieurement : « Ils sont là pour mes écus. Ils viennent s'ennuyer ici pour ma fille. Hé ! ma fille ne sera ni pour les uns ni pour les autres, et tous ces gens-là me servent de harpons pour pêcher ! »

Cette gaieté de famille, dans ce vieux salon gris, mal éclairé par deux chandelles ; ces rires, accompagnés par le bruit du rouet de la Grande Nanon, et qui n'étaient sincères que sur les lèvres d'Eugénie ou de sa mère ; cette petitesse jointe à de si grands intérêts ; cette jeune fille qui, semblable à ces oiseaux victimes du haut prix auquel on les met et qu'ils ignorent, se trouvait traquée, serrée par des preuves d'amitié dont elle était la dupe ; tout contribuait à rendre cette scène tristement comique. N'est-ce pas d'ailleurs une scène de tous les temps et de tous les lieux, mais ramenée à sa plus simple expression ? La figure de Grandet exploitant le faux attachement des deux familles, en tirant d'énormes profits, dominait ce drame et l'éclairait. N'était-ce pas le seul dieu moderne auquel on ait foi, l'Argent dans toute sa puissance, exprimé par une seule physionomie? Les doux sentiments de la vie n'occupaient là qu'une place secondaire, ils animaient trois cœurs purs, ceux de Nanon, d'Eugénie et de sa mère. Encore, combien d'ignorance dans leur naïveté! Eugénie et sa mère ne savaient rien de la fortune de Grandet, elles n'estimaient les choses de la vie qu'à la lueur de leurs pâles idées, et ne prisaient ni ne méprisaient l'argent, accoutumées qu'elles étaient à s'en passer. Leurs sentiments, froissés à leur insu, mais vivaces, le secret de leur existence, en faisaient des exceptions curieuses dans cette réunion de gens dont la vie était purement matérielle. Affreuse condition de l'homme! il n'y a pas un de ses bonheurs qui ne vienne d'une ignorance quelconque. Au moment où madame Grandet gagnait un lot de seize sous, le plus considérable qui eût jamais été ponté dans cette salle, et que la Grande Nanon riait d'aise en voyant madame empochant cette riche somme, un coup de marteau retentit à la porte de la maison, et y fit un si grand tapage que les femmes sautèrent sur leurs chaises.

— Ce n'est pas un homme de Saumur qui frappe ainsi, dit le notaire.

— Peut-on cogner comme ça, dit Nanon. Veulent-ils casser notre porte?

— Quel diable est-ce? s'écria Grandet.

Nanon prit une des deux chandelles, et alla ouvrir accompagnée de Grandet.

— Grandet, Grandet! s'écria sa femme qui, poussée par un vague sentiment de peur, s'élança vers la porte de la salle.

Tous les joueurs se regardèrent.

— Si nous y allions, dit monsieur des Grassins. Ce coup de marteau me paraît malveillant.

À peine fut-il permis à monsieur des Grassins d'apercevoir la figure d'un jeune homme accompagné du facteur des Messageries, qui portait deux malles énormes et traînait des sacs de nuit. Grandet se retourna brusquement vers sa femme, et lui dit : « Madame Grandet, allez à votre loto. Laissez-moi m'entendre avec monsieur. » Puis il tira vivement la porte de la salle, où les joueurs agités reprirent leurs places, mais sans continuer le jeu.

— Est-ce quelqu'un de Saumur, monsieur des Grassins ? lui dit sa femme.

— Non, c'est un voyageur.

— Il ne peut venir que de Paris. En effet, dit le notaire en tirant sa vieille montre épaisse de deux doigts et qui ressemblait à un vaisseau hollandais, il est *neuffe-s-heures*. Peste ! la diligence du Grand Bureau n'est jamais en retard.

— Et ce monsieur est-il jeune ? demanda l'abbé Cruchot.

— Oui, répondit monsieur des Grassins. Il apporte des paquets qui doivent peser au moins trois cents kilos.

— Nanon ne revient pas, dit Eugénie.

— Ce ne peut être qu'un de vos parents, dit le président.

— Faisons les mises, s'écria doucement madame Grandet. À sa voix, j'ai vu que monsieur Grandet était contrarié, peut-être ne serait-il pas content de s'apercevoir que nous parlons de ses affaires.

— Mademoiselle, dit Adolphe à sa voisine, ce sera sans doute votre cousin Grandet, un bien joli jeune homme que j'ai vu au bal de monsieur de Nucingen. Adolphe ne continua pas, sa mère lui marcha sur le pied, puis, en lui demandant à haute voix deux sous pour sa mise : « Veux-tu te taire, grand nigaud ! » lui dit-elle à l'oreille.

En ce moment, Grandet rentra sans la Grande Nanon, dont le pas et celui du facteur retentirent dans les escaliers ; il était suivi du voyageur qui depuis quelques instants excitait tant de curiosités et préoccupait si vivement les imaginations, que son arrivée en ce logis et sa chute au milieu de ce monde peut être comparée à celle d'un colimaçon dans une ruche, ou à l'introduction d'un paon dans quelque obscure basse-cour de village.

— Asseyez-vous auprès du feu, lui dit Grandet.

Avant de s'asseoir, le jeune étranger salua très gracieusement l'assemblée. Les hommes se levèrent pour répondre par une inclination polie, et les femmes firent une révérence cérémonieuse.

— Vous avez sans doute froid, monsieur, dit madame Grandet, vous arrivez peut-être de…

— Voilà bien les femmes ! dit le vieux vigneron en quittant la lecture d'une lettre qu'il tenait à la main, laissez donc monsieur se reposer.

— Mais, mon père, monsieur a peut-être besoin de quelque chose, dit Eugénie.

— Il a une langue, répondit sévèrement le vigneron.

L'inconnu fut seul surpris de cette scène. Les autres personnes étaient faites aux façons despotiques du bonhomme. Néanmoins, quand ces deux demandes et ces deux réponses furent échangées, l'inconnu se leva, présenta le dos au feu, leva l'un de ses pieds pour chauffer la semelle de ses bottes, et dit à Eugénie : « Ma cousine, je vous remercie, j'ai dîné à Tours. Et, ajouta-t-il en regardant Grandet, je n'ai besoin de rien, je ne suis même point fatigué. »

— Monsieur vient de la Capitale ? demanda madame des Grassins.

Monsieur Charles, ainsi se nommait le fils de

monsieur Grandet de Paris, en s'entendant inter-
peller, prit un petit lorgnon suspendu par une
chaîne à son col, l'appliqua sur son œil droit[1]
pour examiner et ce qu'il y avait sur la table et
les personnes qui y étaient assises, lorgna fort
impertinemment madame des Grassins, et lui dit
après avoir tout vu: «Oui, madame. Vous jouez
au loto, ma tante, ajouta-t-il, je vous en prie,
continuez votre jeu, il est trop amusant pour le
quitter…»

— J'étais sûre que c'était le cousin, pensait
madame des Grassins en lui jetant de petites
œillades.

— Quarante-sept, cria le vieil abbé. Marquez
donc, madame des Grassins, n'est-ce pas votre
numéro?

Monsieur des Grassins mit un jeton sur le car-
ton de sa femme, qui, saisie par de tristes pressentiments, observa tour à tour le cousin de Paris
et Eugénie, sans songer au loto. De temps en
temps, la jeune héritière lança de furtifs regards
à son cousin, et la femme du banquier put facilement y découvrir un *crescendo* d'étonnement ou
de curiosité.

Monsieur Charles Grandet[2], beau jeune homme
de vingt-deux ans, produisait en ce moment un
singulier contraste avec les bons provinciaux que
déjà ses manières aristocratiques révoltaient pas-
sablement, et que tous étudiaient pour se moquer
de lui. Ceci veut une explication. À vingt-deux
ans, les jeunes gens sont encore assez voisins de
l'enfance pour se laisser aller à des enfantillages.

---

1. Le mot «lorgnon», dans *La Comédie humaine*, désigne
souvent un monocle.
2. Ici commençait, dans l'édition originale, le deuxième chapitre, intitulé «Le cousin de Paris».

Aussi, peut-être, sur cent d'entre eux, s'en ren-
contrerait-il bien quatre-vingt-dix-neuf qui se
seraient conduits comme se conduisait Charles
Grandet. Quelques jours avant cette soirée, son
père lui avait dit d'aller pour quelques mois chez
son frère de Saumur. Peut-être monsieur Grandet de Paris pensait-il à Eugénie. Charles, qui
tombait en province pour la première fois, eut la
pensée d'y paraître avec la supériorité d'un jeune
homme à la mode, de désespérer l'arrondissement par son luxe, d'y faire époque, et d'y impor-
ter les inventions de la vie parisienne. Enfin,
pour tout expliquer d'un mot, il voulait passer à
Saumur plus de temps qu'à Paris à se brosser les
ongles, et y affecter l'excessive recherche de mise
que parfois un jeune homme élégant abandonne
pour une négligence qui ne manque pas de grâce.
Charles emporta donc le plus joli costume de
chasse, le plus joli fusil, le plus joli couteau, la
plus jolie gaine de Paris. Il emporta sa collection
de gilets les plus ingénieux : il y en avait de gris,
de blancs, de noirs, de couleur scarabée, à reflets
d'or, de pailletés, de chinés, de doubles, à châle
ou droits de col, à col renversé, de boutonnés jusqu'en haut, à boutons d'or. Il emporta toutes les
variétés de cols et de cravates en faveur à cette
époque. Il emporta deux habits de Buisson et son
linge le plus fin. Il emporta sa jolie toilette d'or,
présent de sa mère. Il emporta ses colifichets de
dandy, sans oublier une ravissante petite écri-
toire donnée par la plus aimable des femmes,
pour lui du moins, par une grande dame qu'il
nommait Annette, et qui voyageait maritalement,
ennuyeusement, en Écosse, victime de quelques
soupçons auxquels besoin était de sacrifier
momentanément son bonheur ; puis force joli
papier pour lui écrire une lettre par quinzaine.

Ce fut enfin une cargaison de futilités parisiennes aussi complète qu'il était possible de la faire, et où, depuis la cravache qui sert à commencer un duel, jusqu'aux beaux pistolets ciselés qui le terminent, se trouvaient tous les instruments aratoires dont se sert un jeune homme oisif pour labourer la vie. Son père lui ayant dit de voyager seul et modestement, il était venu dans le coupé de la diligence retenu pour lui seul, assez content de ne pas gâter une délicieuse voiture de voyage commandée pour aller au-devant de son Annette, la grande dame que... etc., et qu'il devait rejoindre en juin prochain aux Eaux de Baden. Charles comptait rencontrer cent personnes chez son oncle, chasser à courre dans les forêts de son oncle, y vivre enfin de la vie de château ; il ne savait pas le trouver à Saumur, où il ne s'était informé de lui que pour demander le chemin de Froidfond ; mais, en le sachant en ville, il crut l'y voir dans un grand hôtel. Afin de débuter convenablement chez son oncle, soit à Saumur, soit à Froidfond, il avait fait la toilette de voyage la plus coquette, la plus simplement recherchée, la plus adorable, pour employer le mot qui dans ce temps résumait les perfections spéciales d'une chose ou d'un homme. À Tours, un coiffeur venait de lui refriser ses beaux cheveux châtains ; il y avait changé de linge, et mis une cravate de satin noir combinée avec un col rond, de manière à encadrer agréablement sa blanche et rieuse figure. Une redingote de voyage à demi boutonnée lui pinçait la taille, et laissait voir un gilet de cachemire à châle sous lequel était un second gilet blanc. Sa montre, négligemment abandonnée au hasard dans une poche, se rattachait par une courte chaîne d'or à l'une des boutonnières. Son pantalon gris se boutonnait sur les côtés, où

des dessins brodés en soie noire enjolivaient les
coutures. Il maniait agréablement une canne dont
la pomme d'or sculpté n'altérait point la fraîcheur de ses gants gris. Enfin, sa casquette était
d'un goût excellent. Un Parisien, un Parisien de
la sphère la plus élevée pouvait seul et s'agencer
ainsi sans paraître ridicule, et donner une harmonie de fatuité à toutes ces niaiseries, que soutenait d'ailleurs un air brave, l'air d'un jeune
homme qui a de beaux pistolets, le coup sûr et
Annette. Maintenant, si vous voulez bien comprendre la surprise respective des Saumurois et
du jeune Parisien, voir parfaitement le vif éclat
que l'élégance du voyageur jetait au milieu des
ombres grises de la salle et des figures qui composaient le tableau de famille, essayez de vous
représenter les Cruchot. Tous les trois prenaient
du tabac, et ne songeaient plus depuis longtemps
à éviter ni les roupies, ni les petites galettes
noires qui parsemaient le jabot de leurs chemises
rousses, à cols recroquevillés et à plis jaunâtres.
Leurs cravates molles se roulaient en corde aussitôt qu'ils se les étaient attachées au cou. L'énorme
quantité de linge qui leur permettait de ne faire
la lessive que tous les six mois, et de le garder au
fond de leurs armoires, laissait le temps y impri-
mer ses teintes grises et vieilles. Il y avait en
eux une parfaite entente de mauvaise grâce et de
sénilité. Leurs figures, aussi flétries que l'étaient
leurs habits râpés, aussi plissées que leurs panta-
lons, semblaient usées, racornies, et grimaçaient.
La négligence générale des autres costumes, tous
incomplets, sans fraîcheur, comme le sont les toi-
lettes de province, où l'on arrive insensiblement
à ne plus s'habiller les uns pour les autres, et à
prendre garde au prix d'une paire de gants, s'ac-
cordait avec l'insouciance des Cruchot. L'hor-

reur de la mode était le seul point sur lequel les Grassinistes et les Cruchotins s'entendissent parfaitement. Le Parisien prenait-il son lorgnon pour examiner les singuliers accessoires de la salle, les solives du plancher, le ton des boiseries ou les points que les mouches y avaient imprimés et dont le nombre aurait suffi pour ponctuer l'*Encyclopédie méthodique* et le *Moniteur*[1], aussitôt les joueurs de loto levaient le nez et le considéraient avec autant de curiosité qu'ils en eussent manifesté pour une girafe. Monsieur des Grassins et son fils, auxquels la figure d'un homme à la mode n'était pas inconnue, s'associèrent néanmoins à l'étonnement de leurs voisins, soit qu'ils éprouvassent l'indéfinissable influence d'un sentiment général, soit qu'ils l'approuvassent en disant à leurs compatriotes par des œillades pleines d'ironie : « Voilà comme *ils* sont à Paris. » Tous pouvaient d'ailleurs observer Charles à loisir, sans craindre de déplaire au maître du logis. Grandet était absorbé dans la longue lettre qu'il tenait, et avait pris pour la lire l'unique flambeau de la table, sans se soucier de ses hôtes ni de leur plaisir. Eugénie à qui le type d'une perfection semblable, soit dans la mise, soit dans la personne, était entièrement inconnu, crut voir en son cousin une créature descendue de quelque région séraphique. Elle respirait avec délices les parfums exhalés par cette chevelure si brillante, si gracieusement bouclée. Elle aurait voulu pouvoir toucher la peau blanche de ces jolis gants fins. Elle enviait les petites mains de Charles, son

---

1. P.-G. Castex fait observer que *Le Moniteur* était un journal quotidien et que l'*Encyclopédie méthodique* comptait plus de deux cents volumes. Professionnel de la typographie, Balzac appréciait la quantité des signes de ponctuation utilisés par de telles publications.

teint, la fraîcheur et la délicatesse de ses traits. Enfin, si toutefois cette image peut résumer les impressions que le jeune élégant produisit sur une ignorante fille sans cesse occupée à rapetasser des bas, à ravauder la garde-robe de son père, et dont la vie s'était écoulée sous ces crasseux lambris sans voir dans cette rue silencieuse plus d'un passant par heure, la vue de son cousin fit sourdre en son cœur les émotions de fine volupté que causent à un jeune homme les fantastiques figures de femmes dessinées par Westall dans les Keepsakes anglais, et gravées par les Finden d'un burin si habile, qu'on a peur, en soufflant sur le vélin, de faire envoler ces apparitions célestes. Charles tira de sa poche un mouchoir brodé par la grande dame qui voyageait en Écosse. En voyant ce joli ouvrage fait avec amour pendant les heures perdues pour l'amour, Eugénie regarda son cousin pour savoir s'il allait bien réellement s'en servir. Les manières de Charles, ses gestes, la façon dont il prenait son lorgnon, son impertinence affectée, son mépris pour le coffret qui venait de faire tant de plaisir à la riche héritière et qu'il trouvait évidemment ou sans valeur ou ridicule; enfin, tout ce qui choquait les Cruchot et les des Grassins lui plaisait si fort, qu'avant de s'endormir elle dut rêver longtemps à ce phénix des cousins.

Les numéros se tiraient fort lentement, mais bientôt le loto fut arrêté. La Grande Nanon entra et dit tout haut : «Madame, va falloir me donner des draps pour faire le lit à ce monsieur.»

Madame Grandet suivit Nanon. Madame des Grassins dit alors à voix basse : «Gardons nos sous et laissons le loto.» Chacun reprit ses deux sous dans la vieille soucoupe écornée où il les avait mis; puis l'assemblée se remua en masse et fit un quart de conversion vers le feu.

— Vous avez donc fini ? dit Grandet sans quitter sa lettre.

— Oui, oui, répondit madame des Grassins en venant prendre place près de Charles.

Eugénie, mue par une de ces pensées qui naissent au cœur des jeunes filles quand un sentiment s'y loge pour la première fois, quitta la salle pour aller aider sa mère et Nanon. Si elle avait été questionnée par un confesseur habile, elle lui eût sans doute avoué qu'elle ne songeait ni à sa mère ni à Nanon, mais qu'elle était travaillée par un poignant désir d'inspecter la chambre de son cousin pour s'y occuper de son cousin, pour y placer quoi que ce fût, pour obvier à un oubli, pour y tout prévoir, afin de la rendre, autant que possible, élégante et propre. Eugénie se croyait déjà seule capable de comprendre les goûts et les idées de son cousin. En effet, elle arriva fort heureusement pour prouver à sa mère et à Nanon, qui revenaient pensant avoir tout fait, que tout était à faire. Elle donna l'idée à la Grande Nanon de bassiner les draps avec la braise du feu ; elle couvrit elle-même la vieille table d'un napperon, et recommanda bien à Nanon de changer le napperon tous les matins. Elle convainquit sa mère de la nécessité d'allumer un bon feu dans la cheminée, et détermina Nanon à monter, sans en rien dire à son père, un gros tas de bois dans le corridor. Elle courut chercher dans une des encoignures de la salle un plateau de vieux laque qui venait de la succession de feu le vieux monsieur de La Bertellière, y prit également un verre de cristal à six pans, une petite cuiller dédorée, un flacon antique où étaient gravés des amours, et mit triomphalement le tout sur un coin de la cheminée. Il lui avait plus surgi d'idées en un quart d'heure qu'elle n'en avait eu depuis qu'elle était au monde.

— Maman, dit-elle, jamais mon cousin ne sup-
portera l'odeur d'une chandelle. Si nous ache-
tions de la bougie ?… Elle alla, légère comme un
oiseau, tirer de sa bourse l'écu de cent sous qu'elle
avait reçu pour ses dépenses du mois. — Tiens,
Nanon, dit-elle, va vite.

— Mais, que dira ton père ? Cette objection terrible fut proposée par madame Grandet en voyant
sa fille armée d'un sucrier de vieux Sèvres rapporté du château de Froidfond par Grandet. — Et
où prendras-tu donc du sucre ? es-tu folle ?

— Maman, Nanon achètera aussi bien du sucre
que de la bougie.

— Mais ton père ?

— Serait-il convenable que son neveu ne pût
boire un verre d'eau sucrée ? D'ailleurs, il n'y fera
pas attention.

— Ton père voit tout, dit madame Grandet en
hochant la tête.

Nanon hésitait, elle connaissait son maître.

— Mais va donc, Nanon, puisque c'est ma fête !

Nanon laissa échapper un gros rire en entendant la première plaisanterie que sa jeune maîtresse eût jamais faite, et lui obéit. Pendant
qu'Eugénie et sa mère s'efforçaient d'embellir la
chambre destinée par monsieur Grandet à son
neveu, Charles se trouvait l'objet des attentions
de madame des Grassins, qui lui faisait des aga-
ceries.

— Vous êtes bien courageux, monsieur, lui
dit-elle, de quitter les plaisirs de la capitale pendant l'hiver pour venir habiter Saumur. Mais si
nous ne vous faisons pas trop peur, vous verrez
que l'on peut encore s'y amuser.

Elle lui lança une véritable œillade de province, où, par habitude, les femmes mettent tant
de réserve et de prudence dans leurs yeux qu'elles

leur communiquent la friande concupiscence
particulière à ceux des ecclésiastiques, pour qui
tout plaisir semble ou un vol ou une faute.
Charles se trouvait si dépaysé dans cette salle, si
loin du vaste château et de la fastueuse existence
qu'il supposait à son oncle, qu'en regardant attentivement madame des Grassins, il aperçut enfin
une image à demi effacée des figures parisiennes.
Il répondit avec grâce à l'espèce d'invitation qui
lui était adressée, et il s'engagea naturellement
une conversation dans laquelle madame des Grassins baissa graduellement sa voix pour la mettre
en harmonie avec la nature de ses confidences. Il
existait chez elle et chez Charles un même besoin
de confiance. Aussi, après quelques moments de
causerie coquette et de plaisanteries sérieuses,
l'adroite provinciale put-elle lui dire sans se croire
entendue des autres personnes qui parlaient de
la vente des vins, dont s'occupait en ce moment
tout le Saumurois : « Monsieur, si vous voulez
nous faire l'honneur de venir nous voir, vous
ferez très certainement autant de plaisir à mon
mari qu'à moi. Notre salon est le seul dans Saumur où vous trouverez réunis le haut commerce
et la noblesse : nous appartenons aux deux sociétés, qui ne veulent se rencontrer que là parce
qu'on s'y amuse. Mon mari, je le dis avec orgueil,
est également considéré par les uns et par les
autres. Ainsi, nous tâcherons de faire diversion à
l'ennui de votre séjour ici. Si vous restiez chez
monsieur Grandet, que deviendriez-vous, bon
Dieu ! Votre oncle est un grigou qui ne pense
qu'à ses provins[1], votre tante est une dévote qui

---

1. Ceps de vigne recourbés et enterrés de telle sorte que,
prenant racine, ils assurent une reproduction de la plante par
marcottage (ou provignage).

ne sait pas coudre deux idées, et votre cousine est une petite sotte, sans éducation, commune, sans dot, et qui passe sa vie à raccommoder des torchons.»

— Elle est très bien, cette femme, se dit en lui-même Charles Grandet en répondant aux minauderies de madame des Grassins.

— Il me semble, ma femme, que tu veux accaparer monsieur, dit en riant le gros et grand banquier.

À cette observation, le notaire et le président dirent des mots plus ou moins malicieux; mais l'abbé les regarda d'un air fin et résuma leurs pensées en prenant une pincée de tabac, et offrant sa tabatière à la ronde: «Qui mieux que madame, dit-il, pourrait faire à monsieur les honneurs de Saumur?»

— Ha! çà, comment l'entendez-vous, monsieur l'abbé? demanda monsieur des Grassins.

— Je l'entends, monsieur, dans le sens le plus favorable pour vous, pour madame, pour la ville de Saumur et pour monsieur, ajouta le rusé vieillard en se tournant vers Charles.

Sans paraître y prêter la moindre attention, l'abbé Cruchot avait su deviner la conversation de Charles et de madame des Grassins.

— Monsieur, dit enfin Adolphe à Charles d'un air qu'il aurait voulu rendre dégagé, je ne sais si vous avez conservé quelque souvenir de moi; j'ai eu le plaisir d'être votre vis-à-vis à un bal donné par monsieur le baron de Nucingen, et...

— Parfaitement, monsieur, parfaitement, répondit Charles, surpris de se voir l'objet des attentions de tout le monde.

— Monsieur est votre fils? demanda-t-il à madame des Grassins.

L'abbé regarda malicieusement la mère.

— Oui, monsieur, dit-elle.

— Vous étiez donc bien jeune à Paris? reprit Charles en s'adressant à Adolphe.

— Que voulez-vous, monsieur, dit l'abbé, nous les envoyons à Babylone aussitôt qu'ils sont sevrés.

Madame des Grassins interrogea l'abbé par un regard d'une étonnante profondeur. — Il faut venir en province, dit-il en continuant, pour trouver des femmes de trente et quelques années aussi fraîches que l'est madame, après avoir eu des fils bientôt licenciés en droit. Il me semble être encore au jour où les jeunes gens et les dames montaient sur des chaises pour vous voir danser au bal, madame, ajouta l'abbé en se tournant vers son adversaire femelle. Pour moi, vos succès sont d'hier...

— Oh! le vieux scélérat! se dit en elle-même madame des Grassins, me devinerait-il donc?

— Il paraît que j'aurai beaucoup de succès à Saumur, se disait Charles en déboutonnant sa redingote, se mettant la main dans son gilet, et jetant son regard à travers les espaces pour imiter la pose donnée à lord Byron par Chantrey.

L'inattention du père Grandet, ou, pour mieux dire, la préoccupation dans laquelle le plongeait la lecture de sa lettre, n'échappèrent ni au notaire ni au président, qui tâchaient d'en conjecturer le contenu par les imperceptibles mouvements de la figure du bonhomme, alors fortement éclairée par la chandelle. Le vigneron maintenait difficilement le calme habituel de sa physionomie. D'ailleurs, chacun pourra se peindre la contenance affectée par cet homme en lisant la fatale lettre que voici :

«Mon frère, voici bientôt vingt-trois ans que nous ne nous sommes vus. Mon mariage a été l'objet de notre dernière entrevue, après laquelle

nous nous sommes quittés joyeux l'un et l'autre.
Certes je ne pouvais guère prévoir que tu serais
un jour le seul soutien de la famille, à la prospérité de laquelle tu applaudissais alors. Quand tu
tiendras cette lettre en tes mains, je n'existerai
plus. Dans la position où j'étais, je n'ai pas voulu
survivre à la honte d'une faillite. Je me suis tenu
sur le bord du gouffre jusqu'au dernier moment,
espérant surnager toujours. Il faut y tomber. Les
banqueroutes réunies de mon agent de change et
de Roguin, mon notaire, m'emportent mes dernières ressources et ne me laissent rien. J'ai la
douleur de devoir près de quatre millions sans
pouvoir offrir plus de vingt-cinq pour cent d'ac-
tif. Mes vins emmagasinés éprouvent en ce
moment la baisse ruineuse que causent l'abon-
dance et la qualité de vos récoltes. Dans trois
jours, Paris dira : "Monsieur Grandet était un fri-
pon !" Je me coucherai, moi probe, dans un lin-
ceul d'infamie. Je ravis à mon fils et son nom que
j'entache et la fortune de sa mère. Il ne sait rien
de cela, ce malheureux enfant que j'idolâtre. Nous
nous sommes dit adieu tendrement. Il ignorait,
par bonheur, que les derniers flots de ma vie
s'épanchaient dans cet adieu. Ne me maudira-t-il
pas un jour ? Mon frère, mon frère, la malédic-
tion de nos enfants est épouvantable ; ils peuvent
appeler de la nôtre, mais la leur est irrévocable.
Grandet, tu es mon aîné, tu me dois ta protection : fais que Charles ne jette aucune parole
amère sur ma tombe ! Mon frère, si je t'écrivais
avec mon sang et mes larmes, il n'y aurait pas
autant de douleurs que j'en mets dans cette
lettre ; car je pleurerais, je saignerais, je serais
mort, je ne souffrirais plus ; mais je souffre et
vois la mort d'un œil sec. Te voilà donc le père de
Charles ! il n'a point de parents du côté maternel,

tu sais pourquoi. Pourquoi n'ai-je pas obéi aux
préjugés sociaux? Pourquoi ai-je cédé à l'amour?
Pourquoi ai-je épousé la fille naturelle d'un
grand seigneur? Charles n'a plus de famille. Ô
mon malheureux fils! mon fils! Écoute, Grandet, je ne suis pas venu t'implorer pour moi;
d'ailleurs tes biens ne sont peut-être pas assez
considérables pour supporter une hypothèque de
trois millions; mais pour mon fils! Sache-le bien,
mon frère, mes mains suppliantes se sont jointes
en pensant à toi. Grandet, je te confie Charles
en mourant. Enfin je regarde mes pistolets sans
douleur en pensant que tu lui serviras de père. Il
m'aimait bien, Charles; j'étais si bon pour lui, je
ne le contrariais jamais: il ne me maudira pas.
D'ailleurs, tu verras; il est doux, il tient de sa
mère, il ne te donnera jamais de chagrin. Pauvre
enfant! accoutumé aux jouissances du luxe, il ne
connaît aucune des privations auxquelles nous a
condamnés l'un et l'autre notre première misère…
Et le voilà ruiné, seul. Oui, tous ses amis le fui-
ront, et c'est moi qui serai la cause de ses humi-
liations. Ah! je voudrais avoir le bras assez fort
pour l'envoyer d'un seul coup dans les cieux près
de sa mère. Folie! je reviens à mon malheur, à
celui de Charles. Je te l'ai donc envoyé pour que
tu lui apprennes convenablement et ma mort et
son sort à venir. Sois un père pour lui, mais un
bon père. Ne l'arrache pas tout à coup à sa vie
oisive, tu le tuerais. Je lui demande à genoux de
renoncer aux créances qu'en qualité d'héritier
de sa mère il pourrait exercer contre moi. Mais
c'est une prière superflue; il a de l'honneur, et
sentira bien qu'il ne doit pas se joindre à mes
créanciers. Fais-le renoncer à ma succession en
temps utile. Révèle-lui les dures conditions de la
vie que je lui fais; et, s'il me conserve sa ten-

dresse, dis-lui bien en mon nom que tout n'est pas perdu pour lui. Oui, le travail, qui nous a sauvés tous deux, peut lui rendre la fortune que je lui emporte ; et, s'il veut écouter la voix de son père, qui pour lui voudrait sortir un moment du tombeau, qu'il parte, qu'il aille aux Indes[1] ! Mon frère, Charles est un jeune homme probe et courageux : tu lui feras une pacotille, il mourrait plutôt que de ne pas te rendre les premiers fonds que tu lui prêteras ; car tu lui en prêteras, Grandet ! sinon tu te créerais des remords. Ah ! si mon enfant ne trouvait ni secours ni tendresse en toi, je demanderais éternellement vengeance à Dieu de ta dureté. Si j'avais pu sauver quelques valeurs, j'avais bien le droit de lui remettre une somme sur le bien de sa mère ; mais les paiements de ma fin du mois avaient absorbé toutes mes ressources. Je n'aurais pas voulu mourir dans le doute sur le sort de mon enfant ; j'aurais voulu sentir de saintes promesses dans la chaleur de ta main, qui m'eût réchauffé ; mais le temps me manque. Pendant que Charles voyage, je suis obligé de dresser mon bilan. Je tâche de prouver par la bonne foi qui préside à mes affaires qu'il n'y a dans mes désastres ni faute ni improbité. N'est-ce pas m'occuper de Charles ? Adieu, mon frère. Que toutes les bénédictions de Dieu te soient acquises pour la généreuse tutelle que je te confie, et que tu acceptes, je n'en doute pas. Il y aura sans cesse une voix qui priera pour toi dans le monde où nous devons aller tous un jour, et où je suis déjà.

« Victor-Ange-Guillaume GRANDET. »

— Vous causez donc ? dit le père Grandet en pliant avec exactitude la lettre dans les mêmes

1. Voir sur ce thème notre Préface.

plis et la mettant dans la poche de son gilet. Il
regarda son neveu d'un air humble et craintif
sous lequel il cacha ses émotions et ses calculs.
— Vous êtes-vous réchauffé ?

— Très bien, mon cher oncle !

— Hé ! bien, où sont donc nos femmes ? dit
l'oncle oubliant déjà que son neveu couchait
chez lui. En ce moment Eugénie et madame
Grandet rentrèrent. — Tout est-il arrangé là-
haut ? leur demanda le bonhomme en retrouvant
son calme.

— Oui, mon père.

— Hé ! bien, mon neveu, si vous êtes fatigué,
Nanon va vous conduire à votre chambre. Dame,
ce ne sera pas un appartement de *mirliflor* !
mais vous excuserez de pauvres vignerons qui
n'ont jamais le sou. Les impôts nous avalent
tout.

— Nous ne voulons pas être indiscrets, Grandet, dit le banquier. Vous pouvez avoir à jaser
avec votre neveu, nous vous souhaitons le bonsoir. À demain.

À ces mots, l'assemblée se leva, et chacun fit la
révérence suivant son caractère. Le vieux notaire
alla chercher sous la porte sa lanterne, et vint
l'allumer en offrant aux des Grassins de les
reconduire. Madame des Grassins n'avait pas
prévu l'incident qui devait faire finir prématuré-
ment la soirée, et son domestique n'était pas
arrivé.

— Voulez-vous me faire l'honneur d'accepter
mon bras, madame ? dit l'abbé Cruchot à madame
des Grassins.

— Merci, monsieur l'abbé. J'ai mon fils, répondit-elle sèchement.

— Les dames ne sauraient se compromettre
avec moi, dit l'abbé.

— Donne donc le bras à monsieur Cruchot, lui dit son mari.

L'abbé emmena la jolie dame assez lestement pour se trouver à quelques pas en avant de la caravane.

— Il est très bien, ce jeune homme, madame, lui dit-il en lui serrant le bras. *Adieu, paniers, vendanges sont faites*[1]! Il vous faut dire adieu à mademoiselle Grandet, Eugénie sera pour le Parisien. À moins que ce cousin ne soit amouraché d'une Parisienne, votre fils Adolphe va rencontrer en lui le rival le plus...

— Laissez donc, monsieur l'abbé. Ce jeune homme ne tardera pas à s'apercevoir qu'Eugénie est une niaise, une fille sans fraîcheur. L'avez-vous examinée? elle était, ce soir, jaune comme un coing.

— Vous l'avez peut-être déjà fait remarquer au cousin.

— Et je ne m'en suis pas gênée...

— Mettez-vous toujours auprès d'Eugénie, madame, et vous n'aurez pas grand'chose à dire à ce jeune homme contre sa cousine, il fera de lui-même une comparaison qui...

— D'abord, il m'a promis de venir dîner après-demain chez moi.

— Ah! si vous vouliez, madame... dit l'abbé.

— Et que voulez-vous que je veuille, monsieur l'abbé? Entendez-vous ainsi me donner de mauvais conseils? Je ne suis pas arrivée à l'âge de trente-neuf ans, avec une réputation sans tache, Dieu merci, pour la compromettre, même quand il s'agirait de l'empire du Grand Mogol. Nous sommes à un âge, l'un et l'autre, auquel on sait

---

1. Ce vieux dicton figure déjà dans *Gargantua*; on sait combien Balzac était féru de Rabelais.

ce que parler veut dire. Pour un ecclésiastique, vous avez en vérité des idées bien incongrues. Fi! cela est digne de *Faublas*[1].

— Vous avez donc lu *Faublas*?

— Non, monsieur l'abbé, je voulais dire *Les Liaisons dangereuses*.

— Ah! ce livre est infiniment plus moral, dit en riant l'abbé. Mais vous me faites aussi pervers que l'est un jeune homme d'aujourd'hui! Je voulais simplement vous...

— Osez me dire que vous ne songiez pas à me conseiller de vilaines choses. Cela n'est-il pas clair? Si ce jeune homme, qui est très bien, j'en conviens, me faisait la cour, il ne penserait pas à sa cousine. À Paris, je le sais, quelques bonnes mères se dévouent ainsi pour le bonheur et la fortune de leurs enfants; mais nous sommes en province, monsieur l'abbé.

— Oui, madame.

— Et, reprit-elle, je ne voudrais pas, ni Adolphe lui-même ne voudrait pas de cent millions achetés à ce prix...

— Madame, je n'ai point parlé de cent millions. La tentation eût été peut-être au-dessus de nos forces à l'un et à l'autre. Seulement, je crois qu'une honnête femme peut se permettre, en tout bien tout honneur, de petites coquetteries sans conséquence, qui font partie de ses devoirs en société, et qui...

— Vous croyez?

— Ne devons-nous pas, madame, tâcher de nous être agréables les uns aux autres... Permet-

---

1. *Les Amours du chevalier de Faublas* de Louvet de Couvray (1760-1797) avaient paru de 1787 à 1790; amateur de littérature libertine (comme on voit dans *Physiologie du mariage*), Balzac gardait du goût pour ce roman, polisson plutôt qu'érotique.

tez que je me mouche. — Je vous assure, madame, reprit-il, qu'il vous lorgnait d'un air un peu plus flatteur que celui qu'il avait en me regardant; mais je lui pardonne d'honorer préférablement à la vieillesse la beauté...

— Il est clair, disait le président de sa grosse voix, que monsieur Grandet de Paris envoie son fils à Saumur dans des intentions extrêmement matrimoniales...

— Mais, alors, le cousin ne serait pas tombé comme une bombe, répondait le notaire.

— Cela ne dirait rien, dit monsieur des Grassins, le bonhomme est *cachottier.*

— Des Grassins, mon ami, je l'ai invité à dîner, ce jeune homme. Il faudra que tu ailles prier monsieur et madame de Larsonnière, et les du Hautoy, avec la belle demoiselle du Hautoy, bien entendu; pourvu qu'elle se mette bien ce jour-là! Par jalousie, sa mère la fagote si mal! J'espère, messieurs, que vous nous ferez l'honneur de venir, ajouta-t-elle en arrêtant le cortège pour se retourner vers les deux Cruchot.

— Vous voilà chez vous, madame, dit le notaire.

Après avoir salué les trois des Grassins, les trois Cruchot s'en retournèrent chez eux, en se servant de ce génie d'analyse que possèdent les provinciaux pour étudier sous toutes ses faces le grand événement de cette soirée, qui changeait les positions respectives des Cruchotins et des Grassinistes. L'admirable bon sens qui dirigeait les actions de ces grands calculateurs leur fit sentir aux uns et aux autres la nécessité d'une alliance momentanée contre l'ennemi commun. Ne devaient-ils pas mutuellement empêcher Eugénie d'aimer son cousin, et Charles de penser à sa cousine? Le Parisien pourrait-il résister aux insinuations perfides, aux calomnies doucereuses, aux médisances pleines d'éloges, aux dénégations naïves qui allaient constamment tourner autour de lui pour le tromper?

Lorsque les quatre parents se trouvèrent seuls dans la salle, monsieur Grandet dit à son neveu: « Il faut se coucher. Il est trop tard pour causer des affaires qui vous amènent ici, nous prendrons demain un moment convenable. Ici, nous déjeunons à huit heures. À midi, nous mangeons un fruit, un rien de pain sur le pouce, et nous buvons un verre de vin blanc; puis nous dînons, comme les Parisiens, à cinq heures. Voilà l'ordre. Si vous voulez voir la ville ou les environs, vous serez libre comme l'air. Vous m'excuserez si mes affaires ne me permettent pas toujours de vous accompagner. Vous les entendrez peut-être tous ici vous disant que je suis riche: monsieur Grandet par-ci, monsieur Grandet par-là! Je les laisse dire, leurs bavardages ne nuisent point à mon crédit. Mais je n'ai pas le sou, et je travaille à mon âge comme un jeune compagnon, qui n'a pour tout bien qu'une mauvaise plaine[1] et deux bons bras. Vous verrez peut-être bientôt par vous-même ce que coûte un écu quand il faut le suer. Allons, Nanon, les chandelles? »

— J'espère, mon neveu, que vous trouverez tout ce dont vous aurez besoin, dit madame Grandet; mais s'il vous manquait quelque chose, vous pourrez appeler Nanon.

— Ma chère tante, ce serait difficile, j'ai, je crois, emporté toutes mes affaires! Permettez-moi de vous souhaiter une bonne nuit, ainsi qu'à ma jeune cousine.

1. Plaine (plus couramment plane), outil de tonnelier formé d'une lame tranchante munie de deux poignées.

Charles prit des mains de Nanon une bougie allumée, une bougie d'Anjou, bien jaune de ton, vieillie en boutique et si pareille à de la chandelle, que monsieur Grandet, incapable d'en soupçonner l'existence au logis, ne s'aperçut pas de cette magnificence.

— Je vais vous montrer le chemin, dit le bonhomme.

Au lieu de sortir par la porte de la salle qui donnait sous la voûte, Grandet fit la cérémonie de passer par le couloir qui séparait la salle de la cuisine. Une porte battante garnie d'un grand carreau de verre ovale fermait ce couloir du côté de l'escalier afin de tempérer le froid qui s'y engouffrait. Mais en hiver la bise n'en sifflait pas moins par là très rudement, et, malgré les bourrelets mis aux portes de la salle, à peine la chaleur s'y maintenait-elle à un degré convenable. Nanon alla verrouiller la grande porte, ferma la salle, et détacha dans l'écurie un chien-loup dont la voix était cassée comme s'il avait une laryngite. Cet animal d'une notable férocité ne connaissait que Nanon. Ces deux créatures champêtres s'entendaient. Quand Charles vit les murs jaunâtres et enfumés de la cage où l'escalier à rampe vermoulue tremblait sous le pas pesant de son oncle, son dégrisement alla *rinforzando*. Il se croyait dans un juchoir à poules. Sa tante et sa cousine, vers lesquelles il se retourna pour interroger leurs figures, étaient si bien façonnées à cet escalier, que, ne devinant pas la cause de son étonnement, elles le prirent pour une expression amicale, et y répondirent par un sourire agréable qui le désespéra. — Que diable mon père m'envoie-t-il faire ici? se disait-il. Arrivé sur le premier palier, il aperçut trois portes peintes en rouge étrusque et sans chambranles, des portes

perdues dans la muraille poudreuse et garnies de
bandes en fer boulonnées, apparentes, terminées
en façon de flammes comme l'était à chaque
bout la longue entrée de la serrure. Celle de ces
portes qui se trouvait en haut de l'escalier et qui
donnait entrée dans la pièce située au-dessus de
la cuisine, était évidemment murée. On n'y péné-
trait en effet que par la chambre de Grandet, à
qui cette pièce servait de cabinet. L'unique croisée d'où elle tirait son jour était défendue sur la
cour par d'énormes barreaux en fer grillagés.
Personne, pas même madame Grandet, n'avait la
permission d'y venir, le bonhomme voulait y rester seul comme un alchimiste à son fourneau[1].
Là, sans doute, quelque cachette avait été très
habilement pratiquée, là s'emmagasinaient les
titres de propriété, là pendaient les balances à
peser les louis, là se faisaient nuitamment et en
secret les quittances, les reçus, les calculs ; de
manière que les gens d'affaires, voyant toujours
Grandet prêt à tout, pouvaient imaginer qu'il
avait à ses ordres une fée ou un démon. Là, sans
doute, quand Nanon ronflait à ébranler les planchers, quand le chien-loup veillait et bâillait dans
la cour, quand madame et mademoiselle Grandet étaient bien endormies, venait le vieux tonnelier choyer, caresser, couver, cuver, cercler son
or. Les murs étaient épais, les contrevents dis-
crets. Lui seul avait la clef de ce laboratoire, où,
dit-on, il consultait des plans sur lesquels ses
arbres à fruits étaient désignés et où il chiffrait
ses produits à un provin, à une bourrée près.
L'entrée de la chambre d'Eugénie faisait face à
cette porte murée. Puis, au bout du palier, était

---

1. Sur ce thème de l'alchimie, voir encore notre Préface.

Logis comme des animaux

l'appartement des deux époux qui occupaient tout le devant de la maison. Madame Grandet avait une chambre contiguë à celle d'Eugénie, chez qui l'on entrait par une porte vitrée. La chambre du maître était séparée de celle de sa femme par une cloison, et du mystérieux cabinet par un gros mur. Le père Grandet avait logé son neveu au second étage, dans la haute mansarde située au-dessus de sa chambre, de manière à pouvoir l'entendre, s'il lui prenait fantaisie d'aller et de venir. Quand Eugénie et sa mère arrivèrent au milieu du palier, elles se donnèrent le baiser du soir; puis, après avoir dit à Charles quelques mots d'adieu, froids sur les lèvres mais certes chaleureux au cœur de la fille, elles rentrèrent dans leurs chambres.

— Vous voilà chez vous, mon neveu, dit le père Grandet à Charles en lui ouvrant sa porte. Si vous aviez besoin de sortir, vous appelleriez Nanon. Sans elle, votre serviteur! le chien vous mangerait sans vous dire un seul mot. Dormez bien. Bonsoir. Ha! ha! ces dames vous ont fait du feu, reprit-il. En ce moment la Grande Nanon apparut, armée d'une bassinoire. — En voilà bien d'une autre! dit monsieur Grandet. Prenez-vous mon neveu pour une femme en couches? Veux-tu bien remporter ta braise, Nanon.

— Mais, monsieur, les draps sont humides, et ce monsieur est vraiment mignon comme une femme.

— Allons, va, puisque tu l'as dans la tête, dit Grandet en la poussant par les épaules, mais prends garde de mettre le feu. Puis l'avare descendit en grommelant de vagues paroles.

Charles demeura pantois au milieu de ses malles. Après avoir jeté les yeux sur les murs d'une chambre en mansarde tendue de ce papier

jaune à bouquets de fleurs qui tapisse les guin-
guettes, sur une cheminée en pierre de liais can-
nelée dont le seul aspect donnait froid, sur des
chaises de bois jaune garnies en canne vernissée
et qui semblaient avoir plus de quatre angles, sur
une table de nuit ouverte dans laquelle aurait pu
tenir un petit sergent de voltigeurs, sur le maigre
tapis de lisière placé au bas d'un lit à ciel dont
les pentes en drap tremblaient comme si elles
allaient tomber, achevées par les vers, il regarda
sérieusement la Grande Nanon et lui dit : « Ah
çà ! ma chère enfant, suis-je bien chez monsieur
Grandet, l'ancien maire de Saumur, frère de
monsieur Grandet de Paris ? »

— Oui, monsieur, chez un ben aimable, un
ben doux, un ben parfait monsieur. Faut-il que je
vous aide à défaire vos malles ?

— Ma foi, je le veux bien, mon vieux troupier !
N'avez-vous pas servi dans les marins de la garde
impériale ?

— Oh ! oh ! oh ! oh ! dit Nanon, quoi que c'est
que ça, les marins de la garde ? C'est-y salé ? Ça
va-t-il sur l'eau ?

— Tenez, cherchez ma robe de chambre qui
est dans cette valise. En voici la clef.

Nanon fut tout émerveillée de voir une robe de
chambre en soie verte à fleurs d'or et à dessins
antiques.

— Vous allez mettre ça pour vous coucher,
dit-elle.

— Oui.

— Sainte Vierge ! le beau devant d'autel que
ça ferait pour la paroisse. Mais mon cher mignon
monsieur, donnez donc ça à l'église, vous sauverez votre âme, tandis que ça vous la fera perdre.
Oh ! que vous êtes donc gentil comme ça. Je vais
appeler mademoiselle pour qu'elle vous regarde.

— Allons, Nanon, puisque Nanon y a, voulez-vous vous taire! Laissez-moi coucher, j'arrangerai mes affaires demain; et si ma robe vous plaît tant, vous sauverez votre âme. Je suis trop bon chrétien pour vous la refuser en m'en allant, et vous pourrez en faire ce que vous voudrez.

Nanon resta plantée sur ses pieds, contemplant Charles, sans pouvoir ajouter foi à ses paroles.

— Me donner ce bel atour! dit-elle en s'en allant. Il rêve déjà ce monsieur. Bonsoir.

— Bonsoir, Nanon.

— Qu'est-ce que je suis venu faire ici? se dit Charles en s'endormant. Mon père n'est pas un niais, mon voyage doit avoir un but. Psch! à demain les affaires sérieuses, disait je ne sais quelle ganache grecque.

— Sainte Vierge! qu'il est gentil, mon cousin, se dit Eugénie en interrompant ses prières, qui ce soir-là ne furent pas finies.

Madame Grandet n'eut aucune pensée en se couchant. Elle entendait, par la porte de communication qui se trouvait au milieu de la cloison, l'avare se promenant de long en long dans sa chambre. Semblable à toutes les femmes timides, elle avait étudié le caractère de son seigneur. De même que la mouette prévoit l'orage, elle avait, à d'imperceptibles signes, pressenti la tempête intérieure qui agitait Grandet, et, pour employer l'expression dont elle se servait, elle faisait alors la morte. Grandet regardait la porte intérieurement doublée en tôle qu'il avait fait mettre à son cabinet, et se disait: «Quelle idée bizarre a eue mon frère de me léguer son enfant? Jolie succession! Je n'ai pas vingt écus à donner. Mais qu'est-ce que vingt écus pour ce mirliflor qui lorgnait mon baromètre comme s'il avait voulu en faire du feu?»

En songeant aux conséquences de ce testament de douleur, Grandet était peut-être plus agité que ne l'était son frère au moment où il le traça.

— J'aurais cette robe d'or?... disait Nanon qui s'endormit habillée de son devant d'autel, rêvant de fleurs, de tabis[1], de damas, pour la première fois de sa vie, comme Eugénie rêva d'amour.

Dans la pure[2] et monotone vie des jeunes filles, il vient une heure délicieuse où le soleil leur épanche ses rayons dans l'âme, où la fleur leur exprime des pensées, où les palpitations du cœur communiquent au cerveau leur chaude fécondance[3], et fondent les idées en un vague désir; jour d'innocente mélancolie et de suaves joyeusetés! Quand les enfants commencent à voir, ils sourient; quand une fille entrevoit le sentiment de la nature, elle sourit comme elle souriait enfant. Si la lumière est le premier amour de la vie, l'amour n'est-il pas la lumière du cœur? Le moment de voir clair aux choses d'ici-bas était arrivé pour Eugénie. Matinale comme toutes les filles de province, elle se leva de bonne heure, fit sa prière, et commença l'œuvre de sa toilette, occupation qui désormais allait avoir un sens. Elle lissa d'abord ses cheveux châtains, tordit leurs grosses nattes au-dessus de sa tête avec le plus grand soin, en évitant que les cheveux ne s'échappassent de leurs tresses, et introduisit dans sa coiffure une symétrie qui rehaussa la timide candeur de son visage, en accordant la simplicité des accessoires à la naïveté des lignes. En se lavant plusieurs fois les mains dans de l'eau pure

---

1. Sorte de moire de soie.
2. Ici commençait le troisième chapitre de l'édition originale : «Amours de province».
3. Puissance fécondante.

qui lui durcissait et rougissait la peau, elle
regarda ses beaux bras ronds, et se demanda ce
que faisait son cousin pour avoir les mains si
mollement blanches, les ongles si bien façonnés.
Elle mit des bas neufs et ses plus jolis souliers.
Elle se laça droit, sans passer d'œillets. Enfin
souhaitant, pour la première fois de sa vie, de
paraître à son avantage, elle connut le bonheur
d'avoir une robe fraîche, bien faite, et qui la rendait attrayante. Quand sa toilette fut achevée,
elle entendit sonner l'horloge de la paroisse, et
s'étonna de ne compter que sept heures. Le désir
d'avoir tout le temps nécessaire pour se bien
habiller l'avait fait lever trop tôt. Ignorant l'art
de remanier dix fois une boucle de cheveux et
d'en étudier l'effet, Eugénie se croisa bonnement
les bras, s'assit à sa fenêtre, contempla la cour, le
jardin étroit et les hautes terrasses qui le dominaient ; vue mélancolique, bornée, mais qui n'était
pas dépourvue des mystérieuses beautés parti-
culières aux endroits solitaires ou à la nature
inculte. Auprès de la cuisine se trouvait un puits
entouré d'une margelle, et à poulie maintenue
dans une branche de fer courbée, qu'embrassait
une vigne aux pampres flétris, rougis, brouis[1]
par la saison. De là, le tortueux sarment gagnait
le mur, s'y attachait, courait le long de la maison
et finissait sur un bûcher où le bois était rangé
avec autant d'exactitude que peuvent l'être les
livres d'un bibliophile. Le pavé de la cour offrait
ces teintes noirâtres produites avec le temps par
les mousses, par les herbes, par le défaut de mouvement. Les murs épais présentaient leur chemise verte, ondée de longues traces brunes.
Enfin les huit marches qui régnaient au fond de

1. Desséchés.

la cour et menaient à la porte du jardin, étaient disjointes et ensevelies sous de hautes plantes comme le tombeau d'un chevalier enterré par sa veuve au temps des croisades. Au-dessus d'une assise de pierres toutes rongées s'élevait une grille de bois pourri, à moitié tombée de vétusté, mais à laquelle se mariaient à leur gré des plantes grimpantes. De chaque côté de la porte à claire-voie s'avançaient les rameaux tortus de deux pommiers rabougris. Trois allées parallèles, sablées et séparées par des carrés dont les terres étaient maintenues au moyen d'une bordure en buis, composaient ce jardin que terminait, au bas de la terrasse, un couvert de tilleuls. À un bout, des framboisiers; à l'autre, un immense noyer qui inclinait ses branches jusque sur le cabinet du tonnelier. Un jour pur et le beau soleil des automnes naturels aux rives de la Loire commençaient à dissiper le glacis imprimé par la nuit aux pittoresques objets, aux murs, aux plantes qui meublaient ce jardin et la cour. Eugénie trouva des charmes tout nouveaux dans l'aspect de ces choses, auparavant si ordinaires pour elle. Mille pensées confuses naissaient dans son âme, et y croissaient à mesure que croissaient au-dehors les rayons du soleil. Elle eut enfin ce mouvement de plaisir vague, inexplicable, qui enveloppe l'être moral, comme un nuage envelopperait l'être physique. Ses réflexions s'accordaient avec les détails de ce singulier paysage, et les harmonies de son cœur firent alliance avec les harmonies de la nature. Quand le soleil atteignit un pan de mur, d'où tombaient des Cheveux de Vénus aux feuilles épaisses à couleurs changeantes comme la gorge des pigeons, de célestes rayons d'espérance illuminèrent l'avenir pour Eugénie, qui désormais se plut à regarder ce pan de mur, ses fleurs pâles,

ses clochettes bleues et ses herbes fanées, auxquelles se mêla un souvenir gracieux comme ceux
de l'enfance. Le bruit que chaque feuille produisait dans cette cour sonore, en se détachant de
son rameau, donnait une réponse aux secrètes
interrogations de la jeune fille, qui serait restée
là, pendant toute la journée, sans s'apercevoir de
la fuite des heures. Puis vinrent de tumultueux
mouvements d'âme. Elle se leva brusquement[1],
se mit devant son miroir, et s'y regarda comme un
auteur de bonne foi contemple son œuvre pour
se critiquer, et se dire des injures à lui-même.

— Je ne suis pas assez belle pour lui. Telle était
la pensée d'Eugénie, pensée humble et fertile en
souffrances. La pauvre fille ne se rendait pas justice ; mais la modestie, ou mieux la crainte, est
une des premières vertus de l'amour. Eugénie
appartenait bien à ce type d'enfants fortement
constitués, comme ils le sont dans la petite bour-
geoisie, et dont les beautés paraissent vulgaires ;
mais, si elle ressemblait à la Vénus de Milo, ses
formes étaient ennoblies par cette suavité du sentiment chrétien qui purifie la femme et lui donne
une distinction inconnue aux sculpteurs anciens.
Elle avait une tête énorme, le front masculin
mais délicat du Jupiter de Phidias, et des yeux
gris auxquels sa chaste vie, en s'y portant tout
entière, imprimait une lumière jaillissante. Les
traits de son visage rond, jadis frais et rose, avaient
été grossis par une petite vérole assez clémente

1. Au lieu de «brusquement», on lit «fréquemment» dans
toutes les éditions publiées du vivant de Balzac ou après lui,
ainsi que dans le «Furne corrigé». En examinant le manuscrit,
P.-G. Castex et Jean-A. Ducourneau ont observé qu'il s'agissait
là d'une faute de lecture due au premier prote, et qui par la
suite a toujours échappé à Balzac lui-même. Nous rétablissons
l'adverbe original, dont le sens, au surplus, est beaucoup plus
satisfaisant.

pour n'y point laisser de traces, mais qui avait
détruit le velouté de la peau, néanmoins si douce
et si fine encore que le pur baiser de sa mère y
traçait passagèrement une marque rouge. Son
nez était un peu trop fort, mais il s'harmoniait[1]
avec une bouche d'un rouge de minium, dont les
lèvres à mille raies étaient pleines d'amour et de
bonté. Le col avait une rondeur parfaite. Le cor-
sage bombé, soigneusement voilé, attirait le regard
et faisait rêver; il manquait sans doute un peu de
la grâce due à la toilette; mais, pour les connaisseurs, la non-flexibilité de cette haute taille devait
être un charme. Eugénie, grande et forte, n'avait
donc rien du joli qui plaît aux masses; mais elle
était belle de cette beauté si facile à méconnaître,
et dont s'éprennent seulement les artistes. Le
peintre qui cherche ici-bas un type à la céleste
pureté de Marie, qui demande à toute la nature
féminine ces yeux modestement fiers devinés par
Raphaël, ces lignes vierges souvent dues aux
hasards de la conception, mais qu'une vie chrétienne et pudique peut seule conserver ou faire
acquérir; ce peintre, amoureux d'un si rare
modèle, eût trouvé tout à coup dans le visage
d'Eugénie la noblesse innée qui s'ignore; il eût
vu sous un front calme un monde d'amour; et,
dans la coupe des yeux, dans l'habitude[2] des paupières, le je ne sais quoi divin. Ses traits, les
contours de sa tête que l'expression du plaisir
n'avait jamais ni altérés ni fatigués, ressem-
blaient aux lignes d'horizon si doucement tranchées dans le lointain des lacs tranquilles. Cette
physionomie calme, colorée, bordée de lueur

---

1. Balzac aime employer «harmonier» pour «harmoniser».
2. Non pas seulement dans l'aspect, mais, en quelque sorte,
dans la structure, l'attitude, le comportement (c'est l'*habitus*
latin).

comme une jolie fleur éclose, reposait l'âme, communiquait le charme de la conscience qui s'y reflétait, et commandait le regard. Eugénie était encore sur la rive de la vie où fleurissent les illusions enfantines, où se cueillent les marguerites avec des délices plus tard inconnues. Aussi se dit-elle en se mirant, sans savoir encore ce qu'était l'amour : «Je suis trop laide, il ne fera pas attention à moi.»

Puis elle ouvrit la porte de sa chambre qui donnait sur l'escalier, et tendit le cou pour écouter les bruits de la maison. — Il ne se lève pas, pensa-t-elle en entendant la tousserie matinale de Nanon, et la bonne fille allant, venant, balayant la salle, allumant son feu, enchaînant le chien et parlant à ses bêtes dans l'écurie. Aussitôt Eugénie descendit et courut à Nanon qui trayait la vache.

— Nanon, ma bonne Nanon, fais donc de la crème pour le café de mon cousin.

— Mais, mademoiselle, il aurait fallu s'y prendre hier, dit Nanon qui partit d'un gros éclat de rire. Je ne peux pas faire de la crème. Votre cousin est mignon, mignon, mais vraiment mignon. Vous ne l'avez pas vu dans sa chambrelouque de soie et d'or. Je l'ai vu, moi. Il porte du linge fin comme celui du surplis à monsieur le curé.

— Nanon, fais-nous donc de la galette.

— Et qui me donnera du bois pour le four, et de la farine, et du beurre ? dit Nanon, laquelle en sa qualité de premier ministre de Grandet prenait parfois une importance énorme aux yeux d'Eugénie et de sa mère. Faut-il pas le voler, cet homme, pour fêter votre cousin ? Demandez-lui du beurre, de la farine, du bois, il est votre père, il peut vous en donner. Tenez, le voilà qui descend pour voir aux provisions...

Eugénie se sauva dans le jardin, tout épouvan-

tée en entendant trembler l'escalier sous le pas
de son père. Elle éprouvait déjà les effets de cette
profonde pudeur et de cette conscience particulière de notre bonheur qui nous fait croire, non
sans raison peut-être, que nos pensées sont gravées sur notre front et sautent aux yeux d'autrui.
En s'apercevant enfin du froid dénuement de la
maison paternelle, la pauvre fille concevait une
sorte de dépit de ne pouvoir la mettre en harmonie avec l'élégance de son cousin. Elle éprouva
un besoin passionné de faire quelque chose pour
lui : quoi ? elle n'en savait rien. Naïve et vraie,
elle se laissait aller à sa nature angélique sans se
défier ni de ses impressions, ni de ses sentiments.
Le seul aspect de son cousin avait éveillé chez
elle les penchants naturels de la femme, et ils
durent se déployer d'autant plus vivement,
qu'ayant atteint sa vingt-troisième année, elle se
trouvait dans la plénitude de son intelligence et
de ses désirs. Pour la première fois, elle eut dans
le cœur de la terreur à l'aspect de son père, vit
en lui le maître de son sort, et se crut coupable
d'une faute en lui taisant quelques pensées. Elle
se mit à marcher à pas précipités en s'étonnant
de respirer un air plus pur, de sentir les rayons
du soleil plus vivifiants, et d'y puiser une chaleur
morale, une vie nouvelle. Pendant qu'elle cherchait un artifice pour obtenir la galette, il s'élevait entre la Grande Nanon et Grandet une de
ces querelles aussi rares entre eux que le sont les
hirondelles en hiver. Muni de ses clefs, le bonhomme était venu pour mesurer les vivres nécessaires à la consommation de la journée.

— Reste-t-il du pain d'hier ? dit-il à Nanon.

— Pas une miette, monsieur.

Grandet prit un gros pain rond, bien enfariné,
moulé dans un de ces paniers plats qui servent à

boulanger en Anjou, et il allait le couper, quand Nanon lui dit : «Nous sommes cinq aujourd'hui, monsieur.»

— C'est vrai, répondit Grandet, mais ton pain pèse six livres, il en restera. D'ailleurs, ces jeunes gens de Paris, tu verras que ça ne mange point de pain.

— Ça mangera donc de la *frippe*, dit Nanon.

En Anjou, la frippe, mot du lexique populaire, exprime l'accompagnement du pain, depuis le beurre étendu sur la tartine, frippe vulgaire, jusqu'aux confitures d'alberge, la plus distinguée des frippes ; et tous ceux qui, dans leur enfance, ont léché la frippe et laissé le pain, comprendront la portée de cette locution.

— Non, répondit Grandet, ça ne mange ni frippe, ni pain. Ils sont quasiment comme des filles à marier.

Enfin, après avoir parcimonieusement ordonné le menu quotidien, le bonhomme allait se diriger vers son fruitier, en fermant néanmoins les armoires de sa *Dépense*, lorsque Nanon l'arrêta pour lui dire : Monsieur, donnez-moi donc alors de la farine et du beurre, je ferai une galette aux enfants.

— Ne vas-tu pas mettre la maison au pillage à cause de mon neveu ?

— Je ne pensais pas plus à votre neveu qu'à votre chien, pas plus que vous n'y pensez vous-même. Ne voilà-t-il pas que vous ne m'avez *aveint* [1] que six morceaux de sucre, m'en faut huit.

— Ha ! çà, Nanon, je ne t'ai jamais vue comme ça. Qu'est-ce qui te passe donc par la tête ? Es-tu la maîtresse ici ? Tu n'auras que six morceaux de sucre.

1. Apporté, alloué.

— Eh! bien, votre neveu, avec quoi donc qu'il sucrera son café?

— Avec deux morceaux, je m'en passerai, moi.

— Vous vous passerez de sucre, à votre âge! J'aimerais mieux vous en acheter de ma poche.

— Mêle-toi de ce qui te regarde.

Malgré la baisse du prix, le sucre était toujours, aux yeux du tonnelier, la plus précieuse des denrées coloniales, il valait toujours six francs la livre, pour lui[1]. L'obligation de le ménager, prise sous l'Empire, était devenue la plus indélébile de ses habitudes. Toutes les femmes, même la plus niaise, savent ruser pour arriver à leurs fins, Nanon abandonna la question du sucre pour obtenir la galette.

— Mademoiselle, cria-t-elle par la croisée, est-ce pas que vous voulez de la galette?

— Non, non, répondit Eugénie.

— Allons, Nanon, dit Grandet en entendant la voix de sa fille, tiens. Il ouvrit la *mette*[2] où était la farine, lui en donna une mesure, et ajouta quelques onces de beurre au morceau qu'il avait déjà coupé.

— Il faudra du bois pour chauffer le four, dit l'implacable Nanon.

— Eh! bien, tu en prendras à ta suffisance, répondit-il mélancoliquement, mais alors tu nous feras une tarte aux fruits, et tu nous cuiras au four tout le dîner; par ainsi, tu n'allumeras pas deux feux.

— Quien! s'écria Nanon, vous n'avez pas besoin de me le dire. Grandet jeta sur son fidèle ministre

---

1. Le blocus continental, en raréfiant les denrées coloniales, avait fait du sucre de canne un produit coûteux. C'est cette circonstance qui suscita l'industrie du sucre de betterave.
2. Le bahut.

un coup d'œil presque paternel. — Mademoiselle, cria la cuisinière, nous aurons une galette. Le père Grandet revint chargé de ses fruits, et en rangea une première assiettée sur la table de la cuisine. — Voyez donc, monsieur, lui dit Nanon, les jolies bottes qu'a votre neveu. Quel cuir, et qui sent bon. Avec quoi que ça se nettoie donc ? Faut-il y mettre de votre cirage à l'œuf ?

— Nanon, je crois que l'œuf gâterait ce cuir-là. D'ailleurs, dis-lui que tu ne connais point la manière de cirer le maroquin, oui, c'est du maroquin, il achètera lui-même à Saumur et t'apportera de quoi illustrer[1] ses bottes. J'ai entendu dire qu'on fourre du sucre dans leur cirage pour le rendre brillant.

— C'est donc bon à manger, dit la servante en portant les bottes à son nez. Tiens, tiens, elles sentent l'eau de Cologne de madame. Ah ! c'est-il drôle.

— Drôle ! dit le maître, tu trouves drôle de mettre à des bottes plus d'argent que n'en vaut celui qui les porte.

— Monsieur, dit-elle au second voyage de son maître qui avait fermé le fruitier, est-ce que vous ne mettrez pas une ou deux fois le pot-au-feu par semaine à cause de votre… ?

— Oui.

— Faudra que j'aille à la boucherie.

— Pas du tout ; tu nous feras du bouillon de volaille, les fermiers ne t'en laisseront pas chômer. Mais je vais dire à Cornoiller de me tuer des corbeaux. Ce gibier-là donne le meilleur bouillon de la terre.

— C'est-y vrai, monsieur, que ça mange les morts ?

---

1. Lustrer, faire reluire.

— Tu es bête, Nanon! ils mangent, comme tout le monde, ce qu'ils trouvent. Est-ce que nous ne vivons pas des morts? Qu'est-ce donc que les successions? Le père Grandet n'ayant plus d'ordre à donner, tira sa montre; et, voyant qu'il pouvait encore disposer d'une demi-heure avant le déjeuner, il prit son chapeau, vint embrasser sa fille, et lui dit: «Veux-tu te promener au bord de la Loire sur mes prairies? j'ai quelque chose à y faire.»

Eugénie alla mettre son chapeau de paille cousue, doublé de taffetas rose; puis, le père et la fille descendirent la rue tortueuse jusqu'à la place.

— Où dévalez-vous donc si matin? dit le notaire Cruchot qui rencontra Grandet.

— Voir quelque chose, répondit le bonhomme sans être la dupe de la promenade matinale de son ami.

Quand le père Grandet allait voir quelque chose, le notaire savait par expérience qu'il y avait toujours quelque chose à gagner avec lui. Donc il l'accompagna.

— Venez, Cruchot! dit Grandet au notaire. Vous êtes de mes amis, je vais vous démontrer comme quoi c'est une bêtise de planter des peupliers dans de bonnes terres...

— Vous comptez donc pour rien les soixante mille francs que vous avez palpés pour ceux qui étaient dans vos prairies de la Loire, dit maître Cruchot en ouvrant des yeux hébétés. Avez-vous eu du bonheur?... Couper vos arbres au moment où l'on manquait de bois blanc à Nantes, et les vendre trente francs!

Eugénie écoutait sans savoir qu'elle touchait au moment le plus solennel de sa vie, et que le notaire allait faire prononcer sur elle un arrêt paternel et souverain. Grandet était arrivé aux magnifiques prairies qu'il possédait au bord de la Loire, et où trente ouvriers s'occupaient à déblayer, combler, niveler les emplacements autrefois pris par les peupliers.

— Maître Cruchot, voyez ce qu'un peuplier prend de terrain, dit-il au notaire. Jean, cria-t-il à un ouvrier, me... me... mesure avec ta toise dans tou... tou... tous les sens !

— Quatre fois huit pieds, répondit l'ouvrier après avoir fini.

— Trente-deux pieds de perte, dit Grandet à Cruchot. J'avais sur cette ligne trois cents peupliers, pas vrai ? Or... trois ce... ce... ce... cent fois trente-d...eux pie... pieds me man... man... mangeaient cinq... inq cents de foin ; ajoutez deux fois autant sur les côtés, quinze cents ; les rangées du milieu autant. Alors, mé... mé... mettons mille bottes de foin.

— Eh ! bien, dit Cruchot pour aider son ami, mille bottes de ce foin-là valent environ six cents francs.

— Di... di... dites dou... ou... ouze cents à cause des trois à quatre cents francs de regain. Eh ! bien, ca... ca... ca... calculez ce que que que dou... ouze cents francs par an pen... pen... pendant quarante ans do... donnent a... a... avec les in... in... intérêts com... com... composés que que que vouous saaavez.

— Va pour soixante mille francs, dit le notaire.

— Je le veux bien ! ça ne ne ne fera que que que soixante mille francs. Eh ! bien, reprit le vigneron sans bégayer, deux mille peupliers de quarante ans ne me donneraient pas cinquante mille francs. Il y a perte. J'ai trouvé ça, moi, dit Grandet en se dressant sur ses ergots. Jean, reprit-il, tu combleras les trous, excepté du côté de la Loire, où tu planteras les peupliers que j'ai achetés. En les mettant dans la rivière, ils se nourriront aux frais du gouvernement, ajouta-t-il en se tournant vers Cruchot et imprimant à la loupe de son nez un léger mouvement qui valait le plus ironique des sourires.

— Cela est clair: les peupliers ne doivent se planter que sur les terres maigres, dit Cruchot stupéfait par les calculs de Grandet.

— *O-u-i, monsieur*, répondit ironiquement le tonnelier.

Eugénie, qui regardait le sublime paysage de la Loire sans écouter les calculs de son père, prêta bientôt l'oreille aux discours de Cruchot en l'entendant dire à son client: « Hé! bien, vous avez fait venir un gendre de Paris, il n'est question que de votre neveu dans tout Saumur. Je vais bientôt avoir un contrat à dresser, père Grandet. »

— Vous... ou... vous êtes so... so... orti de bo... bonne heure poooour me dire ça, reprit Grandet en accompagnant cette réflexion d'un mouvement de sa loupe. Hé! bien, mon vieux camaaaarade, je serai franc, et je vous dirai ce que voooous vooooulez sa savoir. J'aimerais mieux, voyez-voooous, je... jeter ma fi... fi... fille dans la Loire que de la doooonner à son cououousin: vous pou... pou... ouvez aaannoncer ça. Mais non, laissez jaaser le le mon... onde.

Cette réponse causa des éblouissements à Eugénie. Les lointaines espérances qui pour elle commençaient à poindre dans son cœur fleurirent soudain, se réalisèrent et formèrent un faisceau de fleurs qu'elle vit coupées et gisant à terre. Depuis la veille, elle s'attachait à Charles par tous les liens de bonheur qui unissent les âmes; désormais la souffrance allait donc les corroborer. N'est-il pas dans la noble destinée de la femme d'être plus touchée des pompes de la misère que des splendeurs de la fortune? Comment le sentiment paternel avait-il pu s'éteindre au fond du cœur de son père ? de quel crime Charles était-il donc coupable ? Questions mystérieuses ! Déjà son amour naissant, mystère si profond, s'enveloppait de mystères. Elle revint tremblant sur ses jambes, et en arrivant à la vieille rue sombre, si joyeuse pour elle, elle la trouva d'un aspect triste, elle y respira la mélancolie que les temps et les choses y avaient imprimée. Aucun des enseignements de l'amour ne lui manquait. À quelques pas du logis, elle devança son père et l'attendit à la porte après y avoir frappé. Mais Grandet, qui voyait dans la main du notaire un journal encore sous bande, lui avait dit : « Où en sont les fonds ? »

— Vous ne voulez pas m'écouter, Grandet, lui répondit Cruchot. Achetez-en vite, il y a encore vingt pour cent à gagner en deux ans, outre les intérêts à un excellent taux, cinq mille livres de rente pour quatre-vingt mille francs. Les fonds sont à quatre-vingts francs cinquante centimes.

— Nous verrons cela, répondit Grandet en se frottant le menton.

— Mon Dieu ! dit le notaire.

— Eh ! bien, quoi ? s'écria Grandet au moment où Cruchot lui mettait le journal sous les yeux en lui disant : — Lisez cet article.

Monsieur Grandet, l'un des négociants les plus estimés de Paris, s'est brûlé la cervelle hier, après avoir fait son apparition accoutumée à la Bourse. Il avait envoyé au président de la Chambre des Députés sa démission, et s'était également démis de ses fonctions de juge au tribunal de commerce. Les faillites de messieurs Roguin et Souchet, son agent de change et son notaire, l'ont ruiné. La considération dont jouissait monsieur Grandet et son crédit étaient néanmoins tels qu'il eût sans doute trouvé des secours sur la place de Paris. Il

est à regretter que cet homme honorable ait cédé à
un premier moment de désespoir, etc.

— Je le savais, dit le vieux vigneron au notaire.

Ce mot glaça maître Cruchot, qui, malgré son impassibilité de notaire, se sentit froid dans le dos en pensant que le Grandet de Paris avait peut-être imploré vainement les millions du Grandet de Saumur.

— Et son fils, si joyeux hier...

— Il ne sait rien encore, répondit Grandet avec le même calme.

— Adieu, monsieur Grandet, dit Cruchot, qui comprit tout et alla rassurer le président de Bonfons.

En entrant, Grandet trouva le déjeuner prêt. Madame Grandet, au cou de laquelle Eugénie sauta pour l'embrasser avec cette vive effusion de cœur que nous cause un chagrin secret, était déjà sur son siège à patins, et se tricotait des manches pour l'hiver.

— Vous pouvez manger, dit Nanon qui descendit les escaliers quatre à quatre, l'enfant dort comme un chérubin. Qu'il est gentil les yeux fermés! Je suis entrée, je l'ai appelé. Ah bien oui! personne.

— Laisse-le dormir, dit Grandet, il s'éveillera toujours assez tôt aujourd'hui pour apprendre de mauvaises nouvelles.

— Qu'y a-t-il donc? demanda Eugénie en mettant dans son café les deux petits morceaux de sucre pesant on ne sait combien de grammes que le bonhomme s'amusait à couper lui-même à ses heures perdues. Madame Grandet, qui n'avait pas osé faire cette question, regarda son mari.

— Son père s'est brûlé la cervelle.

— Mon oncle?... dit Eugénie.

— Le pauvre jeune homme! s'écria madame Grandet.

— Oui, pauvre, reprit Grandet, il ne possède pas un sou.

— Hé! ben, il dort comme s'il était le roi de la terre, dit Nanon d'un accent doux.

Eugénie cessa de manger. Son cœur se serra, comme il se serre quand, pour la première fois, la compassion, excitée par le malheur de celui qu'elle aime, s'épanche dans le corps entier d'une femme. La pauvre fille pleura.

— Tu ne connaissais pas ton oncle, pourquoi pleures-tu? lui dit son père en lui lançant un de ses regards de tigre affamé qu'il jetait sans doute à ses tas d'or.

— Mais, monsieur, dit la servante, qui ne se sentirait pas de pitié pour ce pauvre jeune homme qui dort comme un sabot sans savoir son sort?

— Je ne te parle pas, Nanon! tiens ta langue.

Eugénie apprit en ce moment que la femme qui aime doit toujours dissimuler ses sentiments. Elle ne répondit pas.

— Jusqu'à mon retour vous ne lui parlerez de rien, j'espère, m'ame Grandet, dit le vieillard en continuant. Je suis obligé d'aller faire aligner le fossé de mes prés sur la route. Je serai revenu à midi pour le second déjeuner, et je causerai avec mon neveu de ses affaires. Quant à toi, mademoiselle Eugénie, si c'est pour ce mirliflor que tu pleures, assez comme cela, mon enfant. Il partira, dare-dare[1], pour les grandes Indes. Tu ne le verras plus…

Le père prit ses gants au bord de son chapeau, les mit avec son calme habituel, les assujettit en

1. L'édition de 1843 corrige l'expression en «d'arre d'arre». Nous ne croyons pas devoir respecter cette étrange correction.

s'emmortaisant les doigts les uns dans les autres, et sortit.

— Ah! maman, j'étouffe, s'écria Eugénie quand elle fut seule avec sa mère. Je n'ai jamais souffert ainsi. Madame Grandet, voyant sa fille pâlir, ouvrit la croisée et lui fit respirer le grand air. — Je suis mieux, dit Eugénie après un moment.

Cette émotion nerveuse chez une nature jusqu'alors en apparence calme et froide réagit sur madame Grandet, qui regarda sa fille avec cette intuition sympathique dont sont douées les mères pour l'objet de leur tendresse, et devina tout. Mais à la vérité, la vie des célèbres sœurs hongroises, attachées l'une à l'autre par une erreur de la nature, n'avait pas été plus intime que ne l'était celle d'Eugénie et de sa mère, toujours ensemble dans cette embrasure de croisée, ensemble à l'église, et dormant ensemble dans le même air.

— Ma pauvre enfant! dit madame Grandet en prenant la tête d'Eugénie pour l'appuyer contre son sein.

À ces mots, la jeune fille releva la tête, interrogea sa mère par un regard, en scruta les secrètes pensées, et lui dit : «Pourquoi l'envoyer aux Indes? S'il est malheureux, ne doit-il pas rester ici, n'est-il pas notre plus proche parent?»

— Oui, mon enfant, ce serait bien naturel; mais ton père a ses raisons, nous devons les respecter.

La mère et la fille s'assirent en silence, l'une sur sa chaise à patins, l'autre sur son petit fauteuil; et, toutes deux, elles reprirent leur ouvrage. Oppressée de reconnaissance pour l'admirable entente de cœur que lui avait témoignée sa mère, Eugénie lui baisa la main en disant : «Combien tu es bonne, ma chère maman!» Ces paroles firent rayonner le vieux visage maternel, flétri

par de longues douleurs. — Le trouves-tu bien?
demanda Eugénie.

Madame Grandet ne répondit que par un sourire; puis, après un moment de silence, elle dit à
voix basse: «L'aimerais-tu donc déjà? ce serait
mal.»

— Mal, reprit Eugénie, pourquoi? Il te plaît, il
plaît à Nanon, pourquoi ne me plairait-il pas?
Tiens, maman, mettons la table pour son déjeuner. Elle jeta son ouvrage, la mère en fit autant
en lui disant: «Tu es folle!» Mais elle se plut à
justifier la folie de sa fille en la partageant. Eugénie appela Nanon.

— Quoi que vous voulez encore, mademoiselle?

— Nanon, tu auras bien de la crème pour midi.

— Ah! pour midi, oui, répondit la vieille servante.

— Hé! bien, donne-lui du café bien fort, j'ai
entendu dire à monsieur des Grassins que le café
se faisait bien fort à Paris. Mets-en beaucoup.

— Et où voulez-vous que j'en prenne?

— Achètes-en.

— Et si monsieur me rencontre?

— Il est à ses prés.

— Je cours. Mais monsieur Fessard m'a déjà
demandé si les trois Mages étaient chez nous, en
me donnant de la bougie. Toute la ville va savoir
nos déportements.

— Si ton père s'aperçoit de quelque chose, dit
madame Grandet, il est capable de nous battre.

— Eh! bien, il nous battra, nous recevrons ses
coups à genoux.

Madame Grandet leva les yeux au ciel, pour
toute réponse, Nanon mit sa coiffe et sortit. Eugénie donna du linge, elle alla chercher quelques-
unes des grappes de raisin qu'elle s'était amusée à

étendre sur des cordes dans le grenier; elle marcha légèrement le long du corridor pour ne point
éveiller son cousin, et ne put s'empêcher d'écouter à sa porte la respiration qui s'échappait en
temps égaux de ses lèvres. — Le malheur veille
pendant qu'il dort, se dit-elle. Elle prit les plus
vertes feuilles de la vigne, arrangea son raisin
aussi coquettement que l'aurait pu dresser un
vieux chef d'office, et l'apporta triomphalement
sur la table. Elle fit main basse, dans la cuisine,
sur les poires comptées par son père, et les dis-
posa en pyramide parmi des feuilles. Elle allait,
venait, trottait, sautait. Elle aurait bien voulu
mettre à sac toute la maison de son père; mais il
avait les clefs de tout. Nanon revint avec deux
œufs frais. En voyant les œufs, Eugénie eut l'envie
de lui sauter au cou.

— Le fermier de la Lande en avait dans son
panier, je les lui ai demandés, et il me les a donnés pour m'être agréable, le mignon.

Après deux heures de soins, pendant lesquelles
Eugénie quitta vingt fois son ouvrage pour aller
voir bouillir le café, pour aller écouter le bruit
que faisait son cousin en se levant, elle réussit à
préparer un déjeuner très simple, peu coûteux,
mais qui dérogeait terriblement aux habitudes
invétérées de la maison. Le déjeuner de midi s'y
faisait debout. Chacun prenait un peu de pain,
un fruit ou du beurre, et un verre de vin. En
voyant la table placée auprès du feu, l'un des fau-
teuils mis devant le couvert de son cousin, en
voyant les deux assiettées de fruits, le coquetier,
la bouteille de vin blanc, le pain, et le sucre
amoncelé dans une soucoupe, Eugénie trembla
de tous ses membres en songeant seulement
alors aux regards que lui lancerait son père, s'il
venait à entrer en ce moment. Aussi regardait-

elle souvent la pendule, afin de calculer si son cousin pourrait déjeuner avant le retour du bonhomme.

— Sois tranquille, Eugénie, si ton père vient, je prendrai tout sur moi, dit madame Grandet.

Eugénie ne put retenir une larme.

— Oh! ma bonne mère, s'écria-t-elle, je ne t'ai pas assez aimée!

Charles, après avoir fait mille tours dans sa chambre en chanteronnant, descendit enfin. Heureusement, il n'était encore que onze heures. Le Parisien! il avait mis autant de coquetterie à sa toilette que s'il se fût trouvé au château de la noble dame qui voyageait en Écosse. Il entra de cet air affable et riant qui sied si bien à la jeunesse, et qui causa une joie triste à Eugénie. Il avait pris en plaisanterie le désastre de ses châteaux en Anjou, et aborda sa tante fort gaiement.

— Avez-vous bien passé la nuit, ma chère tante? et vous, ma cousine?

— Bien, monsieur, mais vous? dit madame Grandet.

— Moi, parfaitement.

— Vous devez avoir faim, mon cousin, dit Eugénie; mettez-vous à table.

— Mais je ne déjeune jamais avant midi, le moment où je me lève. Cependant, j'ai si mal vécu en route, que je me laisserai faire. D'ailleurs... Il tira la plus délicieuse montre plate que Bréguet ait faite. Tiens, mais il est onze heures, j'ai été matinal.

— Matinal?... dit madame Grandet.

— Oui, mais je voulais ranger mes affaires. Eh! bien, je mangerais volontiers quelque chose, un rien, une volaille, un perdreau.

— Sainte Vierge! cria Nanon en entendant ces paroles.

— Un perdreau, se disait Eugénie, qui aurait voulu payer un perdreau de tout son pécule.

— Venez vous asseoir, lui dit sa tante.

Le dandy se laissa aller sur le fauteuil comme une jolie femme qui se pose sur son divan. Eugénie et sa mère prirent des chaises et se mirent près de lui devant le feu.

— Vous vivez toujours ici ? leur dit Charles en trouvant la salle encore plus laide au jour qu'elle ne l'était aux lumières.

— Toujours, répondit Eugénie en le regardant, excepté pendant les vendanges. Nous allons alors aider Nanon, et logeons tous à l'abbaye de Noyers.

— Vous ne vous promenez jamais ?

— Quelquefois le dimanche après vêpres, quand il fait beau, dit madame Grandet, nous allons sur le pont, ou voir les foins quand on les fauche.

— Avez-vous un théâtre ?

— Aller au spectacle, s'écria madame Grandet, voir des comédiens ! Mais, monsieur, ne savez-vous pas que c'est un péché mortel ?

— Tenez, mon cher monsieur, dit Nanon en apportant les œufs, nous vous donnerons les poulets à la coque.

— Oh ! des œufs frais, dit Charles, qui, semblable aux gens habitués au luxe, ne pensait déjà plus à son perdreau. Mais c'est délicieux, si vous aviez du beurre ? Hein, ma chère enfant.

— Ah ! du beurre ! Vous n'aurez donc pas de galette, dit la servante.

— Mais donne du beurre, Nanon ! s'écria Eugénie.

La jeune fille examinait son cousin coupant ses mouillettes et y prenait plaisir, autant que la plus sensible grisette de Paris en prend à voir jouer un mélodrame où triomphe l'innocence. Il est vrai que Charles, élevé par une mère gracieuse, perfectionné par une femme à la mode, avait des mouvements coquets, élégants, menus, comme le sont ceux d'une petite-maîtresse. La compatissance et la tendresse d'une jeune fille possèdent une influence vraiment magnétique. Aussi Charles, en se voyant l'objet des attentions de sa cousine et de sa tante, ne put-il se soustraire à l'influence des sentiments qui se dirigeaient vers lui en l'inondant pour ainsi dire. Il jeta sur Eugénie un de ces regards brillants de bonté, de caresses, un regard qui semblait sourire. Il s'aperçut, en contemplant Eugénie, de l'exquise harmonie des traits de ce pur visage, de son innocente attitude, de la clarté magique de ses yeux, où scintillaient de jeunes pensées d'amour, et où le désir ignorait la volupté.

— Ma foi, ma chère cousine, si vous étiez en grande loge et en grande toilette à l'Opéra, je vous garantis que ma tante aurait bien raison, vous y feriez faire bien des péchés d'envie aux hommes et de jalousie aux femmes.

Ce compliment étreignit le cœur d'Eugénie, et le fit palpiter de joie, quoiqu'elle n'y comprît rien.

— Oh! mon cousin, vous voulez vous moquer d'une pauvre petite provinciale.

— Si vous me connaissiez, ma cousine, vous sauriez que j'abhorre la raillerie, elle flétrit le cœur, froisse tous les sentiments... Et il goba fort agréablement sa mouillette beurrée. Non, je n'ai probablement pas assez d'esprit pour me moquer des autres, et ce défaut me fait beaucoup de tort. A Paris, on trouve moyen de vous assassiner un homme en disant: «Il a bon cœur.» Cette phrase veut dire: «Le pauvre garçon est bête comme un rhinocéros.» Mais comme je suis riche et connu pour abattre une poupée du premier coup à trente pas avec toute espèce de pistolet et en plein champ, la raillerie me respecte.

— Ce que vous dites, mon neveu, annonce un bon cœur.

— Vous avez une bien jolie bague, dit Eugénie, est-ce mal de vous demander à la voir ?

Charles tendit la main en défaisant son anneau ; et Eugénie rougit en effleurant du bout de ses doigts les ongles roses de son cousin.

— Voyez, ma mère, le beau travail.

— Oh ! il y a gros d'or, dit Nanon en apportant le café.

— Qu'est-ce que c'est que cela ? demanda Charles en riant.

Et il montrait un pot oblong, en terre brune, verni, faïencé à l'intérieur, bordé d'une frange de cendre, et au fond duquel tombait le café en revenant à la surface du liquide bouillonnant.

— C'est du café boullu[1], dit Nanon.

— Ah ! ma chère tante, je laisserai du moins quelque trace bienfaisante de mon passage ici. Vous êtes bien arriérés ! Je vous apprendrai à faire du bon café dans une cafetière à la Chaptal.

Il tenta d'expliquer le système de la cafetière à la Chaptal.

— Ah ! bien, s'il y a tant d'affaires que ça, dit Nanon, il faudrait bien y passer sa vie. Jamais je ne ferai de café comme ça. Ah ! bien, oui. Et qui est-ce qui ferait de l'herbe pour notre vache pendant que je ferais le café ?

— C'est moi qui le ferai, dit Eugénie.

1. Bouilli. Quant à la « cafetière à la Chaptal » dont il est question un peu plus bas, c'est un instrument dont *La Comédie humaine* fait état à plusieurs reprises, mais qui n'est pas identifié. On sait que Chaptal (1756-1832), chimiste et ingénieur, se préoccupait des applications pratiques de la science non moins que de la recherche pure.

— Enfant, dit madame Grandet en regardant sa fille.

À ce mot, qui rappelait le chagrin près de fondre sur ce malheureux jeune homme, les trois femmes se turent et le contemplèrent d'un air de commisération qui le frappa.

— Qu'avez-vous donc, ma cousine?

— Chut! dit madame Grandet à Eugénie, qui allait parler. Tu sais, ma fille, que ton père s'est chargé de parler à monsieur...

— Dites Charles, dit le jeune Grandet.

— Ah! vous vous nommez Charles? C'est un beau nom, s'écria Eugénie.

Les malheurs pressentis arrivent presque toujours. Là, Nanon, madame Grandet et Eugénie, qui ne pensaient pas sans frisson au retour du vieux tonnelier, entendirent un coup de marteau dont le retentissement leur était bien connu.

— Voilà papa, dit Eugénie.

Elle ôta la soucoupe au sucre, en en laissant quelques morceaux sur la nappe. Nanon emporta l'assiette aux œufs. Madame Grandet se dressa comme une biche effrayée. Ce fut une peur panique de laquelle Charles s'étonna, sans pouvoir se l'expliquer.

— Eh! bien, qu'avez-vous donc? leur demanda-t-il.

— Mais voilà mon père, dit Eugénie.

— Eh! bien?...

Monsieur Grandet entra, jeta son regard clair sur la table, sur Charles, il vit tout.

— Ah! ah! vous avez fait fête à votre neveu, c'est bien, très bien, c'est fort bien! dit-il sans bégayer. Quand le chat court sur les toits, les souris dansent sur les planchers.

— Fête?... se dit Charles, incapable de soupçonner le régime et les mœurs de cette maison

— Donne-moi mon verre, Nanon! dit le bonhomme.

Eugénie apporta le verre. Grandet tira de son gousset un couteau de corne à grosse lame, coupa une tartine, prit un peu de beurre, l'étendit soigneusement et se mit à manger debout. En ce moment, Charles sucrait son café. Le père Grandet aperçut les morceaux de sucre, examina sa femme qui pâlit, et fit trois pas; il se pencha vers l'oreille de la pauvre vieille, et lui dit : « Où donc avez-vous pris tout ce sucre ? »

— Nanon est allée en chercher chez Fessard, il n'y en avait pas.

Il est impossible de se figurer l'intérêt profond que cette scène muette offrait à ces trois femmes : Nanon avait quitté sa cuisine et regardait dans la salle pour voir comment les choses s'y passeraient. Charles ayant goûté son café, le trouva trop amer, et chercha le sucre que Grandet avait déjà serré.

— Que voulez-vous, mon neveu ? lui dit le bonhomme.

— Le sucre.

— Mettez du lait, répondit le maître de la maison, votre café s'adoucira.

Eugénie reprit la soucoupe au sucre que Grandet avait déjà serrée, et la mit sur la table en contemplant son père d'un air calme. Certes, la Parisienne qui, pour faciliter la fuite de son amant, soutient de ses faibles bras une échelle de soie, ne montre pas plus de courage que n'en déployait Eugénie en remettant le sucre sur la table. L'amant récompensera sa Parisienne qui lui fera voir orgueilleusement un beau bras meurtri dont chaque veine flétrie sera baignée de larmes, de baisers, et guérie par le plaisir; tandis que Charles ne devait jamais être dans le secret

des profondes agitations qui brisaient le cœur de
sa cousine, alors foudroyée par le regard du
vieux tonnelier.

— Tu ne manges pas, ma femme?

La pauvre ilote s'avança, coupa piteusement
un morceau de pain, et prit une poire. Eugénie
offrit audacieusement à son père du raisin, en lui
disant: «Goûte donc à ma conserve, papa! Mon
cousin, vous en mangerez, n'est-ce pas? Je suis
allée chercher ces jolies grappes-là pour vous.»

— Oh! si on ne les arrête, elles mettront Saumur au pillage pour vous, mon neveu. Quand
vous aurez fini, nous irons ensemble dans le jardin, j'ai à vous dire des choses qui ne sont pas
sucrées.

Eugénie et sa mère lancèrent un regard sur
Charles, à l'expression duquel le jeune homme
ne put se tromper.

— Qu'est-ce que ces mots signifient, mon
oncle? Depuis la mort de ma pauvre mère... (à
ces deux mots, sa voix mollit) il n'y a pas de malheur possible pour moi...

— Mon neveu, qui peut connaître les afflic-
tions par lesquelles Dieu veut nous éprouver? lui
dit sa tante.

— Ta! ta! ta! ta! dit Grandet, voilà les bêtises
qui commencent. Je vois avec peine, mon neveu,
vos jolies mains blanches. Il lui montra les
espèces d'épaules de mouton que la nature lui
avait mises au bout des bras. Voilà des mains
faites pour ramasser des écus! Vous avez été élevé
à mettre vos pieds dans la peau avec laquelle se
fabriquent les portefeuilles où nous serrons les
billets de commerce. Mauvais! mauvais!

— Que voulez-vous dire, mon oncle, je veux
être pendu si je comprends un seul mot.

— Venez, dit Grandet.

L'avare fit claquer la lame de son couteau, but le reste de son vin blanc et ouvrit la porte.

— Mon cousin, ayez du courage !

L'accent de la jeune fille avait glacé Charles, qui suivit son terrible parent en proie à de mortelles inquiétudes. Eugénie, sa mère et Nanon vinrent dans la cuisine, excitées par une invincible curiosité à épier les deux acteurs de la scène qui allait se passer dans le petit jardin humide, où l'oncle marcha d'abord silencieusement avec le neveu. Grandet n'était pas embarrassé pour apprendre à Charles la mort de son père, mais il éprouvait une sorte de compassion en le sachant sans un sou, et il cherchait des formules pour adoucir l'expression de cette cruelle vérité. « Vous avez perdu votre père ! » ce n'était rien à dire. Les pères meurent avant les enfants. Mais : « Vous êtes sans aucune espèce de fortune ! » tous les malheurs de la terre étaient réunis dans ces paroles. Et le bonhomme de faire, pour la troisième fois, le tour de l'allée du milieu, dont le sable craquait sous ses pieds. Dans les grandes circonstances de la vie, notre âme s'attache fortement aux lieux où les plaisirs et les chagrins fondent sur nous. Aussi Charles examinait-il avec une attention particulière les buis de ce petit jardin, les feuilles pâles qui tombaient, les dégradations des murs, les bizarreries des arbres fruitiers, détails pittoresques qui devaient rester gravés dans son souvenir, éternellement mêlés à cette heure suprême, par une mnémotechnie particulière aux passions.

— Il fait bien chaud, bien beau, dit Grandet en aspirant une forte partie d'air.

— Oui, mon oncle, mais pourquoi...

— Eh ! bien, mon garçon, reprit l'oncle, j'ai de

mauvaises nouvelles à t'apprendre. Ton père est bien mal...

— Pourquoi suis-je ici? dit Charles. Nanon! cria-t-il, des chevaux de poste. Je trouverai bien une voiture dans le pays, ajouta-t-il en se tournant vers son oncle qui demeurait immobile.

— Les chevaux et la voiture sont inutiles, répondit Grandet en regardant Charles qui resta muet et dont les yeux devinrent fixes. — Oui, mon pauvre garçon, tu devines. Il est mort. Mais ce n'est rien, il y a quelque chose de plus grave, il s'est brûlé la cervelle...

— Mon père?

— Oui. Mais ce n'est rien. Les journaux glosent de cela comme s'ils en avaient le droit. Tiens, lis.

Grandet, qui avait emprunté le journal de Cruchot, mit le fatal article sous les yeux de Charles. En ce moment le pauvre jeune homme, encore enfant, encore dans l'âge où les sentiments se produisent avec naïveté, fondit en larmes.

— Allons, bien, se dit Grandet. Ses yeux m'effrayaient. Il pleure, le voilà sauvé. Ce n'est encore rien, mon pauvre neveu, reprit Grandet à haute voix, sans savoir si Charles l'écoutait, ce n'est rien, tu te consoleras; mais...

— Jamais! jamais! mon père! mon père!

— Il t'a ruiné, tu es sans argent.

— Qu'est-ce que cela me fait! Où est mon père, mon père?

Les pleurs et les sanglots retentissaient entre ces murailles d'une horrible façon, et se répercutaient dans les échos. Les trois femmes, saisies de pitié, pleuraient: les larmes sont aussi contagieuses que peut l'être le rire. Charles, sans écouter son oncle, se sauva dans la cour, trouva l'escalier, monta dans sa chambre, et se jeta en travers sur son lit en se mettant la face dans les draps pour pleurer à son aise loin de ses parents.

— Il faut laisser passer la première averse, dit Grandet en rentrant dans la salle où Eugénie et sa mère avaient brusquement repris leurs places, et travaillaient d'une main tremblante après s'être essuyé les yeux. Mais ce jeune homme n'est bon à rien, il s'occupe plus des morts que de l'argent.

Eugénie frissonna en entendant son père s'exprimant ainsi sur la plus sainte des douleurs. Dès ce moment, elle commença à juger son père. Quoique assourdis, les sanglots de Charles retentissaient dans cette sonore maison; et sa plainte profonde, qui semblait sortir de dessous terre, ne cessa que vers le soir, après s'être graduellement affaiblie.

— Pauvre jeune homme! dit madame Grandet.

Fatale exclamation! Le père Grandet regarda sa femme, Eugénie et le sucrier; il se souvint du déjeuner extraordinaire apprêté pour le parent malheureux, et se posa au milieu de la salle.

— Ah! çà, j'espère, dit-il avec son calme habituel, que vous n'allez pas continuer vos prodigalités, madame Grandet. Je ne vous donne pas MON argent pour embucquer[1] de sucre ce jeune drôle.

— Ma mère n'y est pour rien, dit Eugénie. C'est moi qui...

— Est-ce parce que tu es majeure, reprit Grandet en interrompant sa fille, que tu voudrais me contrarier? Songe, Eugénie...

— Mon père, le fils de votre frère ne devrait pas manquer chez vous de...

---

1. «Embucquer» ou «embuquer» se dit du bétail qu'on engraisse en le gavant.

— Ta, ta, ta, ta, dit le tonnelier sur quatre tons chromatiques, le fils de mon frère par-ci, mon neveu par-là. Charles ne nous est de rien, il n'a ni sou ni maille ; son père a fait faillite ; et, quand ce mirliflor aura pleuré son soûl, il décampera d'ici ; je ne veux pas qu'il révolutionne ma maison.

— Qu'est-ce que c'est, mon père, que de faire faillite ? demanda Eugénie.

— Faire faillite, reprit le père, c'est commettre l'action la plus déshonorante entre toutes celles qui peuvent déshonorer l'homme.

— Ce doit être un bien grand péché, dit madame Grandet, et notre frère serait damné.

— Allons, voilà tes litanies, dit-il à sa femme en haussant les épaules. Faire faillite, Eugénie, reprit-il, est un vol que la loi prend malheureusement sous sa protection. Des gens ont donné leurs denrées à Guillaume Grandet sur sa réputation d'honneur et de probité, puis il a tout pris, et ne leur laisse que les yeux pour pleurer. Le voleur de grand chemin est préférable au banqueroutier : celui-là vous attaque, vous pouvez vous défendre, il risque sa tête ; mais l'autre… Enfin Charles est déshonoré.

Ces mots retentirent dans le cœur de la pauvre fille et y pesèrent de tout leur poids. Probe autant qu'une fleur née au fond d'une forêt est délicate, elle ne connaissait ni les maximes du monde, ni ses raisonnements captieux, ni ses sophismes : elle accepta donc l'atroce explication que son père lui donnait à dessein de la faillite, sans lui faire connaître la distinction qui existe entre une faillite involontaire et une faillite calculée.

— Eh ! bien, mon père, vous n'avez donc pu empêcher ce malheur ?

— Mon frère ne m'a pas consulté ; d'ailleurs, il doit quatre millions.

— Qu'est-ce que c'est donc qu'un million, mon père ? demanda-t-elle avec la naïveté d'un enfant qui croit pouvoir trouver promptement ce qu'il désire.

— Deux millions[1] ? dit Grandet, mais c'est deux millions de pièces de vingt sous, et il faut cinq pièces de vingt sous pour faire cinq francs.

— Mon Dieu ! mon Dieu ! s'écria Eugénie, comment mon oncle avait-il eu à lui quatre millions ? Y a-t-il quelque autre personne en France qui puisse avoir autant de millions ? (Le père Grandet se caressait le menton, souriait, et sa loupe semblait se dilater.) — Mais que va devenir mon cousin Charles ?

— Il va partir pour les Grandes Indes, où, selon le vœu de son père, il tâchera de faire fortune.

— Mais a-t-il de l'argent pour aller là ?

— Je lui paierai son voyage... jusqu'à... oui, jusqu'à Nantes.

Eugénie sauta d'un bond au cou de son père.

— Ah ! mon père, vous êtes bon, vous !

Elle l'embrassait de manière à rendre presque honteux Grandet, que sa conscience harcelait un peu.

---

1. D'édition en édition, Balzac a varié sur le montant de la faillite, mais omis d'unifier les chiffres par une révision systématique du roman. Le «Furne corrigé» lui-même continue à faire mention de deux millions ici et de quatre millions quelques lignes plus haut. De telles contradictions et inadvertances sont fréquentes dans *La Comédie humaine* ; on en remarquera dans *Eugénie Grandet* plusieurs exemples ici ou là. Ainsi les meilleures récoltes de Grandet oscillent entre 700 et 1 400 pièces ou poinçons de vin d'un bout à l'autre du roman. La rente vaut dans le même temps tantôt 81,50 et tantôt 70 francs (voir ci-après notre note 1, p. 143). La fortune du vigneron puis celle de sa fille passent selon les éditions d'une dizaine de millions à 25. Des incertitudes analogues s'observent à propos de l'âge des personnages, de certains détails chronologiques, etc. ; nous ne les soulignerons pas : il suffit que le lecteur en soit averti une fois pour toutes.

— Faut-il beaucoup de temps pour amasser un million? lui demanda-t-elle.

— Dame! dit le tonnelier, tu sais ce que c'est qu'un napoléon. Eh! bien, il en faut cinquante mille pour faire un million.

— Maman, nous dirons des neuvaines pour lui.

— J'y pensais, répondit la mère.

— C'est cela... toujours dépenser de l'argent, s'écria le père. Ah! çà, croyez-vous donc qu'il y ait des mille et des cent ici?

En ce moment une plainte sourde, plus lugubre que toutes les autres, retentit dans les greniers et glaça de terreur Eugénie et sa mère.

— Nanon, va voir là-haut s'il ne se tue pas, dit Grandet. Ha! çà, reprit-il en se tournant vers sa femme et sa fille, que son mot avait rendues pâles, pas de bêtises, vous deux. Je vous laisse. Je vais tourner autour de nos Hollandais, qui s'en vont aujourd'hui. Puis j'irai voir Cruchot, et causer avec lui de tout ça.

Il partit. Quand Grandet eut tiré la porte, Eugénie et sa mère respirèrent à leur aise. Avant cette matinée, jamais la fille n'avait senti de contrainte en présence de son père; mais, depuis quelques heures, elle changeait à tous moments et de sentiments et d'idées.

— Maman, combien de louis a-t-on d'une pièce de vin?

— Ton père vend les siennes entre cent et cent cinquante francs, quelquefois deux cents, à ce que j'ai entendu dire.

— Quand il récolte quatorze cents pièces de vin...

— Ma foi, mon enfant, je ne sais pas ce que cela fait; ton père ne me dit jamais ses affaires.

— Mais alors papa doit être riche.

— Peut-être. Mais monsieur Cruchot m'a dit

qu'il avait acheté Froidfond il y a deux ans. Ça l'aura gêné.

Eugénie, ne comprenant plus rien à la fortune de son père, en resta là de ses calculs.

— Il ne m'a tant seulement point vue, le mignon! dit Nanon en revenant. Il est étendu comme un veau sur son lit, et pleure comme une Madeleine, que c'est une vraie bénédiction! Quel chagrin a donc ce pauvre gentil jeune homme?

— Allons donc le consoler bien vite, maman; et, si l'on frappe, nous descendrons.

Madame Grandet fut sans défense contre les harmonies de la voix de sa fille. Eugénie était sublime, elle était femme. Toutes deux, le cœur palpitant, montèrent à la chambre de Charles. La porte était ouverte. Le jeune homme ne voyait ni n'entendait rien. Plongé dans les larmes, il poussait des plaintes inarticulées.

— Comme il aime son père! dit Eugénie à voix basse.

Il était impossible de méconnaître dans l'accent de ces paroles les espérances d'un cœur à son insu passionné. Aussi madame Grandet jeta-t-elle à sa fille un regard empreint de maternité, puis tout bas à l'oreille: «Prends garde, tu l'aimerais», dit-elle.

— L'aimer! reprit Eugénie. Ah! si tu savais ce que mon père a dit!

Charles se retourna, aperçut sa tante et sa cousine.

— J'ai perdu mon père, mon pauvre père! S'il m'avait confié le secret de son malheur, nous aurions travaillé tous deux à le réparer. Mon Dieu! mon bon père! je comptais si bien le revoir que je l'ai, je crois, froidement embrassé.

Les sanglots lui coupèrent la parole.

— Nous prierons bien pour lui, dit madame Grandet. Résignez-vous à la volonté de Dieu.

— Mon cousin, dit Eugénie, prenez courage! Votre perte est irréparable: ainsi songez maintenant à sauver votre honneur...

Avec cet instinct, cette finesse de la femme qui a de l'esprit en toute chose, même quand elle console, Eugénie voulait tromper la douleur de son cousin en l'occupant de lui-même.

— Mon honneur?... cria le jeune homme en chassant ses cheveux par un mouvement brusque, et il s'assit sur son lit en se croisant les bras. — Ah! c'est vrai. Mon père, disait mon oncle, a fait faillite. Il poussa un cri déchirant et se cacha le visage dans ses mains. — Laissez-moi, ma cousine, laissez-moi! Mon Dieu! mon Dieu! pardonnez à mon père, il a dû bien souffrir.

Il y avait quelque chose d'horriblement attachant à voir l'expression de cette douleur jeune, vraie, sans calcul, sans arrière-pensée. C'était une pudique douleur que les cœurs simples d'Eugénie et de sa mère comprirent quand Charles fit un geste pour leur demander de l'abandonner à lui-même. Elles descendirent, reprirent en silence leurs places près de la croisée, et travaillèrent pendant une heure environ sans se dire un mot. Eugénie avait aperçu, par le regard furtif qu'elle jeta sur le ménage du jeune homme, ce regard des jeunes filles qui voient tout en un clin d'œil, les jolies bagatelles de sa toilette, ses ciseaux, ses rasoirs enrichis d'or. Cette échappée d'un luxe vu à travers la douleur lui rendit Charles encore plus intéressant, par contraste peut-être. Jamais un événement si grave, jamais un spectacle si dramatique n'avait frappé l'imagination de ces deux créatures inces-

samment plongées dans le calme et la solitude.

— Maman, dit Eugénie, nous porterons le deuil
de mon oncle.

— Ton père décidera de cela, répondit madame
Grandet.

Elles restèrent de nouveau silencieuses. Eugénie tirait ses points avec une régularité de mouvement qui eût dévoilé à un observateur les
fécondes pensées de sa méditation. Le premier
désir de cette adorable fille était de partager le
deuil de son cousin. Vers quatre heures, un coup
de marteau brusque retentit au cœur de madame
Grandet.

— Qu'a donc ton père? dit-elle à sa fille.

Le vigneron entra joyeux. Après avoir ôté ses
gants, il se frotta les mains à s'en emporter la
peau, si l'épiderme n'en eût pas été tanné comme
du cuir de Russie, sauf l'odeur des mélèzes et de
l'encens. Il se promenait, il regardait le temps.
Enfin son secret lui échappa.

— Ma femme, dit-il sans bégayer, je les ai tous
attrapés. Notre vin est vendu! Les Hollandais et
les Belges partaient ce matin, je me suis promené
sur la place, devant leur auberge, en ayant l'air
de bêtiser. Chose, que tu connais, est venu à moi.
Les propriétaires de tous les bons vignobles gardent leur récolte et veulent attendre, je ne les en
ai pas empêchés. Notre Belge était désespéré.
J'ai vu cela. Affaire faite, il prend notre récolte à
deux cents francs la pièce, moitié comptant. Je
suis payé en or. Les billets sont faits, voilà six
louis pour toi. Dans trois mois, les vins baisse-
ront.

Ces derniers mots furent prononcés d'un ton
calme, mais si profondément ironique, que les
gens de Saumur, groupés en ce moment sur la

place, et ameutés[1] par la nouvelle de la vente que venait de faire Grandet, en auraient frémi s'ils les eussent entendus. Une peur panique eût fait tomber les vins de cinquante pour cent.

— Vous avez mille pièces cette année, mon père? dit Eugénie.

— Oui, *fifille*.

Ce mot était l'expression superlative de la joie du vieux tonnelier.

— Cela fait deux cent mille pièces de vingt sous.

— Oui, mademoiselle Grandet.

— Eh! bien, mon père, vous pouvez facilement secourir Charles.

L'étonnement, la colère, la stupéfaction de Balthazar en apercevant le *Mane-Tekel-Pharès*[2] ne sauraient se comparer au froid courroux de Grandet qui, ne pensant plus à son neveu, le retrouvait logé au cœur et dans les calculs de sa fille.

[marginal handwritten note: comme nouveau maître mais aussi indépendance]

— Ah! çà, depuis que ce mirliflor a mis le pied dans *ma* maison, tout y va de travers. Vous vous donnez des airs d'acheter des dragées, de faire des noces et des festins. Je ne veux pas de ces choses-là. Je sais, à mon âge, comment je dois me conduire, peut-être! D'ailleurs je n'ai de leçons à prendre ni de ma fille ni de personne. Je ferai pour mon neveu ce qu'il sera convenable de faire, vous n'avez pas à y fourrer le nez. Quant à

---

1. «Anéantis», portent toutes les éditions par suite d'une faute de lecture que Balzac n'a jamais rectifiée, même dans le «Furne corrigé». Même type d'erreur que celle que signalait plus haut notre note 1, p. 86.
2. «Compté, pesé, divisé.» C'est, selon la Bible (*Daniel*, V), l'avertissement en hébreu que Balthazar vit soudain s'inscrire sur un mur de la salle où il festoyait, après avoir profané des vases sacrés, tandis que Cyrus entrait dans Babylone. Aujourd'hui on transcrit habituellement «thecel» au lieu de «tekel».

toi, Eugénie, ajouta-t-il en se tournant vers elle, ne m'en parle plus, sinon je t'envoie à l'abbaye de Noyers avec Nanon voir si j'y suis ; et pas plus tard que demain, si tu bronches. Où est-il donc, ce garçon, est-il descendu ?

— Non, mon ami, répondit madame Grandet.

— Eh ! bien, que fait-il donc ?

— Il pleure son père, répondit Eugénie.

Grandet regarda sa fille sans trouver un mot à dire. Il était un peu père, lui. Après avoir fait un ou deux tours dans la salle, il monta promptement à son cabinet pour y méditer un placement dans les fonds publics. Ses deux mille arpents de forêts coupés à blanc lui avaient donné six cent mille francs ; en joignant à cette somme l'argent de ses peupliers, ses revenus de l'année dernière et de l'année courante, outre les deux cent mille francs du marché qu'il venait de conclure, il pouvait faire une masse de neuf cent mille francs. Les vingt pour cent à gagner en peu de temps sur les rentes, qui étaient à 70 francs, le tentaient. Il chiffra sa spéculation sur le journal où la mort de son frère était annoncée, en entendant, sans les écouter, les gémissements de son neveu. Nanon vint cogner au mur pour inviter son maître à descendre, le dîner était servi. Sous la voûte et à la dernière marche de l'escalier, Grandet disait en lui-même : « Puisque je toucherai mes intérêts à huit, je ferai cette affaire. En deux ans, j'aurai quinze cent mille francs que je retirerai de Paris en bon or. »

— Eh ! bien, où donc est mon neveu ?

— Il dit qu'il ne veut pas manger, répondit Nanon. Ça n'est pas sain.

— Autant d'économisé, lui répliqua son maître.

— Dame, *voui*, dit-elle.

— Bah ! il ne pleurera pas toujours. La faim chasse le loup hors du bois.

Le dîner fut étrangement silencieux.

— Mon bon ami, dit madame Grandet lorsque la nappe fut ôtée, il faut que nous prenions le deuil.

— En vérité, madame Grandet, vous ne savez quoi vous inventer pour dépenser de l'argent. Le deuil est dans le cœur et non dans les habits.

— Mais le deuil d'un frère est indispensable, et l'Église nous ordonne de...

— Achetez votre deuil sur vos six louis. Vous me donnerez un crêpe, cela me suffira.

Eugénie leva les yeux au ciel sans mot dire. Pour la première fois dans sa vie, ses généreux penchants endormis, comprimés, mais subitement éveillés, étaient à tout moment froissés. Cette soirée fut semblable en apparence à mille soirées de leur existence monotone, mais ce fut certes la plus horrible. Eugénie travailla sans lever la tête, et ne se servit point du nécessaire que Charles avait dédaigné la veille. Madame Grandet tricota ses manches. Grandet tourna ses pouces pendant quatre heures, abîmé dans des calculs dont les résultats devaient, le lendemain, étonner Saumur. Personne ne vint ce jour-là visiter la famille. En ce moment, la ville entière retentissait du tour de force de Grandet, de la faillite de son frère et de l'arrivée de son neveu. Pour obéir au besoin de bavarder sur leurs intérêts communs, tous les propriétaires de vignobles des hautes et moyennes sociétés de Saumur étaient chez monsieur des Grassins, où se fulminèrent de terribles imprécations contre l'ancien maire. Nanon filait, et le bruit de son rouet fut la seule voix qui se fît entendre sous les planchers grisâtres de la salle.

— Nous n'usons point nos langues, dit-elle en montrant ses dents blanches et grosses comme des amandes pelées.

— Ne faut rien user, répondit Grandet en se

réveillant de ses méditations. Il se voyait en perspective huit millions dans trois ans, il voguait sur cette longue nappe d'or. — Couchons-nous. J'irai dire bonsoir à mon neveu pour tout le monde, et voir s'il veut prendre quelque chose.

Madame Grandet resta sur le palier du premier étage pour entendre la conversation qui allait avoir lieu entre Charles et le bonhomme. Eugénie, plus hardie que sa mère, monta deux marches.

— Hé! bien, mon neveu, vous avez du chagrin. Oui, pleurez, c'est naturel. Un père est un père. Mais faut prendre notre mal en patience. Je m'occupe de vous pendant que vous pleurez. Je suis un bon parent, voyez-vous. Allons, du courage. Voulez-vous boire un petit verre de vin? Le vin ne coûte rien à Saumur, on y offre du vin comme dans les Indes une tasse de thé. — Mais, dit Grandet en continuant, vous êtes sans lumière. Mauvais, mauvais! faut voir clair à ce que l'on fait. Grandet marcha vers la cheminée. — Tiens! s'écria-t-il, voilà de la bougie. Où diable a-t-on pêché de la bougie? Les garces démoliraient le plancher de ma maison pour cuire des œufs à ce garçon-là.

En entendant ces mots, la mère et la fille rentrèrent dans leurs chambres et se fourrèrent dans leurs lits avec la célérité de souris effrayées qui rentrent dans leurs trous.

— Madame Grandet, vous avez donc un trésor? dit l'homme en entrant dans la chambre de sa femme.

— Mon ami, je fais mes prières, attendez, répondit d'une voix altérée la pauvre mère.

— Que le diable emporte ton bon Dieu! répliqua Grandet en grommelant.

Les avares ne croient pas à une vie à venir, le

présent est tout pour eux. Cette réflexion jette
une horrible clarté sur l'époque actuelle, où, plus
qu'en aucun autre temps, l'argent domine les
lois, la politique et les mœurs. Institutions, livres,
hommes et doctrines, tout conspire à miner la
croyance d'une vie future sur laquelle l'édifice
social est appuyé depuis dix-huit cents ans. Maintenant le cercueil est une transition peu redoutée.
L'avenir, qui nous attendait par-delà le requiem,
a été transposé dans le présent. Arriver *per fas et
nefas*[1] au paradis terrestre du luxe et des jouissances vaniteuses, pétrifier son cœur et se macé-
rer le corps en vue de possessions passagères,
comme on souffrait jadis le martyre de la vie en
vue de biens éternels, est la pensée générale!
pensée d'ailleurs écrite partout, jusque dans les
lois, qui demandent au législateur: «Que paies-
tu?[2]» au lieu de lui dire: «Que penses-tu?»
Quand cette doctrine aura passé de la bourgeoi-
sie au peuple, que deviendra le pays?

— Madame Grandet, as-tu fini? dit le vieux
tonnelier.

— Mon ami, je prie pour toi.

— Très bien! bonsoir. Demain matin, nous
causerons.

La pauvre femme s'endormit comme l'écolier
qui, n'ayant pas appris ses leçons, craint de trouver
à son réveil le visage irrité du maître. Au moment
ou, par frayeur, elle se roulait dans ses draps pour
ne rien entendre, Eugénie se coula près d'elle, en
chemise, pieds nus, et vint la baiser au front.

— Oh! bonne mère, dit-elle, demain je lui dirai
que c'est moi.

1. Par tous les moyens, licites et illicites.
2. N'étaient éligibles aux fonctions législatives que les candi-
dats payant un certain minimum d'impôt.

— Non, il t'enverrait à Noyers. Laisse-moi faire, il ne me mangera pas.

— Entends-tu, maman?

— Quoi?

— Hé! bien, *il* pleure toujours.

— Va donc te coucher, ma fille. Tu gagneras froid aux pieds. Le carreau est humide.

Ainsi se passa la journée solennelle qui devait peser sur toute la vie de la riche et pauvre héritière dont le sommeil ne fut plus aussi complet ni aussi pur qu'il l'avait été jusqu'alors. Assez souvent certaines actions de la vie humaine paraissent, littérairement parlant, invraisemblables, quoique vraies. Mais ne serait-ce pas qu'on omet presque toujours de répandre sur nos déterminations spontanées une sorte de lumière psychologique, en n'expliquant pas les raisons mystérieusement conçues qui les ont nécessitées? Peut-être la profonde passion d'Eugénie devrait-elle être analysée dans ses fibrilles les plus délicates; car elle devint, diraient quelques railleurs, une maladie, et influença toute son existence. Beaucoup de gens aiment mieux nier les dénouements, que de mesurer la force des liens, des nœuds, des attaches qui soudent secrètement un fait à un autre dans l'ordre moral. Ici donc le passé d'Eugénie servira, pour les observateurs de la nature humaine, de garantie à la naïveté de son irréflexion et à la soudaineté des effusions de son âme. Plus sa vie avait été tranquille, plus vivement la pitié féminine, le plus ingénieux des sentiments, se déploya dans son âme. Aussi, troublée par les événements de la journée, s'éveilla-t-elle, à plusieurs reprises, pour écouter son cousin, croyant en avoir entendu les soupirs qui depuis la veille lui retentissaient au cœur: tantôt elle le voyait expirant de chagrin, tantôt elle le rêvait

mourant de faim. Vers le matin, elle entendit certainement une terrible exclamation. Aussitôt elle
se vêtit, et accourut au petit jour, d'un pied léger,
auprès de son cousin qui avait laissé sa porte
ouverte. La bougie avait brûlé dans la bobèche
du flambeau. Charles, vaincu par la nature, dormait habillé, assis dans un fauteuil la tête renver-
sée sur le lit ; il rêvait comme rêvent les gens qui
ont l'estomac vide. Eugénie put pleurer à son
aise ; elle put admirer ce jeune et beau visage,
marbré par la douleur, ces yeux gonflés par les
larmes, et qui tout endormis semblaient encore
verser des pleurs. Charles devina sympathique-
ment la présence d'Eugénie, il ouvrit les yeux, et
la vit attendrie.

— Pardon, ma cousine, dit-il, ne sachant évidemment ni l'heure qu'il était, ni le lieu où il se
trouvait.

— Il y a des cœurs qui vous entendent ici, mon
cousin, et *nous* avons cru que vous aviez besoin de
quelque chose. Vous devriez vous coucher, vous
vous fatiguez en restant ainsi.

— Cela est vrai.

— Hé ! bien, adieu.

Elle se sauva, honteuse et heureuse d'être
venue. L'innocence ose seule de telles hardiesses.
Instruite, la Vertu calcule aussi bien que le Vice.
Eugénie qui, près de son cousin, n'avait pas trem-
blé, put à peine se tenir sur ses jambes quand elle
fut dans sa chambre. Son ignorante vie avait cessé
tout à coup, elle raisonna, se fit mille reproches.
« Quelle idée va-t-il prendre de moi ? Il croira que
je l'aime. » C'était précisément ce qu'elle désirait
le plus de lui voir croire. L'amour franc a sa pres-
cience et sait que l'amour excite l'amour. Quel
événement pour cette jeune fille solitaire, d'être
ainsi entrée furtivement chez un jeune homme !

N'y a-t-il pas des pensées, des actions qui, en amour, équivalent, pour certaines âmes, à de saintes fiançailles ! Une heure après, elle entra chez sa mère, et l'habilla suivant son habitude. Puis elles vinrent s'asseoir à leurs places devant la fenêtre, et attendirent Grandet avec cette anxiété qui glace le cœur ou l'échauffe, le serre ou le dilate suivant les caractères, alors que l'on redoute une scène, une punition ; sentiment d'ailleurs si naturel, que les animaux domestiques l'éprouvent au point de crier pour le faible mal d'une correction, eux qui se taisent quand ils se blessent par inadvertance. Le bonhomme descendit, mais il parla d'un air distrait à sa femme, embrassa Eugénie, et se mit à table sans paraître penser à ses menaces de la veille.

— Que devient mon neveu ? l'enfant n'est pas gênant.

— Monsieur, il dort, répondit Nanon.

— Tant mieux, il n'a pas besoin de bougie, dit Grandet d'un ton goguenard.

Cette clémence insolite, cette amère gaieté frappèrent madame Grandet, qui regarda son mari fort attentivement. Le bonhomme... Ici peut-être est-il convenable de faire observer qu'en Touraine, en Anjou, en Poitou, dans la Bretagne, le mot bonhomme déjà souvent employé pour désigner Grandet, est décerné aux hommes les plus cruels comme aux plus bonasses, aussitôt qu'ils sont arrivés à un certain âge. Ce titre ne préjuge rien sur la mansuétude individuelle. Le bonhomme, donc, prit son chapeau, ses gants, et dit : « Je vais muser sur la place pour rencontrer nos Cruchot. »

— Eugénie, ton père a décidément quelque chose.

En effet, peu dormeur, Grandet employait la

moitié de ses nuits aux calculs préliminaires qui donnaient à ses vues, à ses observations, à ses plans, leur étonnante justesse et leur assuraient cette constante réussite de laquelle s'émerveillaient les Saumurois. Tout pouvoir humain est un composé de patience et de temps. Les gens puissants veulent et veillent. La vie de l'avare est un constant exercice de la puissance humaine mise au service de la personnalité. Il ne s'appuie que sur deux sentiments : l'amour-propre et l'intérêt ; mais l'intérêt étant en quelque sorte l'amour-propre solide et bien entendu, l'attestation continue d'une supériorité réelle, l'amour-propre et l'intérêt sont deux parties d'un même tout, l'égoïsme. De là vient peut-être la prodigieuse curiosité qu'excitent les avares habilement mis en scène. Chacun tient par un fil à ces personnages qui s'attaquent à tous les sentiments humains, en les résumant tous. Où est l'homme sans désir, et quel désir social se résoudra sans argent ? Grandet avait bien réellement quelque chose, suivant l'expression de sa femme. Il se rencontrait en lui, comme chez tous les avares, un persistant besoin de jouer une partie avec les autres hommes, de leur gagner légalement leurs écus. Imposer autrui, n'est-ce pas faire acte de pouvoir, se donner perpétuellement le droit de mépriser ceux qui, trop faibles, se laissent ici-bas dévorer ? Oh ! qui a bien compris l'agneau paisiblement couché aux pieds de Dieu, le plus touchant emblème de toutes les victimes terrestres, celui de leur avenir, enfin la Souffrance et la Faiblesse glorifiées ? Cet agneau, l'avare le laisse s'engraisser, il le parque, le tue, le cuit, le mange et le méprise. La pâture des avares se compose d'argent et de dédain. Pendant la nuit, les idées du bonhomme avaient pris un autre cours: de là, sa clémence. Il avait ourdi une trame pour se moquer des Parisiens, pour les tordre, les rouler, les pétrir, les faire aller, venir, suer, espérer, pâlir; pour s'amuser d'eux, lui, ancien tonnelier, au fond de sa salle grise, en montant l'escalier vermoulu de sa maison de Saumur. Son neveu l'avait occupé. Il voulait sauver l'honneur de son frère mort, sans qu'il en coûtât un sou ni à son neveu ni à lui. Ses fonds allaient être placés pour trois ans, il n'avait plus qu'à gérer ses biens; il fallait donc un aliment à son activité malicieuse, et il l'avait trouvé dans la faillite de son frère. Ne se sentant rien entre les pattes à pressurer, il voulait concasser les Parisiens au profit de Charles, et se montrer excellent frère à bon marché. L'honneur de la famille entrait pour si peu de chose dans son projet, que sa bonne volonté doit être comparée au besoin qu'éprouvent les joueurs de voir bien jouer une partie dans laquelle ils n'ont pas d'enjeu. Et les Cruchot lui étaient nécessaires, et il ne voulait pas les aller chercher, et il avait décidé de les faire arriver chez lui, et d'y commencer ce soir même la comédie dont le plan venait d'être conçu, afin d'être le lendemain, sans qu'il lui en coûtât un denier, l'objet de l'admiration de sa ville[1]. En l'absence de son père, Eugénie eut le bonheur de pouvoir s'occuper ouvertement de son bien-aimé cousin, d'épancher sur lui sans crainte les trésors de sa pitié, l'une des sublimes supériorités de la femme, la seule qu'elle veuille faire sentir, la seule qu'elle pardonne à l'homme de lui laisser prendre sur lui. Trois ou quatre fois,

---

1. Ici s'arrêtait le troisième chapitre de l'édition originale. Les mots suivants ouvraient à la fois un nouvel alinéa et le quatrième chapitre, intitulé «Serments d'amour».

Eugénie alla écouter la respiration de son cousin; savoir s'il dormait, s'il se réveillait; puis,
quand il se leva, la crème, le café, les œufs, les
fruits, les assiettes, le verre, tout ce qui faisait
partie du déjeuner, fut pour elle l'objet de quelque
soin. Elle grimpa lestement dans le vieil escalier
pour écouter le bruit que faisait son cousin. S'ha-
billait-il? pleurait-il encore? Elle vint jusqu'à la
porte.

— Mon cousin?

— Ma cousine.

— Voulez-vous déjeuner dans la salle ou dans
votre chambre?

— Où vous voudrez.

— Comment vous trouvez-vous?

— Ma chère cousine, j'ai honte d'avoir faim.

Cette conversation à travers la porte était pour
Eugénie tout un épisode de roman.

— Eh! bien, nous vous apporterons à déjeuner
dans votre chambre, afin de ne pas contrarier
mon père. Elle descendit dans la cuisine avec la
légèreté d'un oiseau. — Nanon, va donc faire sa
chambre.

Cet escalier si souvent monté, descendu, où
retentissait le moindre bruit, semblait à Eugénie
avoir perdu son caractère de vétusté; elle le
voyait lumineux, il parlait, il était jeune comme
elle, jeune comme son amour auquel il servait.
Enfin sa mère, sa bonne et indulgente mère, voulut bien se prêter aux fantaisies de son amour,
et lorsque la chambre de Charles fut faite, elles
allèrent toutes deux tenir compagnie au malheureux: la charité chrétienne n'ordonnait-elle pas
de le consoler? Ces deux femmes puisèrent dans
la religion bon nombre de petits sophismes pour
se justifier leurs déportements. Charles Grandet
se vit donc l'objet des soins les plus affectueux et

les plus tendres. Son cœur endolori sentit vivement la douceur de cette amitié veloutée, de cette exquise sympathie, que ces deux âmes toujours contraintes surent déployer en se trouvant libres un moment dans la région des souffrances, leur sphère naturelle. Autorisée par la parenté, Eugénie se mit à ranger le linge, les objets de toilette que son cousin avait apportés, et put s'émerveiller à son aise de chaque luxueuse babiole, des colifichets d'argent, d'or travaillé qui lui tombaient sous la main, et qu'elle tenait longtemps sous prétexte de les examiner. Charles ne vit pas sans un attendrissement profond l'intérêt généreux que lui portaient sa tante et sa cousine, il connaissait assez la société de Paris pour savoir que dans sa position il n'y eût trouvé que des cœurs indifférents ou froids, Eugénie lui apparut dans toute la splendeur de sa beauté spéciale, et il admira dès lors l'innocence de ces mœurs dont il se moquait la veille. Aussi, quand Eugénie prit des mains de Nanon le bol de faïence plein de café à la crème pour le servir à son cousin avec toute l'ingénuité du sentiment, en lui jetant un bon regard, les yeux du Parisien se mouillèrent-ils de larmes, il lui prit la main et la baisa.

— Hé! bien, qu'avez-vous encore? demanda-t-elle.

— Oh! c'est des larmes de reconnaissance, répondit-il.

Eugénie se tourna brusquement vers la cheminée pour prendre les flambeaux.

— Nanon, tenez, emportez, dit-elle.

Quand elle regarda son cousin, elle était bien rouge encore, mais au moins ses regards purent mentir et ne pas peindre la joie excessive qui lui inondait le cœur; mais leurs yeux exprimèrent un même sentiment, comme leurs âmes se fon-

dirent dans une même pensée: l'avenir était à
eux. Cette douce émotion fut d'autant plus délicieuse pour Charles au milieu de son immense
chagrin, qu'elle était moins attendue. Un coup de
marteau rappela les deux femmes à leurs places.
Par bonheur, elles purent redescendre assez rapidement l'escalier pour se trouver à l'ouvrage
quand Grandet entra; s'il les eût rencontrées
sous la voûte, il n'en aurait pas fallu davantage
pour exciter ses soupçons. Après le déjeuner, que
le bonhomme fit sur le pouce, le garde, auquel
l'indemnité promise n'avait pas encore été donnée, arriva de Froidfond, d'où il apportait un
lièvre, des perdreaux tués dans le parc, des
anguilles et deux brochets dus par les meuniers.

— Eh! eh! ce pauvre Cornoiller, il vient comme
marée en carême. Est-ce bon à manger, ça?

— Oui, mon cher généreux monsieur, c'est tué
depuis deux jours.

— Allons, Nanon, haut le pied, dit le bonhomme. Prends-moi cela, ce sera pour le dîner,
je régale deux Cruchot.

Nanon ouvrit des yeux bêtes et regarda tout le
monde.

— Eh! bien, dit-elle, où que je trouverai du
lard et des épices?

— Ma femme, dit Grandet, donne six francs à
Nanon, et fais-moi souvenir d'aller à la cave chercher du bon vin.

— Eh! bien donc, monsieur Grandet, reprit le
garde qui avait préparé sa harangue afin de faire
décider la question de ses appointements, monsieur Grandet...

— Ta, ta, ta, ta, dit Grandet, je sais ce que tu veux
dire, tu es un bon diable, nous verrons cela demain,
je suis trop pressé aujourd'hui. — Ma femme,
donne-lui cent sous, dit-il à madame Grandet.

Il décampa. La pauvre femme fut trop heureuse d'acheter la paix pour onze francs. Elle savait que Grandet se taisait pendant quinze jours, après avoir ainsi repris, pièce à pièce, l'argent qu'il avait donné.

— Tiens, Cornoiller, dit-elle en lui glissant dix francs dans la main, quelque jour nous reconnaîtrons tes services.

Cornoiller n'eut rien à dire. Il partit.

— Madame, dit Nanon, qui avait mis sa coiffe noire et pris son panier, je n'ai besoin que de trois francs, gardez le reste. Allez, ça ira tout de même.

— Fais un bon dîner, Nanon, mon cousin descendra, dit Eugénie.

— Décidément il se passe ici quelque chose d'extraordinaire, dit madame Grandet. Voici la troisième fois que, depuis notre mariage, ton père donne à dîner.

Vers quatre heures, au moment où Eugénie et sa mère avaient fini de mettre un couvert pour six personnes, et où le maître du logis avait monté quelques bouteilles de ces vins exquis que conservent les provinciaux avec amour, Charles vint dans la salle. Le jeune homme était pâle. Ses gestes, sa contenance, ses regards et le son de sa voix eurent une tristesse pleine de grâce. Il ne jouait pas la douleur, il souffrait véritablement, et le voile étendu sur ses traits par la peine lui donnait cet air intéressant qui plaît tant aux femmes. Eugénie l'en aima bien davantage. Peut-être aussi le malheur l'avait-il rapproché d'elle. Charles n'était plus ce riche et beau jeune homme placé dans une sphère inabordable pour elle ; mais un parent plongé dans une effroyable misère. La misère enfante l'égalité. La femme a cela de commun avec l'ange que les êtres souffrants lui appartiennent. Charles et Eugénie s'entendirent et se parlèrent des yeux seulement; car le pauvre dandy déchu, l'orphelin se mit dans un coin, s'y tint muet, calme et fier; mais, de moment en moment, le regard doux et caressant de sa cousine venait luire sur lui, le contraignait à quitter ses tristes pensées, à s'élancer avec elle dans les champs de l'Espérance et de l'Avenir où elle aimait à s'engager avec lui. En ce moment, la ville de Saumur était plus émue du dîner offert par Grandet aux Cruchot qu'elle ne l'avait été la veille par la vente de sa récolte qui constituait un crime de haute trahison envers le vignoble. Si le politique vigneron eût donné son dîner dans la même pensée qui coûta la queue au chien d'Alcibiade[1], il aurait été peut-être un grand homme; mais trop supérieur à une ville de laquelle il se jouait sans cesse, il ne faisait aucun cas de Saumur. Les des Grassins apprirent bientôt la mort violente et la faillite probable du père de Charles, ils résolurent d'aller dès le soir même chez leur client, afin de prendre part à son malheur et lui donner des signes d'amitié, tout en s'informant des motifs qui pouvaient l'avoir déterminé à inviter, en semblable occurrence, les Cruchot à dîner. À cinq heures précises, le président C. de Bonfons et son oncle le notaire arrivèrent endimanchés jusqu'aux dents. Les convives se mirent à table et commencèrent par manger notablement

---

1. Sans autre but que d'attirer l'attention sur lui. «Alcibiade avait un chien remarquable par sa taille et par sa beauté, et qui lui avait coûté soixante-dix mines; il lui fit couper la queue, qui était son plus bel ornement: ses amis lui en firent des reproches, et lui rapportèrent que cette action était généralement blâmée, et faisait mal parler de lui. Voilà précisément ce que je demandais, leur dit Alcibiade en riant. Tant que les Athéniens s'entretiendront de cela, ils ne diront rien de pis sur mon compte» (Plutarque, *Alcibiade*, X).

bien. Grandet était grave, Charles silencieux, Eugénie muette, madame Grandet ne parla pas plus que de coutume, en sorte que ce dîner fut un véritable repas de condoléance. Quand on se leva de table, Charles dit à sa tante et à son oncle : « Permettez-moi de me retirer. Je suis obligé de m'occuper d'une longue et triste correspondance.

— Faites, mon neveu. »

Lorsque, après son départ, le bonhomme put présumer que Charles ne pouvait rien entendre, et devait être plongé dans ses écritures, il regarda sournoisement sa femme.

— Madame Grandet, ce que nous avons à dire serait du latin pour vous ; il est sept heures et demie, vous devriez aller vous serrer dans votre portefeuille. Bonne nuit, ma fille.

Il embrassa Eugénie, et les deux femmes sortirent. Là commença la scène où le père Grandet, plus qu'en aucun autre moment de sa vie, employa l'adresse qu'il avait acquise dans le commerce des hommes, et qui lui valait souvent, de la part de ceux dont il mordait un peu trop rudement la peau, le surnom de *vieux chien.* Si le maire de Saumur eût porté son ambition plus haut, si d'heureuses circonstances, en le faisant arriver vers les sphères supérieures de la société, l'eussent envoyé dans les congrès où se traitaient les affaires des nations, et qu'il s'y fût servi du génie dont l'avait doté son intérêt personnel, nul doute qu'il n'y eût été glorieusement utile à la France. Néanmoins, peut-être aussi serait-il également probable que, sorti de Saumur, le bonhomme n'aurait fait qu'une pauvre figure. Peut-être en est-il des esprits comme de certains animaux, qui n'engendrent plus transplantés hors des climats où ils naissent.

— Mon... on... on... on... sieur le pré... pré...

pré... président, vouoouous di... di... di... disiiieeez que la faaaaiiillite...

Le bredouillement affecté depuis si longtemps par le bonhomme et qui passait pour naturel, aussi bien que la surdité dont il se plaignait par les temps de pluie, devint, en cette conjoncture, si fatigant pour les deux Cruchot, qu'en écoutant le vigneron ils grimaçaient à leur insu, en faisant des efforts comme s'ils voulaient achever les mots dans lesquels il s'empêtrait à plaisir. Ici, peut-être, devient-il nécessaire de donner l'histoire du bégaiement et de la surdité de Grandet. Personne, dans l'Anjou, n'entendait mieux et ne pouvait prononcer plus nettement le français angevin que le rusé vigneron. Jadis, malgré toute sa finesse, il avait été dupé par un Israélite qui, dans la discussion, appliquait sa main à son oreille en guise de cornet, sous prétexte de mieux entendre, et baragouinait si bien en cherchant ses mots, que Grandet, victime de son humanité, se crut obligé de suggérer à ce malin Juif les mots et les idées que paraissait chercher le Juif, d'achever lui-même les raisonnements dudit Juif, de parler comme devait parler le damné Juif, d'être enfin le Juif et non Grandet. Le tonnelier sortit de ce combat bizarre, ayant conclu le seul marché dont il ait eu à se plaindre pendant le cours de sa vie commerciale. Mais s'il y perdit pécuniairement parlant, il y gagna moralement une bonne leçon, et, plus tard, il en recueillit les fruits. Aussi le bonhomme finit-il par bénir le Juif qui lui avait appris l'art d'impatienter son adversaire commercial ; et, en l'occupant à exprimer sa pensée, de lui faire constamment perdre de vue la sienne. Or, aucune affaire n'exigea, plus que celle dont il s'agissait, l'emploi de la surdité, du bredouillement, et des ambages incompréhensibles dans lesquels Grandet enveloppait ses idées. D'abord, il ne voulait pas endosser la responsabilité de ses idées ; puis, il voulait rester maître de sa parole, et laisser en doute ses véritables intentions.

— Monsieur de Bon... Bon... Bonfons... Pour la seconde fois, depuis trois ans, Grandet nommait Cruchot neveu monsieur de Bonfons. Le président put se croire choisi pour gendre par l'artificieux bonhomme. — Voooouous di... di... di... disiez donc que les faiiiillites peu... peu... peu... peuvent, dandans ce...ertains cas, être empê... pê... pê... chées pa... par...

— Par les tribunaux de commerce eux-mêmes. Cela se voit tous les jours, dit monsieur C. de Bonfons, enfourchant l'idée du père Grandet ou croyant la deviner et voulant affectueusement la lui expliquer. Écoutez !

— J'écoucoute, répondit humblement le bonhomme en prenant la malicieuse contenance d'un enfant qui rit intérieurement de son professeur tout en paraissant lui prêter la plus grande attention.

— Quand un homme considérable et considéré, comme l'était, par exemple, défunt monsieur votre frère à Paris...

— Mon... on frère, oui.

— Est menacé d'une déconfiture...

— Çaaaa s'aappelle dé... dé... déconfiture ?

— Oui. Que sa faillite devient imminente, le tribunal de commerce, dont il est justiciable (suivez bien), a la faculté, par un jugement, de nommer, à sa maison de commerce, des liquidateurs. Liquider n'est pas faire faillite, comprenez-vous ? En faisant faillite, un homme est déshonoré ; mais en liquidant, il reste honnête homme.

— C'est bien di... di... di... différent, si çaâââ

ne coû... ou... ou... ou... oûte pas... pas... pas
plus cher, dit Grandet.

— Mais une liquidation peut encore se faire,
même sans le secours du tribunal de commerce.
Car, dit le président en humant sa prise de tabac,
comment se déclare une faillite ?

— Oui, je n'y ai jamais pen... pen... pen...
pensé, répondit Grandet.

— Premièrement, reprit le magistrat, par le
dépôt du bilan au greffe du tribunal, que fait
le négociant lui-même ou son fondé de pouvoirs,
dûment enregistré. Deuxièmement, à la requête
des créanciers. Or, si le négociant ne dépose pas
de bilan, si aucun créancier ne requiert du tribunal un jugement qui déclare le susdit négociant
en faillite, qu'arriverait-il ?

— Oui, i, i, voy, voy... ons.

— Alors la famille du décédé, ses représen-
tants, son hoirie ; ou le négociant, s'il n'est pas
mort ; ou ses amis, s'il est caché, liquident. Peut-
être voulez-vous liquider les affaires de votre
frère ? demanda le président.

— Ah ! Grandet, s'écria le notaire, ce serait
bien. Il y a de l'honneur au fond de nos provinces. Si vous sauviez votre nom, car c'est votre
nom, vous seriez un homme...

— Sublime, dit le président en interrompant
son oncle.

— Ceertainement, répliqua le vieux vigneron,
mon, mon fffr, fre, frère se no, no, no noommait
Grandet tou... out comme moi. Cé, cé, c'es, c'est
sûr et certain. Je, je, je ne, ne dis pa, pas non. Et,
et, et, cette li, li, li, liquidation pou, pou, pourrait
dans tooous llles cas, être sooous tous llles ra, ra,
rapports très avanvantatageuse aux in, in, in,
intérêts de mon ne, ne, neveu, que j'ai, j'ai,
j'aime. Mais faut voir. Je ne co, co, co, connais

pas *lles malins* de Paris. Je... suis à Sau, au, aumur, moi, voyez-vous! Mes prooovins! mes fooossés, et en, enfin, j'ai mes aaaffaires. Je n'ai jamais fait de bi, bi, billets. Qu'est-ce qu'un billet? J'en, j'en, j'en ai beau, beaucoup reçu, je n'en ai jamais si, si, signé. Ça, aaa se ssse touche, ça s'essscooompte. Voilllà tooout ce qu, qu, que je sais. J'ai en, en, en, entendu di, di, dire qu'onooon pou, ou, ouvait rachechecheter les bi, bi, bi...

— Oui, dit le président. L'on peut acquérir les billets sur la place, moyennant tant pour cent. Comprenez-vous?

Grandet se fit un cornet de sa main, l'appliqua sur son oreille, et le président lui répéta sa phrase.

— Mais, répondit le vigneron, il y a ddddonc à boire et à manger dan, dans tout cela. Je, je, je ne sais rien, à mon ââage, de toooutes ce, ce, ces choooses-là. Je doi, dois re, ester i, i, ici pour ve, ve, veiller au grain. Le grain s'aama, masse, et c'e, c'e, c'est aaavec le grain qu'on pai, paie. Aavant tout, faut ve, ve, veiller aux, aux ré, ré, récoltes. J'ai des aaaffaires ma, ma, majeures à Froidfond et des inté, té, téressantes. Je ne puis pas a, a, abandonner ma, ma, ma maison poooour des *em, em, embrrrrououillllamini gentes* de, de, de toooous les di, diaâblles, où je ne cooompre, prends rien. Voous dites que, que je devrais, pour li, li, li, liquider, pour arrêter la déclaration de faillite, être à Paris. On ne peut pas se troooou, ouver à la fois en, en en deux endroits, à moins d'être, pe, pe, pe, petit oiseau... Et...

— Et je vous entends, s'écria le notaire. Eh! bien mon vieil ami, vous avez des amis, de vieux amis, capables de dévouement pour vous.

— Allons donc, pensait en lui-même le vigneron, décidez-vous donc!

— Et si quelqu'un partait pour Paris, y cherchait le plus fort créancier de votre frère Guillaume, lui disait...

— Mi, min, minute, ici, reprit le bonhomme,
lui disait. Quoi? Quelque, que cho, chooo, chose
co, co, comme ça: «Monsieur Grandet de Saumur pa, pa, par-ci, monsieur Grandet, det, det,
det de Saumur par-là. Il aime son frère, il aime
son ne, ne, neveu. Grandet est un bon pa, pa,
parent, et il a de très bonnes intentions. Il a bien
vendu sa ré, ré, récolte. Ne déclarez pas la fa, fa,
fâ, fâ, faillite, aaassemblez-vous, no, no, nommez
des li, li, liquidateurs. Aaalors Grandet ve, éé,
erra. Voous au, au, aurez ez bien davantage en
liquidant qu'en lai, lai, laissant les gens de justice
y mettre le né, né, nez...» Hein! pas vrai?

— Juste! dit le président.

— Parce que, voyez-vous, monsieur de Bon,
Bon, Bon, fons, faut voir avant de se dé, décider.
Qui ne, ne, ne peut, ne, ne peut. En toute af, af,
affaire ooonénéreuse, poour ne pas se ru, ru, rui,
ruiner, il faut connaître les ressources et les
charges. Hein! pas vrai?

— Certainement, dit le président. Je suis d'avis,
moi, qu'en quelques mois de temps, l'on pourra
racheter les créances pour une somme de, et
payer intégralement par arrangement. Ha! ha!
l'on mène les chiens bien loin en leur montrant un
morceau de lard. Quand il n'y a pas eu de déclaration de faillite et que vous tenez les titres de
créances, vous devenez blanc comme neige.

— Comme né, né, neige, répéta Grandet en
refaisant un cornet de sa main. Je ne comprends
pas la né, né, neige.

— Mais, cria le président, écoutez-moi donc,
alors.

— J'é, j'é, j'écoute.

— Un effet est une marchandise qui peut avoir sa hausse et sa baisse. Ceci est une déduction du principe de Jérémie Bentham sur l'usure. Ce publiciste a prouvé que le préjugé qui frappait de réprobation les usuriers était une sottise.

— Ouais! fit le bonhomme.

— Attendu qu'en principe, selon Bentham, l'argent est une marchandise, et que ce qui représente l'argent devient également marchandise, reprit le président; attendu qu'il est notoire que, soumise aux variations habituelles qui régissent les choses commerciales, la marchandise-billet, portant telle ou telle signature, comme tel ou tel article, abonde ou manque sur la place, qu'elle est chère ou tombe à rien, le tribunal ordonne… (tiens! que je suis bête, pardon), je suis d'avis que vous pourrez racheter votre frère pour vingt-cinq du cent.

— Vooous le no, no, no, nommez Jé, Jé, Jé Jérémie Ben…

— Bentham, un Anglais.

— Ce Jérémie-là nous fera éviter bien des lamentations dans les affaires, dit le notaire en riant.

— Ces Anglais ont qué, qué, quelquefois du bon, on sens, dit Grandet. Ainsi, se, se, se, selon Ben, Ben, Ben, Bentham, si les effets de mon frère… va, va, va, va, valent… ne valent pas. Si. Je, je, je dis bien, n'est-ce pas? Cela me paraît clair… Les créanciers seraient… Non, ne seraient pas. Je m'een entends.

— Laissez-moi vous expliquer tout ceci, dit le président. En Droit, si vous possédez les titres de toutes les créances dues par la maison Grandet, votre frère ou ses hoirs ne doivent rien à personne. Bien.

— Bien, répéta le bonhomme.

— En équité, si les effets de votre frère se négocient (négocient, entendez-vous bien ce terme ?) sur la place à tant pour cent de perte ; si l'un de vos amis a passé par là, s'il les a rachetés, les créanciers n'ayant été contraints par aucune violence à les donner, la succession de feu Grandet de Paris se trouve loyalement quitte.

— C'est vrai, les a, a, a, affaires sont les affaires, dit le tonnelier. Cela pooooosé... Mais, néanmoins, vous compre, ne, ne, ne, nez, que c'est di, di, di, difficile. Je, je, je n'ai pas d'aaargent, ni, ni, ni le temps, ni le temps, ni...

— Oui, vous ne pouvez pas vous déranger. Hé ! bien, je vous offre d'aller à Paris (vous me tiendriez compte du voyage, c'est une misère). J'y vois les créanciers, je leur parle, j'atermoie, et tout s'arrange avec un supplément de paiement que vous ajoutez aux valeurs de la liquidation, afin de rentrer dans les titres de créances.

— Mais nooouous verrons cela, je ne, ne, ne peux pas, je, je, je ne veux pas m'en, en, en, engager sans, sans que... Qui, qui, qui, ne, ne peut, ne peut. Voooous comprenez ?

— Cela est juste.

— J'ai la tête ca, ca, cassée de ce que, que voooous, vous m'a, a, a, avez dé, dé, décliqué[1] là. Voilà la, la, la première fois de ma vie que je, je suis foooorcé de son, songer à de...

— Oui, vous n'êtes pas jurisconsulte.

— Je, je suis un pau, pau, pauvre vigneron, et ne sais rien de ce que vou, vou, vous venez de dire ; il fau, fau, faut que j'é, j'é, j'étudie çççà.

— Hé ! bien, reprit le président en se posant comme pour résumer la discussion.

---

1. Assené comme par l'effet d'un déclic, comme en libérant un cliquet.

— Mon neveu?... fit le notaire d'un ton de reproche en l'interrompant.

— Hé! bien, mon oncle, répondit le président.

— Laisse donc monsieur Grandet t'expliquer ses intentions. Il s'agit en ce moment d'un mandat important. Notre cher ami doit le définir congrûm...

Un coup de marteau qui annonça l'arrivée de la famille des Grassins, leur entrée et leurs salutations empêchèrent Cruchot d'achever sa phrase. Le notaire fut content de cette interruption; déjà Grandet le regardait de travers, et sa loupe indiquait un orage intérieur. Mais d'abord le prudent notaire ne trouvait pas convenable à un président de tribunal de première instance d'aller à Paris pour y faire capituler des créanciers et y prêter les mains à un tripotage qui froissait les lois de la stricte probité; puis, n'ayant pas encore entendu le père Grandet exprimant la moindre velléité de payer quoi que ce fût, il tremblait instinctivement de voir son neveu engagé dans cette affaire. Il profita donc du moment où les des Grassins entraient pour prendre le président par le bras et l'attirer dans l'embrasure de la fenêtre.

— Tu t'es bien suffisamment montré, mon neveu; mais assez de dévouement comme ça. L'envie d'avoir la fille t'aveugle. Diable! il n'y faut pas aller comme une corneille qui abat des noix. Laisse-moi maintenant conduire la barque, aide seulement à la manœuvre. Est-ce bien ton rôle de compromettre ta dignité de magistrat dans une pareille...

Il n'acheva pas; il entendait monsieur des Grassins disant au vieux tonnelier en lui tendant la main: «Grandet, nous avons appris l'affreux malheur arrivé dans votre famille, le désastre de la maison Guillaume Grandet et la mort de votre frère; nous venons vous exprimer toute la part que nous prenons à ce triste événement.»

— Il n'y a d'autre malheur, dit le notaire en interrompant le banquier, que la mort de monsieur Grandet Junior. Encore ne se serait-il pas tué s'il avait eu l'idée d'appeler son frère à son secours. Notre vieil ami, qui a de l'honneur jusqu'au bout des ongles, compte liquider les dettes de la maison Grandet de Paris. Mon neveu le président, pour lui éviter les tracas d'une affaire toute judiciaire, lui offre de partir sur-le-champ pour Paris, afin de transiger avec les créanciers et les satisfaire convenablement.

Ces paroles, confirmées par l'attitude du vigneron, qui se caressait le menton, surprirent étrangement les trois des Grassins, qui pendant le chemin avaient médit tout à loisir de l'avarice de Grandet en l'accusant presque d'un fratricide.

— Ah! je le savais bien, s'écria le banquier en regardant sa femme. Que te disais-je en route, madame des Grassins? Grandet a de l'honneur jusqu'au bout des cheveux, et ne souffrira pas que son nom reçoive la plus légère atteinte! L'argent sans l'honneur est une maladie[1]. Il y a de l'honneur dans nos provinces! Cela est bien, très bien, Grandet. Je suis un vieux militaire, je ne sais pas déguiser ma pensée; je la dis rudement: cela est, mille tonnerres! sublime.

— Aaalors llle su... su... sub... sublime est bi... bi... bien cher, répondit le bonhomme pendant que le banquier lui secouait chaleureusement la main.

— Mais ceci, mon brave Grandet, n'en déplaise

---

1. Le banquier retourne un vers de Racine: «Mais sans argent, l'honneur n'est qu'une maladie» (*Les Plaideurs*, acte I, scène 1).

à monsieur le président, reprit des Grassins, est une affaire purement commerciale, et veut un négociant consommé. Ne faut-il pas se connaître aux comptes de retour, débours, calculs d'intérêts ? Je dois aller à Paris pour mes affaires, et je pourrais alors me charger de...

— Nous verrions donc à tâ... tâ... tâcher de nous aaaarranger tou... tous deux dans les po... po... po... possibilités relatives et sans m'en... m'en... m'engager à quelque chose que je... je... je... ne vooou... oudrais pas faire, dit Grandet en bégayant. Parce que, voyez-vous, monsieur le président me demandait naturellement les frais du voyage.

Le bonhomme ne bredouilla plus ces derniers mots.

— Eh ! dit madame des Grassins, mais c'est un plaisir que d'être à Paris. Je paierais volontiers pour y aller, moi.

Et elle fit un signe à son mari comme pour l'encourager à souffler cette commission à leurs adversaires coûte que coûte ; puis elle regarda fort ironiquement les deux Cruchot, qui prirent une mine piteuse. Grandet saisit alors le banquier par un des boutons de son habit et l'attira dans un coin.

— J'aurais bien plus de confiance en vous que dans le président, lui dit-il. Puis il y a des anguilles sous roche, ajouta-t-il en remuant sa loupe. Je veux me mettre dans la rente ; j'ai quelques milliers de francs de rente à faire acheter, et je ne veux placer qu'à quatre-vingts francs[1]. Cette

---

1. Nous avons signalé un peu plus haut (note 1, p. 113) les variations de Balzac sur le cours de la rente qu'il a fixé précédemment, pour une même époque, soit à 81,50 soit à 70 francs. En fait, le chiffre de 70 francs — seul exact à la date où est censé se passer le roman — résulte d'une rectification tardive portée

mécanique baisse, dit-on, à la fin des mois. Vous vous connaissez à ça, pas vrai ?

— Pardieu ! Eh ! bien, j'aurais donc quelque mille livres de rente à lever pour vous ?

— Pas grand'chose pour commencer. *Motus !* Je veux jouer ce jeu-là sans qu'on n'en sache rien. Vous me concluriez un marché pour la fin du mois ; mais n'en dites rien aux Cruchot, ça les taquinerait. Puisque vous allez à Paris, nous y verrons en même temps, pour mon pauvre neveu, de quelle couleur sont les atouts.

— Voilà qui est entendu. Je partirai demain en poste, dit à haute voix des Grassins, et je viendrai prendre vos dernières instructions à… à quelle heure ?

— À cinq heures, avant le dîner, dit le vigneron en se frottant les mains.

Les deux partis restèrent encore quelques instants en présence. Des Grassins dit après une pause en frappant sur l'épaule de Grandet : « Il fait bon avoir de bons parents comme ça… »

— Oui, oui, sans que ça paraisse, répondit Grandet, je suis un bon pa… parent. J'aimais mon frère et je le prouverai bien si si ça ne ne coûte pas…

— Nous allons vous quitter, Grandet, lui dit le banquier en l'interrompant heureusement avant

---

sur le « Furne corrigé » ; et Balzac, une fois de plus, a omis de la répercuter sur le reste de l'ouvrage. La vérité semble être qu'il se sert de ces oscillations comme d'un ressort romanesque extrêmement puissant, et qui, au surplus, répond au goût profond qu'il a pour les enrichissements miraculeux et même magiques (ceux de ses héros qui spéculent sur la rente sont presque toujours gagnants). Les cours qu'il allègue correspondent rarement à la réalité historique. S'il lui avait fallu se conformer à celle-ci — comme il a eu la velléité de le faire pour le cour de 70 francs —, une bonne partie des opérations de Grandet se serait effondrée, entraînant l'écroulement d'une des armatures du roman.

qu'il achevât sa phrase. Si j'avance mon départ, il faut mettre en ordre quelques affaires.

— Bien. bien. Moi-même, raa... apport à ce que vouvous savez, je je vais me rereretirer dans ma cham... ambre des dédélibérations, comme dit le le président Cruchot.

— Peste ! je ne suis plus monsieur de Bonfons, pensa tristement le magistrat dont la figure prit l'expression de celle d'un juge ennuyé par une plaidoirie.

Les chefs des deux familles rivales s'en allèrent ensemble. Ni les uns ni les autres ne songeaient plus à la trahison dont s'était rendu coupable Grandet le matin envers le pays vignoble, et se sondèrent mutuellement, mais en vain, pour connaître ce qu'ils pensaient sur les intentions réelles du bonhomme en cette nouvelle affaire.

— Venez-vous chez madame d'Orsonval avec nous ? dit des Grassins au notaire.

— Nous irons plus tard, répondit le président. Si mon oncle le permet, j'ai promis à mademoiselle de Gribeaucourt de lui dire un petit bonsoir, et nous nous y rendrons d'abord.

— Au revoir donc, messieurs, dit madame des Grassins. Et, quand les des Grassins furent à quelques pas des deux Cruchot, Adolphe dit à son père : « Ils fument joliment, hein ? »

— Tais-toi donc, mon fils, lui répliqua sa mère, ils peuvent encore nous entendre. D'ailleurs, ce que tu dis n'est pas de bon goût et sent l'École de Droit.

— Eh ! bien, mon oncle, s'écria le magistrat quand il vit les des Grassins éloignés, j'ai commencé par être le président de Bonfons, et j'ai fini par être tout simplement un Cruchot.

— J'ai bien vu que ça te contrariait ; mais le vent était aux des Grassins. Es-tu bête, avec tout ton esprit ?… Laisse-les s'embarquer sur un *nous verrons* du père Grandet, et tiens-toi tranquille, mon petit : Eugénie n'en sera pas moins ta femme.

En quelques instants la nouvelle de la magnanime résolution de Grandet se répandit dans trois maisons à la fois, et il ne fut plus question dans toute la ville que de ce dévouement fraternel. Chacun pardonnait à Grandet sa vente faite au mépris de la foi jurée entre les propriétaires, en admirant son honneur, en vantant une générosité dont on ne le croyait pas capable. Il est dans le caractère français de s'enthousiasmer, de se colérer, de se passionner pour le météore du moment, pour les bâtons flottants de l'actualité. Les êtres collectifs, les peuples, seraient-ils donc sans mémoire ?

Quand le père Grandet eut fermé sa porte, il appela Nanon.

— Ne lâche pas le chien et ne dors pas, nous avons à travailler ensemble. À onze heures, Cornoiller doit se trouver à ma porte avec le berlingot de Froidfond. Écoute-le venir afin de l'empêcher de cogner, et dis-lui d'entrer tout bellement. Les lois de police défendent le tapage nocturne. D'ailleurs le quartier n'a pas besoin de savoir que je vais me mettre en route.

Ayant dit, Grandet remonta dans son laboratoire, où Nanon l'entendit remuant, fouillant, allant, venant, mais avec précaution. Il ne voulait évidemment réveiller ni sa femme, ni sa fille, et surtout ne point exciter l'attention de son neveu, qu'il avait commencé par maudire en apercevant de la lumière dans sa chambre. Au milieu de la nuit, Eugénie, préoccupée de son cousin, crut avoir entendu la plainte d'un mourant, et pour elle ce mourant était Charles : elle l'avait quitté si pâle, si désespéré! peut-être s'était-il tué. Soudain elle s'enveloppa d'une coiffe, espèce de pelisse à capuchon, et voulut sortir. D'abord une vive lumière qui passait par les fentes de sa porte lui donna peur du feu; puis elle se rassura bientôt en entendant les pas pesants de Nanon et sa voix mêlée au hennissement de plusieurs chevaux.

— Mon père enlèverait-il mon cousin? se dit-elle en entrouvrant sa porte avec assez de précaution pour l'empêcher de crier, mais de manière à voir ce qui se passait dans le corridor.

Tout à coup son œil rencontra celui de son père, dont le regard, quelque vague et insouciant qu'il fût, la glaça de terreur. Le bonhomme et Nanon étaient accouplés par un gros gourdin dont chaque bout reposait sur leur épaule droite et soutenait un câble auquel était attaché un barillet semblable à ceux que le père Grandet s'amusait à faire dans son fournil à ses moments perdus.

— Sainte Vierge! monsieur, ça pèse-t-i! dit à voix basse la Nanon.

— Quel malheur que ce ne soit que des gros sous! répondit le bonhomme. Prends garde de heurter le chandelier.

Cette scène était éclairée par une seule chandelle placée entre deux barreaux de la rampe.

— Cornoiller, dit Grandet à son garde *in partibus*, as-tu pris tes pistolets?

— Non, monsieur. Pardé! quoi qu'il y a donc à craindre pour vos gros sous?...

— Oh! rien, dit le père Grandet.

— D'ailleurs nous irons vite, reprit le garde, vos fermiers ont choisi pour vous leurs meilleurs chevaux.

— Bien, bien. Tu ne leur as pas dit où j'allais?

— Je ne le savais point.

— Bien. La voiture est solide ?

— Ça, notre maître ? ah ! ben, ça porterait trois mille. Qu'est-ce que ça pèse donc vos méchants barils !

— Tiens, dis Nanon ! je le savons bien ! Y a ben près de dix-huit cents.

— Veux-tu te taire, Nanon ! Tu diras à ma femme que je suis allé à la campagne. Je serai revenu pour dîner. Va bon train, Cornoiller, faut être à Angers avant neuf heures.

La voiture partit. Nanon verrouilla la grande porte, lâcha le chien, se coucha l'épaule meurtrie, et personne dans le quartier ne soupçonna ni le départ de Grandet ni l'objet de son voyage. La discrétion du bonhomme était complète. Personne ne voyait jamais un sou dans cette maison pleine d'or. Après avoir appris dans la matinée par les causeries du port que l'or avait doublé de prix par suite de nombreux armements entrepris à Nantes, et que des spéculateurs étaient arrivés à Angers pour en acheter, le vieux vigneron, par un simple emprunt de chevaux fait à ses fermiers, se mit en mesure d'aller y vendre le sien et d'en rapporter en valeurs du receveur général sur le trésor la somme nécessaire à l'achat de ses rentes après l'avoir grossie de l'agio.

— Mon père s'en va, dit Eugénie qui du haut de l'escalier avait tout entendu. Le silence était rétabli dans la maison, et le lointain roulement de la voiture, qui cessa par degrés, ne retentissait déjà plus dans Saumur endormi. En ce moment, Eugénie entendit en son cœur, avant de l'écouter par l'oreille, une plainte qui perça les cloisons, et qui venait de la chambre de son cousin. Une bande lumineuse, fine autant que le tranchant d'un sabre, passait par la fente de la porte et coupait horizontalement les balustres du vieil escalier. — Il souffre, dit-elle en grimpant deux marches. Un second gémissement la fit arriver sur le palier de la chambre. La porte était entr'ouverte, elle la poussa. Charles dormait la tête penchée en dehors du vieux fauteuil, sa main avait laissé tomber la plume et touchait presque à terre. La respiration saccadée que nécessitait la posture du jeune homme effraya soudain Eugénie, qui entra promptement. — Il doit être bien fatigué, se dit-elle en regardant une dizaine de lettres cachetées, elle en lut les adresses : À messieurs Farry, Breilman et Cie, carrossiers. — À monsieur Buisson, tailleur, etc. — Il a sans doute arrangé toutes ses affaires pour pouvoir bientôt quitter la France, pensa-t-elle. Ses yeux tombèrent sur deux lettres ouvertes. Ces mots qui en commençaient une : « Ma chère Annette... » lui causèrent un éblouissement. Son cœur palpita, ses pieds se clouèrent sur le carreau. Sa chère Annette, il aime, il est aimé ! Plus d'espoir ! Que lui dit-il ? Ces idées lui traversèrent la tête et le cœur. Elle lisait ces mots partout, même sur les carreaux, en traits de flammes. — Déjà renoncer à lui ! Non, je ne lirai pas cette lettre. Je dois m'en aller. Si je la lisais, cependant ? Elle regarda Charles, lui prit doucement la tête, la posa sur le dos du fauteuil, et il se laissa faire comme un enfant qui, même en dormant, connaît encore sa mère et reçoit, sans s'éveiller, ses soins et ses baisers. Comme une mère, Eugénie releva la main pendante, et, comme une mère, elle baisa doucement les cheveux. « Chère Annette ! » Un démon lui criait ces deux mots aux oreilles. — Je sais que je fais peut-être mal, mais je lirai la lettre, dit-elle. Eugénie détourna la tête, car sa noble probité gronda. Pour la première fois de sa vie, le bien et le mal étaient en présence dans son cœur. Jusque-là elle n'avait eu à rougir d'aucune action. La passion, la curiosité l'emportèrent. À chaque phrase, son cœur se gonfla davantage et l'ardeur piquante qui anima sa vie pendant cette lecture lui rendit encore plus friands les plaisirs du premier amour.

« Ma chère Annette, rien ne devait nous séparer, si ce n'est le malheur qui m'accable et qu'aucune prudence humaine n'aurait su prévoir. Mon père s'est tué, sa fortune et la mienne sont entièrement perdues. Je suis orphelin à un âge où, par la nature de mon éducation, je puis passer pour un enfant ; et je dois néanmoins me relever homme de l'abîme où je suis tombé. Je viens d'employer une partie de cette nuit à faire mes calculs. Si je veux quitter la France en honnête homme, et ce n'est pas un doute, je n'ai pas cent francs à moi pour aller tenter le sort aux Indes ou en Amérique. Oui, ma pauvre Anna, j'irai chercher la fortune sous les climats les plus meurtriers. Sous de tels cieux, elle est sûre et prompte, m'a-t-on dit. Quant à rester à Paris, je ne saurais. Ni mon âme ni mon visage ne sont faits à supporter les affronts, la froideur, le dédain qui attendent l'homme ruiné, le fils du failli ! Bon Dieu ! devoir deux millions ?... J'y serais tué en duel dans la première semaine. Aussi n'y retournerai-je point. Ton amour, le plus tendre et le plus dévoué qui jamais ait ennobli le cœur d'un homme ne saurait m'y attirer. Hélas ! ma bien-aimée, je n'ai point assez d'argent pour aller là où tu es, donner, recevoir un dernier baiser, un baiser où je puiserais la force nécessaire à mon entreprise. »

— Pauvre Charles, j'ai bien fait de lire ! J'ai de l'or, je le lui donnerai, dit Eugénie.

Elle reprit sa lecture après avoir essuyé ses pleurs.

«Je n'avais point encore songé aux malheurs de la misère. Si j'ai les cent louis indispensables au passage, je n'aurai pas un sou pour me faire une pacotille. Mais non, je n'aurai ni cent louis ni un louis, je ne connaîtrai ce qui me restera d'argent qu'après le règlement de mes dettes à Paris. Si je n'ai rien, j'irai tranquillement à Nantes, je m'y embarquerai simple matelot, et je commencerai là-bas comme ont commencé les hommes d'énergie qui, jeunes, n'avaient pas un sou, et sont revenus, riches, des Indes. Depuis ce matin, j'ai froidement envisagé mon avenir. Il est plus horrible pour moi que pour tout autre, moi, choyé par une mère qui m'adorait, chéri par le meilleur des pères, et qui, à mon début dans le monde, ai rencontré l'amour d'une Anna! Je n'ai connu que les fleurs de la vie : ce bonheur ne pouvait pas durer. J'ai néanmoins, ma chère Annette, plus de courage qu'il n'était permis à un insouciant jeune homme d'en avoir, surtout à un jeune homme habitué aux cajoleries de la plus délicieuse femme de Paris, bercé dans les joies de la famille, à qui tout souriait au logis, et dont les désirs étaient des lois pour un père... Oh! mon père, Annette, il est mort... Eh! bien, j'ai réfléchi à ma position, j'ai réfléchi à la tienne aussi. J'ai bien vieilli en vingt-quatre heures. Chère Anna, si, pour me garder près de toi, dans Paris, tu sacrifiais toutes les jouissances de ton luxe, ta toilette, ta loge à l'Opéra, nous n'arriverions pas encore au chiffre des dépenses nécessaires à ma vie dissipée; puis je ne saurais accepter tant de sacrifices. Nous nous quittons donc aujourd'hui pour toujours.»

— Il la quitte, Sainte Vierge! Oh! bonheur!...

Eugénie sauta de joie. Charles fit un mouvement, elle en eut froid de terreur ; mais, heureusement pour elle, il ne s'éveilla pas. Elle reprit :

« Quand reviendrai-je ? je ne sais. Le climat des Indes vieillit promptement un Européen, et surtout un Européen qui travaille. Mettons-nous à dix ans d'ici. Dans dix ans, ta fille aura dix-huit ans, elle sera ta compagne, ton espion. Pour toi, le monde sera bien cruel, ta fille le sera peut-être davantage. Nous avons vu des exemples de ces jugements mondains et de ces ingratitudes de jeunes filles ; sachons en profiter. Garde au fond de ton âme comme je le garderai moi-même le souvenir de ces quatre années de bonheur, et sois fidèle, si tu peux, à ton pauvre ami. Je ne saurais toutefois l'exiger, parce que, vois-tu, ma chère Annette, je dois me conformer à ma position, voir bourgeoisement la vie, et la chiffrer au plus vrai. Donc je dois penser au mariage, qui devient une nécessité de ma nouvelle existence ; et je t'avouerai que j'ai trouvé ici, à Saumur, chez mon oncle, une cousine dont les manières, la figure, l'esprit et le cœur te plairaient, et qui, en outre, me paraît avoir... »

— Il devait être bien fatigué, pour avoir cessé de lui écrire, se dit Eugénie en voyant la lettre arrêtée au milieu de cette phrase.

Elle le justifiait ! N'était-il pas impossible alors que cette innocente fille s'aperçût de la froideur empreinte dans cette lettre ? Aux jeunes filles religieusement élevées, ignorantes et pures, tout est amour dès qu'elles mettent le pied dans les régions enchantées de l'amour. Elles y marchent entourées de la céleste lumière que leur âme projette, et qui rejaillit en rayons sur leur amant ; elles le colorent des feux de leur propre sentiment et lui prêtent leurs belles pensées. Les erreurs de la femme viennent presque toujours de sa croyance au bien, ou dans sa confiance dans le vrai. Pour Eugénie, ces mots : « Ma chère Annette, ma bien-aimée », lui résonnaient au cœur comme le plus joli langage de l'amour, et lui caressaient l'âme comme, dans son enfance, les notes divines du *Venite adoremus*, redites par l'orgue, lui caressèrent l'oreille. D'ailleurs, les larmes qui baignaient encore les yeux de Charles lui accusaient toutes les noblesses de cœur par lesquelles une jeune fille doit être séduite. Pouvait-elle savoir que si Charles aimait tant son père et le pleurait si véritablement, cette tendresse venait moins de la bonté de son cœur que des bontés paternelles ? Monsieur et madame Guillaume Grandet, en satisfaisant toujours les fantaisies de leur fils, en lui donnant tous les plaisirs de la fortune, l'avaient empêché de faire les horribles calculs dont sont plus ou moins coupables, à Paris, la plupart des enfants quand, en présence des jouissances parisiennes, ils forment des désirs et conçoivent des plans qu'ils voient avec chagrin incessamment ajournés et retardés par la vie de leurs parents. La prodigalité du père alla donc jusqu'à semer dans le cœur de son fils un amour filial vrai, sans arrière-pensée. Néanmoins, Charles était un enfant de Paris, habitué par les mœurs de Paris, par Annette elle-même, à tout calculer, déjà vieillard sous le masque du jeune homme. Il avait reçu l'épouvantable éducation de ce monde où, dans une soirée, il se commet en pensées, en paroles, plus de crimes que la Justice n'en punit aux Cours d'assises, où les bons mots assassinent les plus grandes idées, où l'on ne passe pour fort qu'autant que l'on voit juste ; et là, voir juste, c'est ne croire à rien, ni aux sentiments, ni aux hommes, ni même aux

événements : on y fait de faux événements. Là,
pour voir juste, il faut peser, chaque matin, la
bourse d'un ami, savoir se mettre politiquement
au-dessus de tout ce qui arrive ; provisoirement,
ne rien admirer, ni les œuvres d'art, ni les nobles
actions, et donner pour mobile à toute chose
l'intérêt personnel. Après mille folies, la grande
dame, la belle Annette, forçait Charles à penser
gravement ; elle lui parlait de sa position future,
en lui passant dans les cheveux une main parfu-
mée ; en lui refaisant une boucle, elle lui faisait
calculer la vie : elle le féminisait et le matéria-
lisait. Double corruption, mais corruption élégante et fine, de bon goût.

— Vous êtes niais, Charles, lui disait-elle. J'aurai bien de la peine à vous apprendre le monde.
Vous avez été très mal pour monsieur des
Lupeaulx. Je sais bien que c'est un homme peu
honorable ; mais attendez qu'il soit sans pouvoir,
alors vous le mépriserez à votre aise. Savez-vous
ce que madame Campan nous disait ? « Mes enfants,
tant qu'un homme est au Ministère, adorez-le ;
tombe-t-il, aidez à le traîner à la voirie. Puissant,
il est une espèce de dieu ; détruit, il est au-dessous
de Marat dans son égout, parce qu'il vit et que
Marat était mort. La vie est une suite de combi-
naisons, et il faut les étudier, les suivre, pour arriver à se maintenir toujours en bonne position. »
Charles était un homme trop à la mode, il avait
été trop constamment heureux par ses parents,
trop adulé par le monde pour avoir de grands
sentiments. Le grain d'or que sa mère lui avait
jeté au cœur s'était étendu dans la filière parisienne, il l'avait employé en superficie et devait
l'user par le frottement. Mais Charles n'avait
encore que vingt et un ans. À cet âge, la fraîcheur
de la vie semble inséparable de la candeur de

l'âme. La voix, le regard, la figure paraissent en harmonie avec les sentiments. Aussi le juge le plus dur, l'avoué le plus incrédule, l'usurier le moins facile hésitent-ils toujours à croire à la vieillesse du cœur, à la corruption des calculs, quand les yeux nagent encore dans un fluide pur, et qu'il n'y a point de rides sur le front. Charles n'avait jamais eu l'occasion d'appliquer les maximes de la morale parisienne, et jusqu'à ce jour il était beau d'inexpérience. Mais, à son insu, l'égoïsme lui avait été inoculé. Les germes de l'économie politique à l'usage du Parisien, latents en son cœur, ne devaient pas tarder à y fleurir, aussitôt que de spectateur oisif il deviendrait acteur dans le drame de la vie réelle. Presque toutes les jeunes filles s'abandonnent aux douces promesses de ces dehors ; mais Eugénie eût-elle été prudente et observatrice autant que le sont certaines filles en province, aurait-elle pu se défier de son cousin, quand chez lui, les manières, les paroles et les actions s'accordaient encore avec les inspirations du cœur ? Un hasard, fatal pour elle, lui fit essuyer les dernières effusions de sensibilité vraie qui fût en ce jeune cœur, et entendre, pour ainsi dire, les derniers soupirs de la conscience. Elle laissa donc cette lettre pour elle pleine d'amour, et se mit complaisamment à contempler son cousin endormi : les fraîches illusions de la vie jouaient encore pour elle sur ce visage, elle se jura d'abord à elle-même de l'aimer toujours. Puis elle jeta les yeux sur l'autre lettre sans attacher beaucoup d'importance à cette indiscrétion ; et, si elle commença de la lire, ce fut pour acquérir de nouvelles preuves des nobles qualités que, semblable à toutes les femmes, elle prêtait à celui qu'elle choisissait.

« Mon cher Alphonse, au moment où tu liras

cette lettre je n'aurai plus d'amis ; mais je t'avoue qu'en doutant de ces gens du monde habitués à prodiguer ce mot, je n'ai pas douté de ton amitié. Je te charge donc d'arranger mes affaires, et compte sur toi, pour tirer un bon parti de tout ce que je possède. Tu dois maintenant connaître ma position. Je n'ai plus rien, et veux partir pour les Indes. Je viens d'écrire à toutes les personnes auxquelles je crois devoir quelque argent, et tu en trouveras ci-joint la liste aussi exacte qu'il m'est possible de la donner de mémoire. Ma bibliothèque, mes meubles, mes voitures, mes chevaux, etc., suffiront, je crois, à payer mes dettes. Je ne veux me réserver que les babioles sans valeur qui seront susceptibles de me faire un commencement de pacotille. Mon cher Alphonse, je t'enverrai d'ici, pour cette vente, une procuration régulière, en cas de contestations. Tu m'adresseras toutes mes armes. Puis tu garderas pour toi Briton. Personne ne voudrait donner le prix de cette admirable bête, j'aime mieux te l'offrir, comme la bague d'usage que lègue un mourant à son exécuteur testamentaire. On m'a fait une très *comfortable*[1] voiture de voyage chez les Farry, Breilman et Cⁱᵉ, mais ils ne l'ont pas livrée, obtiens d'eux qu'ils la gardent sans me demander d'indemnité ; s'ils se refusaient à cet arrangement, évite tout ce qui pourrait entacher ma loyauté, dans les circonstances où je me trouve. Je dois six louis à l'insulaire, perdus au jeu, ne manque pas de les lui… »

— Cher cousin, dit Eugénie en laissant la lettre, et se sauvant à petits pas chez elle avec une des bougies allumées. Là ce ne fut pas sans

---

1. Nous conservons cette orthographe à laquelle Balzac, sensible à l'anglomanie de son temps, se montrait fort attaché.

une vive émotion de plaisir qu'elle ouvrit le tiroir
d'un vieux meuble en chêne, l'un des plus beaux
ouvrages de l'époque nommée la *Renaissance*, et
sur lequel se voyait encore, à demi effacée, la
fameuse Salamandre royale[1]. Elle y prit une
grosse bourse en velours rouge à glands d'or, et
bordée de cannetille usée, provenant de la succession de sa grand-mère. Puis elle pesa fort
orgueilleusement cette bourse, et se plut à véri-
fier le compte oublié de son petit pécule. Elle
sépara d'abord vingt portugaises encore neuves,
frappées sous le règne de Jean V, en 1725, valant
réellement au change cinq lisbonines ou chacune cent soixante-huit francs soixante-quatre
centimes, lui disait son père, mais dont la valeur
conventionnelle était de cent quatre-vingts francs,
attendu la rareté, la beauté desdites pièces qui
reluisaient comme des soleils. Item, cinq génovines ou pièces de cent livres de Gênes, autre
monnaie rare et valant quatre-vingt-sept francs
au change, mais cent francs pour les amateurs
d'or. Elles lui venaient du vieux monsieur de La
Bertellière. Item, trois quadruples d'or espagnols de Philippe V, frappés en 1729, donnés par
madame Gentillet, qui, en les lui offrant, lui
disait toujours la même phrase : « Ce cher serin-là,
ce petit jaunet, vaut quatre-vingt-dix-huit livres !
Gardez-le bien, ma mignonne, ce sera la fleur de
votre trésor. » Item, ce que son père estimait le
plus (l'or de ces pièces était à vingt-trois carats et
une fraction), cent ducats de Hollande, fabriqués
en l'an 1756, et valant près de treize francs.
Item, une grande curiosité !... des espèces de
médailles précieuses aux avares, trois roupies au
signe de la Balance, et cinq roupies au signe de

---

1. C'est l'emblème qu'avait choisi François Ier.

la Vierge, toutes d'or pur à vingt-quatre carats, la
magnifique monnaie du Grand-Mogol, et dont
chacune valait trente-sept francs quarante centimes au poids ; mais au moins cinquante francs
pour les connaisseurs qui aiment à manier l'or.
ITEM, le napoléon de quarante francs reçu
l'avant-veille, et qu'elle avait négligemment mis
dans sa bourse rouge. Ce trésor contenait des
pièces neuves et vierges, de véritables morceaux
d'art desquels le père Grandet s'informait parfois, et qu'il voulait revoir, afin de détailler à sa
fille les vertus intrinsèques, comme la beauté du
cordon, la clarté du plat, la richesse des lettres
dont les vives arêtes n'étaient pas encore rayées.
Mais elle ne pensait ni à ces raretés, ni à la manie
de son père, ni au danger qu'il y avait pour elle
de se démunir d'un trésor si cher à son père ;
non, elle songeait à son cousin, et parvint enfin
à comprendre, après quelques fautes de calcul,
qu'elle possédait environ cinq mille huit cents
francs en valeurs réelles, qui, conventionnelle-
ment, pouvaient se vendre près de deux mille écus.
À la vue de ses richesses, elle se mit à applaudir
en battant des mains, comme un enfant forcé de
perdre son trop-plein de joie dans les naïfs mouvements du corps. Ainsi le père et la fille avaient
compté chacun leur fortune : lui, pour aller vendre
son or ; Eugénie, pour jeter le sien dans un océan
d'affection. Elle remit les pièces dans la vieille
bourse, la prit et remonta sans hésitation. La
misère secrète de son cousin lui faisait oublier
la nuit, les convenances ; puis, elle était forte de
sa conscience, de son dévouement, de son bonheur. Au moment où elle se montra sur le seuil
de la porte, en tenant d'une main la bougie, de
l'autre sa bourse, Charles se réveilla, vit sa cousine et resta béant de surprise. Eugénie s'avança,

posa le flambeau sur la table et dit d'une voix
émue : «Mon cousin, j'ai à vous demander pardon d'une faute grave que j'ai commise envers
vous ; mais Dieu me le pardonnera, ce péché, si
vous voulez l'effacer.»

— Qu'est-ce donc ? dit Charles en se frottant
les yeux.

— J'ai lu ces deux lettres.

Charles rougit.

— Comment cela s'est-il fait ? reprit-elle, pourquoi suis-je montée ? En vérité, maintenant je ne
le sais plus. Mais, je suis tentée de ne pas trop me
repentir d'avoir lu ces lettres, puisqu'elles m'ont
fait connaître votre cœur, votre âme et...

— Et quoi ? demanda Charles.

— Et vos projets, la nécessité où vous êtes
d'avoir une somme...

— Ma chère cousine...

— Chut, chut, mon cousin, pas si haut, n'éveil-
lons personne. Voici, dit-elle en ouvrant la bourse,
les économies d'une pauvre fille qui n'a besoin de
rien. Charles, acceptez-les. Ce matin, j'ignorais ce
qu'était l'argent, vous me l'avez appris, ce n'est
qu'un moyen, voilà tout. Un cousin est presque un
frère, vous pouvez bien emprunter la bourse de
votre sœur.

Eugénie, autant femme que jeune fille, n'avait
pas prévu des refus, et son cousin restait muet.

— Eh ! bien, vous refuseriez ? demanda Eugénie dont les palpitations retentirent au milieu du
profond silence.

L'hésitation de son cousin l'humilia ; mais la
nécessité dans laquelle il se trouvait se repré-
senta plus vivement à son esprit, et elle plia le
genou.

— Je ne me relèverai pas que vous n'ayez
pris cet or ! dit-elle. Mon cousin, de grâce, une

réponse?... que je sache si vous m'honorez, si
vous êtes généreux, si...

En entendant le cri d'un noble désespoir,
Charles laissa tomber des larmes sur les mains
de sa cousine, qu'il saisit afin de l'empêcher de
s'agenouiller. En recevant ces larmes chaudes,
Eugénie sauta sur la bourse, la lui versa sur la
table.

— Eh! bien, oui, n'est-ce pas? dit-elle en pleurant de joie. Ne craignez rien, mon cousin, vous
serez riche. Cet or vous portera bonheur; un jour
vous me le rendrez; d'ailleurs, nous nous asso-
cierons; enfin je passerai par toutes les conditions que vous m'imposerez. Mais vous devriez
ne pas donner tant de prix à ce don.

Charles put enfin exprimer ses sentiments.

— Oui, Eugénie, j'aurais l'âme bien petite, si
je n'acceptais pas. Cependant, rien pour rien,
confiance pour confiance.

— Que voulez-vous? dit-elle effrayée.

— Écoutez, ma chère cousine, j'ai là... Il s'interrompit pour montrer sur la commode une
caisse carrée enveloppée d'un surtout de cuir.
— Là, voyez-vous, une chose qui m'est aussi précieuse que la vie. Cette boîte est un présent de
ma mère. Depuis ce matin je pensais que, si elle
pouvait sortir de sa tombe, elle vendrait elle-
même l'or que sa tendresse lui a fait prodiguer
dans ce nécessaire; mais, accomplie par moi,
cette action me paraîtrait un sacrilège. Eugénie
serra convulsivement la main de son cousin en
entendant ces derniers mots. — Non, reprit-il
après une légère pause, pendant laquelle tous
deux ils se jetèrent un regard humide, non, je
ne veux ni le détruire, ni le risquer dans mes
voyages. Chère Eugénie, vous en serez déposi-
taire. Jamais ami n'aura confié quelque chose de

plus sacré à son ami. Soyez-en juge. Il alla
prendre la boîte, la sortit du fourreau, l'ouvrit et
montra tristement à sa cousine émerveillée un
nécessaire où le travail donnait à l'or un prix
bien supérieur à celui de son poids. — Ce que
vous admirez n'est rien, dit-il en poussant un ressort qui fit partir un double fond. Voilà ce qui,
pour moi, vaut la terre entière. Il tira deux portraits, deux chefs-d'œuvre de madame de Mirbel[1], richement entourés de perles.

— Oh! la belle personne, n'est-ce pas cette
dame à qui vous écriv...

— Non, dit-il en souriant. Cette femme est ma
mère, et voici mon père, qui sont votre tante
et votre oncle. Eugénie, je devrais vous supplier
à genoux de me garder ce trésor. Si je périssais
en perdant votre petite fortune, cet or vous
dédommagerait; et, à vous seule, je puis laisser
les deux portraits, vous êtes digne de les conserver; mais détruisez-les, afin qu'après vous ils
n'aillent pas en d'autres mains... Eugénie se taisait. — Hé! bien, oui, n'est-ce pas? ajouta-t-il
avec grâce.

En entendant les mots qu'elle venait de dire[2] à
son cousin, elle lui jeta son premier regard de
femme aimante, un de ces regards où il y a
presque autant de coquetterie que de profondeur; il lui prit la main et la baisa.

— Ange de pureté! entre nous, n'est-ce pas?...

1. Élève du miniaturiste Augustin, Mme de Mirbel (1796-
1849) exécuta en 1819 un portrait de Louis XVIII qui la rendit
célèbre et l'éleva pour de longues années au rang de peintre en
quelque sorte officiel des figures éminentes de la cour et du
monde.
2. Il nous paraît inutile de supposer ici, comme on l'a fait,
quelque inadvertance de Balzac : Charles, en effet, reprend les
propres mots que lui a adressés Eugénie quelques répliques
auparavant.

l'argent ne sera jamais rien. Le sentiment, qui en fait quelque chose, sera tout désormais.

— Vous ressemblez à votre mère. Avait-elle la voix aussi douce que la vôtre?

— Oh! bien plus douce...

— Oui, pour vous, dit-elle en abaissant ses paupières. Allons, Charles, couchez-vous, je le veux, vous êtes fatigué. À demain.

Elle dégagea doucement sa main d'entre celles de son cousin, qui la reconduisit en l'éclairant. Quand ils furent tous deux sur le seuil de la porte:

— Ah! pourquoi suis-je ruiné? dit-il.

— Bah! mon père est riche, je le crois, répondit-elle.

— Pauvre enfant, reprit Charles en avançant un pied dans la chambre et s'appuyant le dos au mur, il n'aurait pas laissé mourir le mien, il ne vous laisserait pas dans ce dénûment, enfin, il vivrait autrement.

— Mais il a Froidfond!

— Et que vaut Froidfond?

— Je ne sais pas; mais il a Noyers.

— Quelque mauvaise ferme!

— Il a des vignes et des prés...

— Des misères, dit Charles d'un air dédaigneux. Si votre père avait seulement vingt-quatre mille livres de rente, habiteriez-vous cette chambre froide et nue? ajouta-t-il en avançant le pied gauche. — Là seront donc mes trésors, dit-il en montrant le vieux bahut pour voiler sa pensée.

— Allez dormir, dit-elle en l'empêchant d'entrer dans une chambre en désordre.

Charles se retira, et ils se dirent bonsoir par un mutuel sourire.

Tous deux ils s'endormirent dans le même rêve, et Charles commença dès lors à jeter quelques roses sur son deuil. Le lendemain matin, madame

Grandet trouva sa fille se promenant, avant le déjeuner, en compagnie de Charles. Le jeune homme était encore triste comme devait l'être un malheureux descendu, pour ainsi dire, au fond de ses chagrins, et qui, en mesurant la profondeur de l'abîme où il était tombé, avait senti tout le poids de sa vie future.

— Mon père ne reviendra que pour le dîner, dit Eugénie en voyant l'inquiétude peinte sur le visage de sa mère.

Il était facile de voir dans les manières, sur la figure d'Eugénie et dans la singulière douceur que contracta sa voix, une conformité de pensée entre elle et son cousin. Leurs âmes s'étaient ardemment épousées avant peut-être même d'avoir bien éprouvé la force des sentiments par lesquels ils s'unissaient l'un à l'autre. Charles resta dans la salle, et sa mélancolie y fut respectée. Chacune des trois femmes eut à s'occuper. Grandet ayant oublié ses affaires, il vint un assez grand nombre de personnes. Le couvreur, le plombier, le maçon, les terrassiers, le charpentier, des closiers, des fermiers, les uns pour conclure des marchés relatifs à des réparations, les autres pour payer des fermages ou recevoir de l'argent. Madame Grandet et Eugénie furent donc obligées d'aller et de venir, de répondre aux interminables discours des ouvriers et des gens de la campagne. Nanon encaissait les redevances dans sa cuisine. Elle attendait toujours les ordres de son maître pour savoir ce qui devait être gardé pour la maison ou vendu au marché. L'habitude du bonhomme était, comme celle d'un grand nombre de gentilshommes campagnards, de boire son mauvais vin et de manger ses fruits gâtés. Vers cinq heures du soir, Grandet revint d'Angers, ayant eu quatorze mille francs de son or, et tenant dans son portefeuille des bons royaux qui lui portaient intérêt jusqu'au jour où il aurait à payer ses rentes. Il avait laissé Cornoiller à Angers, pour y soigner les chevaux à demi fourbus, et les ramener lentement après les avoir bien fait reposer.

— Je reviens d'Angers, ma femme, dit-il. J'ai faim.

Nanon lui cria de la cuisine :

— Est-ce que vous n'avez rien mangé depuis hier ?

— Rien, répondit le bonhomme.

Nanon apporta la soupe. Des Grassins vint prendre les ordres de son client au moment où la famille était à table. Le père Grandet n'avait seulement pas vu son neveu.

— Mangez tranquillement, Grandet, dit le banquier. Nous causerons. Savez-vous ce que vaut l'or à Angers, où l'on en est venu chercher pour Nantes ? Je vais en envoyer.

— N'en envoyez pas, répondit le bonhomme, il y en a déjà suffisamment. Nous sommes trop bons amis pour que je ne vous évite pas une perte de temps.

— Mais l'or y vaut treize francs cinquante centimes.

— Dites donc valait.

— D'où diable en serait-il venu ?

— Je suis allé cette nuit à Angers, lui répondit Grandet à voix basse.

Le banquier tressaillit de surprise. Puis une conversation s'établit entre eux d'oreille à oreille, pendant laquelle des Grassins et Grandet regardèrent Charles à plusieurs reprises. Au moment où sans doute l'ancien tonnelier dit au banquier de lui acheter cent mille livres de rente, des Grassins laissa derechef échapper un geste d'étonnement.

— Monsieur Grandet, dit-il à Charles, je pars pour Paris ; et, si vous aviez des commissions à me donner...

— Aucune, monsieur. Je vous remercie, répondit Charles.

— Remerciez-le mieux que ça, mon neveu. Monsieur va pour arranger les affaires de la maison Guillaume Grandet.

— Y aurait-il donc quelque espoir ? demanda Charles.

— Mais, s'écria le tonnelier avec un orgueil bien joué, n'êtes-vous pas mon neveu ? Votre honneur est le nôtre. Ne vous nommez-vous pas Grandet ?

Charles se leva, saisit le père Grandet, l'embrassa, pâlit et sortit. Eugénie contemplait son père avec admiration.

— Allons, adieu, mon bon des Grassins, tout à vous, et emboisez-moi[1] bien ces gens-là ! Les deux diplomates se donnèrent une poignée de main, l'ancien tonnelier reconduisit le banquier jusqu'à la porte ; puis, après l'avoir fermée, il revint et dit à Nanon en se plongeant dans son fauteuil : « Donne-moi du cassis ! » Mais trop ému pour rester en place, il se leva, regarda le portrait de monsieur de La Bertellière et se mit à chanter, en faisant ce que Nanon appelait des pas de danse :

> *Dans les gardes françaises*
> *J'avais un bon papa[2].*

---

1. Emboiser : enjôler — mais peut-être aussi cocufier.
2. « J'avais un amoureux » dit la chanson du xviiie siècle que Grandet s'amuse à déformer. P.-G. Castex rappelle opportunément que le portrait de La Bertellière, comme on l'a vu au début du roman, représente le grand-père de Mme Grandet en uniforme de lieutenant des gardes françaises.

Nanon, madame Grandet, Eugénie s'exami-
nèrent mutuellement et en silence. La joie du
vigneron les épouvantait toujours quand elle
arrivait à son apogée. La soirée fut bientôt finie.
D'abord le père Grandet voulut se coucher de
bonne heure; et, lorsqu'il se couchait, chez lui
tout devait dormir, de même que, quand Auguste
buvait, la Pologne était ivre[1]. Puis Nanon,
Charles et Eugénie n'étaient pas moins las que le
maître. Quant à madame Grandet, elle dormait,
mangeait, buvait, marchait suivant les désirs de
son mari. Néanmoins, pendant les deux heures
accordées à la digestion, le tonnelier, plus facé-
tieux qu'il ne l'avait jamais été, dit beaucoup de
ses apophtegmes particuliers, dont un seul donnera la mesure de son esprit. Quand il eut avalé
son cassis, il regarda le verre.

— On n'a pas plus tôt mis les lèvres à un verre
qu'il est déjà vide! Voilà notre histoire. On ne
peut pas être et avoir été. Les écus ne peuvent
pas rouler et rester dans votre bourse, autrement
la vie serait trop belle.

Il fut jovial et clément. Lorsque Nanon vint
avec son rouet: «Tu dois être lasse, lui dit-il.
Laisse ton chanvre.»

— Ah! ben!... quien, je m'ennuierais, répondit
la servante.

— Pauvre Nanon! Veux-tu du cassis?

— Ah! pour du cassis, je ne dis pas non;
madame le fait ben mieux que les apothicaires.
Celui qu'i vendent est de la drogue.

— Ils y mettent trop de sucre, ça ne sent plus
rien, dit le bonhomme.

---

1. Vers du roi de Prusse Frédéric II, que Voltaire a repris et
inséré dans son *Épître à Catherine II*. Ce vers vise l'électeur de
Saxe et roi de Pologne Frédéric-Auguste III (1696-1763).

Le lendemain, la famille, réunie à huit heures pour le déjeuner, offrit le tableau de la première scène d'une intimité bien réelle. Le malheur avait promptement mis en rapport madame Grandet, Eugénie et Charles; Nanon elle-même sympathisait avec eux sans le savoir. Tous quatre commencèrent à faire une même famille. Quant au vieux vigneron, son avarice satisfaite, et la certitude de voir bientôt partir le mirliflor sans avoir à lui payer autre chose que son voyage à Nantes, le rendirent presque indifférent à sa présence au logis. Il laissa les deux enfants, ainsi qu'il nomma Charles et Eugénie, libres de se comporter comme bon leur semblerait sous l'œil de madame Grandet, en laquelle il avait d'ailleurs une entière confiance en ce qui concernait la morale publique et religieuse. L'alignement de ses prés et des fossés jouxtant la route, ses plantations de peupliers en Loire, et les travaux d'hiver dans ses clos et à Froidfond l'occupèrent exclusivement. Dès lors commença pour Eugénie le primevère[1] de l'amour. Depuis la scène de nuit pendant laquelle la cousine donna son trésor au cousin, son cœur avait suivi le trésor. Complices tous deux du même secret, ils se regardaient en s'exprimant une mutuelle intelligence, qui approfondissait leurs sentiments et les leur rendait mieux communs, plus intimes, en les mettant, pour ainsi dire, tous deux en dehors de la vie ordinaire. La parenté n'autorisait-elle pas une certaine douceur dans l'accent, une tendresse dans les regards: aussi Eugénie se plut-elle à endormir les souffrances de son cousin dans les joies enfantines d'un naissant amour. N'y a-t-il pas de gracieuses similitudes entre les commencements de l'amour

1. Le printemps.

et ceux de la vie ? Ne berce-t-on pas l'enfant par
de doux chants et de gentils regards ? Ne lui dit-
on pas de merveilleuses histoires qui lui dorent
l'avenir ? Pour lui l'espérance ne déploie-t-elle pas
incessamment ses ailes radieuses ? Ne verse-t-il
pas tour à tour des larmes de joie et de douleur ?
Ne se querelle-t-il pas pour des riens, pour des
cailloux avec lesquels il essaie de se bâtir un
mobile palais, pour des bouquets aussitôt oubliés
que coupés ? N'est-il pas avide de saisir le temps,
d'avancer dans la vie ? L'amour est notre seconde
transformation. L'enfance et l'amour furent même
chose entre Eugénie et Charles : ce fut la passion
première avec tous ses enfantillages, d'autant
plus caressants pour leurs cœurs qu'ils étaient
enveloppés de mélancolie. En se débattant à sa
naissance sous les crêpes du deuil, cet amour
n'en était d'ailleurs que mieux en harmonie avec
la simplicité provinciale de cette maison en
ruines. En échangeant quelques mots avec sa
cousine au bord du puits, dans cette cour muette ;
en restant dans ce jardinet, assis sur un banc
moussu jusqu'à l'heure où le soleil se couchait,
occupés à se dire de grands riens ou recueillis
dans le calme qui régnait entre le rempart et la
maison, comme on l'est sous les arcades d'une
église, Charles comprit la sainteté de l'amour ;
car sa grande dame, sa chère Annette, ne lui en
avait fait connaître que les troubles orageux. Il
quittait en ce moment la passion parisienne,
coquette, vaniteuse, éclatante, pour l'amour pur
et vrai. Il aimait cette maison dont les mœurs ne
lui semblèrent plus si ridicules. Il descendait dès
le matin, afin de pouvoir causer avec Eugénie
quelques moments avant que Grandet ne vînt
donner les provisions ; et, quand les pas du bonhomme retentissaient dans les escaliers, il se sau-

vait au jardin. La petite criminalité de ce rendez-
vous matinal, secret même pour la mère d'Eugénie, et que Nanon faisait semblant de ne pas
apercevoir, imprimait à l'amour le plus innocent
du monde la vivacité des plaisirs défendus. Puis,
quand, après le déjeuner, le père Grandet était
parti pour aller voir ses propriétés et ses exploitations, Charles demeurait entre la mère et la
fille, éprouvant des délices inconnues à leur prêter les mains pour dévider du fil, à les voir tra-
vaillant, à les entendre jaser. La simplicité de
cette vie presque monastique, qui lui révéla les
beautés de ces âmes auxquelles le monde était
inconnu, le toucha vivement. Il avait cru ces
mœurs impossibles en France, et n'avait admis
leur existence qu'en Allemagne, encore n'était-ce
que fabuleusement et dans les romans d'Auguste
Lafontaine[1]. Bientôt pour lui Eugénie fut l'idéal
de la Marguerite de Goethe, moins la faute. Enfin
de jour en jour ses regards, ses paroles ravirent
la pauvre fille, qui s'abandonna délicieusement
au courant de l'amour ; elle saisissait sa félicité
comme un nageur saisit la branche de saule pour
se tirer du fleuve et se reposer sur la rive. Les
chagrins d'une prochaine absence n'attristaient-
ils pas déjà les heures les plus joyeuses de ces
fuyardes journées ? Chaque jour un petit événement leur rappelait la prochaine séparation.
Ainsi, trois jours après le départ de des Grassins,
Charles fut emmené par Grandet au Tribunal de
Première Instance avec la solennité que les gens
de province attachent à de tels actes, pour y

---

1. Descendant de protestants français émigrés, ce romancier
allemand mourut en 1831 après avoir publié plus de deux cents
ouvrages d'un romanesque édifiant et bonhomme. On l'avait
beaucoup traduit en France sous l'Empire et la Restauration.

signer une renonciation à la succession de son père. Répudiation terrible! espèce d'apostasie domestique. Il alla chez maître Cruchot faire faire deux procurations, l'une pour des Grassins, l'autre pour l'ami chargé de vendre son mobilier. Puis il fallut remplir les formalités nécessaires pour obtenir un passeport à l'étranger. Enfin, quand arrivèrent les simples vêtements de deuil que Charles avait demandés à Paris, il fit venir un tailleur de Saumur et lui vendit sa garde-robe inutile. Cet acte plut singulièrement au père Grandet.

— Ah! vous voilà comme un homme qui doit s'embarquer et qui veut faire fortune, lui dit-il en le voyant vêtu d'une redingote de gros drap noir. Bien, très bien!

— Je vous prie de croire, monsieur, lui répondit Charles, que je saurai bien avoir l'esprit de ma situation.

— Qu'est-ce que c'est que cela? dit le bonhomme dont les yeux s'animèrent à la vue d'une poignée d'or que lui montra Charles.

— Monsieur, j'ai réuni mes boutons, mes anneaux, toutes les superfluités que je possède et qui pouvaient avoir quelque valeur; mais, ne connaissant personne à Saumur, je voulais vous prier ce matin de...

— De vous acheter cela? dit Grandet en l'interrompant.

— Non, mon oncle, de m'indiquer un honnête homme qui...

— Donnez-moi cela, mon neveu; j'irai vous estimer cela là-haut, et je reviendrai vous dire ce que cela vaut, à un centime près. Or de bijou, dit-il en examinant une longue chaîne, dix-huit à dix-neuf carats.

Le bonhomme tendit sa large main et emporta la masse d'or.

— Ma cousine, dit Charles, permettez-moi de vous offrir ces deux boutons, qui pourront vous servir à attacher des rubans à vos poignets. Cela fait un bracelet fort à la mode en ce moment.

— J'accepte sans hésiter, mon cousin, dit-elle en lui jetant un regard d'intelligence.

— Ma tante, voici le dé de ma mère, je le gardais précieusement dans ma toilette de voyage, dit Charles en présentant un joli dé d'or à madame Grandet, qui depuis dix ans en désirait un.

— Il n'y a pas de remerciements possibles, mon neveu, dit la vieille mère, dont les yeux se mouillèrent de larmes. Soir et matin dans mes prières j'ajouterai la plus pressante de toutes pour vous, en disant celle des voyageurs. Si je mourais, Eugénie vous conserverait ce bijou.

— Cela vaut neuf cent quatre-vingt-neuf francs soixante-quinze centimes, mon neveu, dit Grandet en ouvrant la porte. Mais, pour vous éviter la peine de vendre cela, je vous en compterai l'argent... en livres.

Le mot en livres signifie sur le littoral de la Loire que les écus de six livres doivent être acceptés pour six francs sans déduction [1].

— Je n'osais vous le proposer, répondit Charles ; mais il me répugnait de brocanter mes bijoux dans la ville que vous habitez. Il faut laver son linge sale en famille, disait Napoléon. Je vous remercie donc de votre complaisance. Grandet se gratta l'oreille, et il y eut un moment de silence. — Mon cher oncle, reprit Charles en le regardant d'un air inquiet, comme s'il eût craint

---

1. Les mots « livre » et « franc » s'employaient couramment l'un pour l'autre. Mais, le cours officiel de l'ancienne monnaie étant légèrement inférieur à celui de la nouvelle, Grandet se réserve le bénéfice de cette dépréciation.

de blesser sa susceptibilité, ma cousine et ma
tante ont bien voulu accepter un faible souvenir
de moi ; veuillez à votre tour agréer des boutons
de manche qui me deviennent inutiles : ils vous
rappelleront un pauvre garçon qui, loin de vous,
pensera certes à ceux qui désormais seront toute
sa famille.

— Mon garçon ! mon garçon, faut pas te
dénuer comme ça… Qu'as-tu donc, ma femme ?
dit-il en se tournant avec avidité vers elle, ah ! un
dé d'or. Et toi, fifille, tiens, des agrafes de diamants. Allons, je prends tes boutons, mon garçon,
reprit-il en serrant la main de Charles. Mais… tu
me permettras de… te payer… ton, oui… ton passage aux Indes. Oui, je veux te payer ton passage.
D'autant, vois-tu, garçon, qu'en estimant tes
bijoux, je n'en ai compté que l'or brut, il y a peut-
être quelque chose à gagner sur les façons. Ainsi,
voilà qui est dit. Je te donnerai quinze cents
francs… en livres, que Cruchot me prêtera ; car je
n'ai pas un rouge liard ici, à moins que Perrotet,
qui est en retard de son fermage, ne me le paie.
Tiens, tiens, Je vais l'aller voir.

Il prit son chapeau, mit ses gants et sortit.

— Vous vous en irez donc, dit Eugénie en lui
jetant un regard de tristesse mêlée d'admiration.

— Il le faut, dit-il en baissant la tête.

Depuis quelques jours, le maintien, les manières,
les paroles de Charles étaient devenus ceux d'un
homme profondément affligé, mais qui, sentant
peser sur lui d'immenses obligations, puise un
nouveau courage dans son malheur. Il ne soupi-
rait plus, il s'était fait homme. Aussi jamais Eugénie ne présuma-t-elle mieux du caractère de son
cousin qu'en le voyant descendre dans ses habits
de gros drap noir, qui allaient bien à sa figure
pâlie et à sa sombre contenance. Ce jour-là le

deuil fut pris par les deux femmes, qui assistèrent avec Charles à un *Requiem* célébré à la paroisse pour l'âme de feu Guillaume Grandet.

Au second déjeuner, Charles reçut des lettres de Paris, et les lut.

— Hé! bien, mon cousin, êtes-vous content de vos affaires, dit Eugénie à voix basse.

— Ne fais donc jamais de ces questions-là, ma fille, répondit Grandet. Que diable, je ne te dis pas les miennes, pourquoi fourres-tu le nez dans celles de ton cousin? Laisse-le donc, ce garçon!

— Oh! je n'ai point de secrets, dit Charles.

— Ta, ta, ta, mon neveu, tu sauras qu'il faut tenir sa langue en bride dans le commerce.

Quand les deux amants furent seuls dans le jardin, Charles dit à Eugénie en l'attirant sur le vieux banc où ils s'assirent sous le noyer : — J'avais bien présumé d'Alphonse, il s'est conduit à merveille. Il a fait mes affaires avec prudence et loyauté. Je ne dois rien à Paris, tous mes meubles sont bien vendus, et il m'annonce avoir, d'après les conseils d'un capitaine au long cours, employé trois mille francs qui lui restaient en une pacotille composée de curiosités européennes, desquelles on tire un excellent parti aux Indes. Il a dirigé mes colis sur Nantes, où se trouve un navire en charge pour Java. Dans cinq jours, Eugénie, il faudra nous dire adieu pour toujours peut-être, mais au moins pour longtemps. Ma pacotille et dix mille francs que m'envoient deux de mes amis sont un bien petit commencement. Je ne puis songer à mon retour avant plusieurs années. Ma chère cousine, ne mettez pas en balance ma vie et la vôtre, je puis périr, peut-être se présentera-t-il pour vous un riche établissement...

— Vous m'aimez?... dit-elle.

— Oh! oui, bien, répondit-il avec une profondeur d'accent qui révélait une égale profondeur dans le sentiment.

— J'attendrai, Charles. Dieu! mon père est à sa fenêtre, dit-elle en repoussant son cousin, qui s'approchait pour l'embrasser.

Elle se sauva sous la voûte, Charles l'y suivit; en le voyant, elle se retira au pied de l'escalier et ouvrit la porte battante; puis, sans trop savoir où elle allait, Eugénie se trouva près du bouge de Nanon, à l'endroit le moins clair du couloir; là Charles, qui l'avait accompagnée, lui prit la main, l'attira sur son cœur, la saisit par la taille, et l'appuya doucement sur lui. Eugénie ne résista plus, elle reçut et donna le plus pur, le plus suave, mais aussi le plus entier de tous les baisers.

— Chère Eugénie, un cousin est mieux qu'un frère, il peut t'épouser, lui dit Charles.

— Ainsi soit-il! cria Nanon en ouvrant la porte de son taudis.

Les deux amants, effrayés, se sauvèrent dans la salle, où Eugénie reprit son ouvrage, et où Charles se mit à lire les litanies de la Vierge dans le paroissien de madame Grandet.

— Quien! dit Nanon, nous faisons tous nos prières.

Dès que Charles eut annoncé son départ, Grandet se mit en mouvement pour faire croire qu'il lui portait beaucoup d'intérêt; il se montra libéral de tout ce qui ne coûtait rien, s'occupa de lui trouver un emballeur, et dit que cet homme prétendait vendre ses caisses trop cher; il voulut alors à toute force les faire lui-même, et y employa de vieilles planches; il se leva dès le matin pour raboter, ajuster, planer, clouer ses voliges et en confectionner de très belles caisses, dans lesquelles il emballa tous les effets de

Charles; il se chargea de les faire descendre par
bateau sur la Loire, de les assurer, et de les expé-
dier en temps utile à Nantes.

Depuis le baiser pris dans le couloir, les heures
s'enfuyaient pour Eugénie avec une effrayante
rapidité. Parfois elle voulait suivre son cousin.
Celui qui a connu la plus attachante des passions, celle dont la durée est chaque jour abrégée
par l'âge, par le temps, par une maladie mortelle,
par quelques-unes des fatalités humaines, celui-
là comprendra les tourments d'Eugénie. Elle
pleurait souvent en se promenant dans ce jardin,
maintenant trop étroit pour elle, ainsi que la
cour, la maison, la ville : elle s'élançait par
avance sur la vaste étendue des mers. Enfin la
veille du départ arriva. Le matin, en l'absence
de Grandet et de Nanon, le précieux coffret où
se trouvaient les deux portraits fut solennellement installé dans le seul tiroir du bahut qui
fermait à clef, et où était la bourse maintenant vide. Le dépôt de ce trésor n'alla pas sans
bon nombre de baisers et de larmes. Quand
Eugénie mit la clef dans son sein, elle n'eut pas
le courage de défendre à Charles d'y baiser la
place.

— Elle ne sortira pas de là, mon ami.

— Eh! bien, mon cœur y sera toujours aussi.

— Ah! Charles, ce n'est pas bien, dit-elle d'un
accent peu grondeur.

— Ne sommes-nous pas mariés? répondit-il;
j'ai ta parole, prends la mienne.

— À toi, pour jamais! fut dit deux fois de part
et d'autre.

Aucune promesse faite sur cette terre ne fut
plus pure. la candeur d'Eugénie avait momentanément sanctifié l'amour de Charles. Le lendemain matin le déjeuner fut triste. Malgré la robe

d'or et une croix à la Jeannette[1] que lui donna
Charles, Nanon elle-même, libre d'exprimer ses
sentiments, eut la larme à l'œil.

— Ce pauvre mignon, monsieur, qui s'en va
sur mer. Que Dieu le conduise.

À dix heures et demie, la famille se mit en
route pour accompagner Charles à la diligence
de Nantes. Nanon avait lâché le chien, fermé la
porte, et voulut porter le sac de nuit de Charles.
Tous les marchands de la vieille rue étaient sur le
seuil de leurs boutiques pour voir passer ce cortège, auquel se joignit sur la place maître Cruchot.

— Ne va pas pleurer, Eugénie, lui dit sa mère.

— Mon neveu, dit Grandet sous la porte de
l'auberge, en embrassant Charles sur les deux
joues, partez pauvre, revenez riche, vous trouverez l'honneur de votre père sauf. Je vous en
réponds, moi, Grandet ; car, alors, il ne tiendra
qu'à vous de…

— Ah ! mon oncle, vous adoucissez l'amer-
tume de mon départ. N'est-ce pas le plus beau
présent que vous puissiez me faire ?

Ne comprenant pas les paroles du vieux tonnelier, qu'il avait interrompu, Charles répandit sur
le visage tanné de son oncle des larmes de reconnaissance, tandis qu'Eugénie serrait de toutes ses
forces la main de son cousin et celle de son père.
Le notaire seul souriait en admirant la finesse de
Grandet, car lui seul avait bien compris le bonhomme. Les quatre Saumurois, environnés de
plusieurs personnes, restèrent devant la voiture
jusqu'à ce qu'elle partît ; puis, quand elle disparut
sur le pont et ne retentit plus que dans le lointain :

1. Suspendue au cou par un ruban de velours, à la mode
paysanne.

«Bon voyage!» dit le vigneron. Heureusement maître Cruchot fut le seul qui entendit cette exclamation. Eugénie et sa mère étaient allées à un endroit du quai d'où elles pouvaient encore voir la diligence, et agitaient leurs mouchoirs blancs, signe auquel répondit Charles en déployant le sien.

— Ma mère, je voudrais avoir pour un moment la puissance de Dieu, dit Eugénie au moment où elle ne vit plus le mouchoir de Charles.

Pour ne point interrompre le cours des événements qui se passèrent au sein de la famille Grandet, il est nécessaire de jeter par anticipation un coup d'œil sur les opérations que le bonhomme fit à Paris par l'entremise de des Grassins. Un mois après le départ du banquier, Grandet possédait une inscription de cent mille livres de rente achetée à quatre-vingts francs net[1]. Les renseignements donnés à sa mort par son inventaire n'ont jamais fourni la moindre lumière sur les moyens que sa défiance lui suggéra pour échanger le prix de l'inscription contre l'inscription elle-même. Maître Cruchot pensa que Nanon fut, à son insu, l'instrument fidèle du transport des fonds. Vers cette époque, la servante fit une absence de cinq jours, sous prétexte d'aller ranger quelque chose à Froidfond, comme si le bonhomme était capable de laisser traîner quelque chose. En ce qui concerne les affaires de la maison Guillaume Grandet, toutes les prévisions du tonnelier se réalisèrent.

À la Banque de France se trouvent, comme chacun sait, les renseignements les plus exacts sur les grandes fortunes de Paris et des départements. Les noms de des Grassins et de Félix

---

1. Voir plus haut notre note 1, p. 143.

Grandet de Saumur y étaient connus et y jouissaient de l'estime accordée aux célébrités financières qui s'appuient sur d'immenses propriétés territoriales libres d'hypothèques. L'arrivée du banquier de Saumur, chargé, disait-on, de liquider par honneur la maison Grandet de Paris, suffit donc pour éviter à l'ombre du négociant la honte des protêts. La levée des scellés se fit en présence des créanciers, et le notaire de la famille se mit à procéder régulièrement à l'inventaire de la succession. Bientôt des Grassins réunit les créanciers, qui, d'une voix unanime, élurent pour liquidateurs le banquier de Saumur, conjointement avec François Keller, chef d'une riche maison, l'un des principaux intéressés, et leur confièrent tous les pouvoirs nécessaires pour sauver à la fois l'honneur de la famille et les créances. Le crédit du Grandet de Saumur, l'espérance qu'il répandit au cœur des créanciers par l'organe de des Grassins, facilitèrent les transactions; il ne se rencontra pas un seul récalcitrant parmi les créanciers. Personne ne pensait à passer sa créance au compte de Profits et Pertes, et chacun se disait: «Grandet de Saumur paiera!» Six mois s'écoulèrent. Les Parisiens avaient remboursé les effets en circulation et les conservaient au fond de leurs portefeuilles. Premier résultat que voulait obtenir le tonnelier. Neuf mois après la première assemblée, les deux liquidateurs distribuèrent quarante-sept pour cent à chaque créancier. Cette somme fut produite par la vente des valeurs, possessions, biens et choses généralement quelconques appartenant à feu Guillaume Grandet, et qui fut faite avec une fidélité scrupuleuse. La plus exacte probité présidait à cette liquidation. Les créanciers se plurent à reconnaître l'admirable et incontestable honneur des Grandet. Quand ces louanges eurent circulé convenablement, les créanciers demandèrent le reste de leur argent. Il leur fallut écrire une lettre collective à Grandet.

— Nous y voilà, dit l'ancien tonnelier en jetant la lettre au feu ; patience, mes petits amis.

En réponse aux propositions contenues dans cette lettre, Grandet de Saumur demanda le dépôt chez un notaire de tous les titres de créance existants contre la succession de son frère, en les accompagnant d'une quittance des paiements déjà faits, sous prétexte d'apurer les comptes, et de correctement établir l'état de la succession. Ce dépôt souleva mille difficultés. Généralement, le créancier est une sorte de maniaque. Aujourd'hui prêt à conclure, demain il veut tout mettre à feu et à sang ; plus tard il se fait ultra-débonnaire. Aujourd'hui sa femme est de bonne humeur, son petit dernier a fait ses dents, tout va bien au logis, il ne veut pas perdre un sou ; demain il pleut, il ne peut pas sortir, il est mélancolique, il dit oui à toutes les propositions qui peuvent terminer une affaire ; le surlendemain il lui faut des garanties, à la fin du mois il prétend vous exécuter, le bourreau ! Le créancier ressemble à ce moineau franc à la queue duquel on engage les petits enfants à tâcher de poser un grain de sel ; mais le créancier rétorque cette image contre sa créance ; de laquelle il ne peut rien saisir. Grandet avait observé les variations atmosphériques des créanciers, et ceux de son frère obéirent à tous ses calculs. Les uns se fâchèrent et se refusèrent *net* au dépôt. — Bon ! ça va bien, disait Grandet en se frottant les mains à la lecture des lettres que lui écrivait à ce sujet des Grassins. Quelques autres ne consentirent audit dépôt que sous la condition de faire bien constater leurs droits, ne renoncer à aucuns, et se réserver même celui de faire déclarer la faillite. Nouvelle correspondance, après laquelle Grandet de Saumur consentit à toutes les réserves demandées. Moyennant cette concession, les créanciers bénins firent entendre raison aux créanciers durs. Le dépôt eut lieu, non sans quelques plaintes. — Ce bonhomme, dit-on à des Grassins, se moque de vous et de nous. Vingt-trois mois après la mort de Guillaume Grandet, beaucoup de commerçants, entraînés par le mouvement des affaires de Paris, avaient oublié leurs recouvrements Grandet, ou n'y pensaient que pour se dire : «Je commence à croire que les quarante-sept pour cent sont tout ce que je tirerai de cela.» Le tonnelier avait calculé sur la puissance du temps, qui, disait-il, est un bon diable. À la fin de la troisième année, des Grassins écrivit à Grandet que, moyennant dix pour cent des deux millions quatre cent mille francs restant dus par la maison Grandet, il avait amené les créanciers à lui rendre leurs titres. Grandet répondit que le notaire et l'agent de change dont les épouvantables faillites avaient causé la mort de son frère, vivaient, *eux*! pouvaient être devenus bons, et qu'il fallait les actionner afin d'en tirer quelque chose et diminuer le chiffre du déficit. À la fin de la quatrième année, le déficit fut bien et dûment arrêté à la somme de douze cent mille francs. Il y eut des pourparlers qui durèrent six mois entre les liquidateurs et les créanciers, entre Grandet et les liquidateurs. Bref, vivement pressé de s'exécuter, Grandet de Saumur répondit aux deux liquidateurs, vers le neuvième mois de cette année, que son neveu, qui avait fait fortune aux Indes, lui avait manifesté l'intention de payer intégralement les dettes de son père ; il ne pouvait pas prendre sur lui de les solder frauduleusement sans l'avoir consulté; il attendait une réponse. Les créanciers, vers le milieu de la cinquième année, étaient encore tenus en échec, avec le mot *intégralement*, de temps en temps lâché par le sublime tonnelier, qui riait dans sa barbe, et ne disait jamais, sans laisser échapper un fin sourire et un juron, le mot: «Ces PARISIENS!» Mais les créanciers furent réservés à un sort inouï dans les fastes du commerce. Ils se retrouveront dans la position où les avait maintenus Grandet au moment où les événements de cette histoire les obligeront à y reparaître. Quand les rentes atteignirent à 115, le père Grandet vendit, retira de Paris environ deux millions quatre cent mille francs en or, qui rejoignirent dans ses barillets les six cent mille francs d'intérêts composés que lui avaient donnés ses inscriptions. Des Grassins demeurait à Paris. Voici pourquoi. D'abord il fut nommé député; puis il s'amouracha, lui père de famille, mais ennuyé par l'ennuyeuse vie saumuroise, de Florine, une des plus jolies actrices du théâtre de Madame, et il y eut recrudescence du quartier-maître chez le banquier. Il est inutile de parler de sa conduite; elle fut jugée à Saumur profondément immorale. Sa femme se trouva très heureuse d'être séparée de biens et d'avoir assez de tête pour mener la maison de Saumur, dont les affaires se continuèrent sous son nom, afin de réparer les brèches faites à sa fortune par les folies de monsieur des Grassins. Les Cruchotins empiraient si bien la situation fausse de la quasi-veuve, qu'elle maria fort mal sa fille, et dut renoncer à l'alliance d'Eugénie Grandet pour son fils. Adolphe rejoignit des Grassins à Paris, et y devint, dit-on, un fort mauvais sujet. Les Cruchot triomphèrent.

— Votre mari n'a pas de bon sens, disait Grandet en prêtant une somme à madame des Grassins, moyennant sûretés. Je vous plains beaucoup, vous êtes une bonne petite femme.

— Ah! monsieur, répondit la pauvre dame, qui pouvait croire que le jour où il partit de chez vous pour aller à Paris, il courait à sa ruine?

— Le ciel m'est témoin, madame, que j'ai tout fait jusqu'au dernier moment pour l'empêcher d'y aller. Monsieur le président voulait à toute force l'y remplacer; et, s'il tenait tant à s'y rendre, nous savons maintenant pourquoi.

Ainsi Grandet n'avait aucune obligation à des Grassins.

En toute situation[1], les femmes ont plus de causes de douleur que n'en a l'homme, et souffrent plus que lui. L'homme a sa force, et l'exercice de sa puissance: il agit, il va, il s'occupe, il pense, il embrasse l'avenir et y trouve des consolations. Ainsi faisait Charles. Mais la femme demeure, elle reste face à face avec le chagrin dont rien ne la distrait, elle descend jusqu'au fond de l'abîme qu'il a ouvert, le mesure et souvent le comble de ses vœux et de ses larmes. Ainsi faisait Eugénie. Elle s'initiait à sa destinée. Sentir, aimer, souffrir, se dévouer, sera toujours le texte de la vie des femmes. Eugénie devait être toute la femme, moins ce qui la console. Son bonheur, amassé comme les clous semés sur la muraille, suivant la sublime expression de Bossuet, ne devait pas un jour lui remplir le creux de la main[2]. Les chagrins ne se font jamais attendre,

---

1. Ici commençait dans l'édition originale le cinquième chapitre, intitulé «Chagrins de famille».
2. Dans une *Méditation* (ou *Élévation*) *sur la brièveté de la vie*: «(...) Voyons à quoi tout cela se réduit: qu'est-ce que je compterai donc? (...) Le temps où j'ai eu quelque contente-

et pour elle ils arrivèrent bientôt. Le lendemain du départ de Charles, la maison Grandet reprit sa physionomie pour tout le monde, excepté pour Eugénie, qui la trouva tout à coup bien vide. À l'insu de son père, elle voulut que la chambre de Charles restât dans l'état où il l'avait laissée. Madame Grandet et Nanon furent volontiers complices de ce *statu quo*.

— Qui sait s'il ne reviendra pas plus tôt que nous ne le croyons? dit-elle.

— Ah! je le voudrais voir ici, répondit Nanon. Je m'accoutumais ben à lui! C'était un ben doux, un ben parfait monsieur, quasiment joli, moutonné comme une fille. Eugénie regarda Nanon.

— Sainte Vierge, mademoiselle, vous avez les yeux à la perdition de votre âme! Ne regardez donc pas le monde comme ça.

Depuis ce jour, la beauté de mademoiselle Grandet prit un nouveau caractère. Les graves pensées d'amour par lesquelles son âme était lentement envahie, la dignité de la femme aimée donnèrent à ses traits cette espèce d'éclat que les peintres figurent par l'auréole. Avant la venue de son cousin, Eugénie pouvait être comparée à la Vierge avant la conception; quand il fut parti elle ressemblait à la Vierge mère: elle avait conçu l'amour. Ces deux Maries, si différentes et si bien représentées par quelques peintres espagnols, constituent l'une des plus brillantes figures qui abondent dans le christianisme. En revenant de

---

ment, où j'ai acquis quelque honneur? Mais combien ce temps est-il clairsemé dans ma vie! C'est comme des clous attachés à une longue muraille, dans quelque distance; vous diriez que cela occupe bien de la place; amassez-les, il n'y en a pas pour remplir la main. » Cette image a vivement frappé Balzac, qui y fait plusieurs allusions dans *La Comédie humaine* (*Physiologie du mariage*, *Albert Savarus*).

la messe, où elle alla le lendemain du départ de
Charles, et où elle avait fait vœu d'aller tous les
jours, elle prit, chez le libraire de la ville, une
mappemonde qu'elle cloua près de son miroir,
afin de suivre son cousin dans sa route vers les
Indes, afin de pouvoir se mettre un peu, soir et
matin, dans le vaisseau qui l'y transportait, de le
voir, de lui adresser mille questions, de lui dire :
« Es-tu bien ? ne souffres-tu pas ? penses-tu bien à
moi, en voyant cette étoile dont tu m'as appris à
connaître les beautés et l'usage ? » Puis, le matin,
elle restait pensive sous le noyer, assise sur le
banc de bois rongé par les vers et garni de
mousse grise où ils s'étaient dit tant de bonnes
choses, de niaiseries, où ils avaient bâti les châteaux en Espagne de leur joli ménage. Elle pensait à l'avenir en regardant le ciel par le petit
espace que les murs lui permettaient d'embrasser ; puis le vieux pan de muraille, et le toit sous
lequel était la chambre de Charles. Enfin ce fut
l'amour solitaire, l'amour vrai qui persiste, qui se
glisse dans toutes les pensées, et devient la sub-
stance, ou, comme eussent dit nos pères, l'étoffe
de la vie. Quand les soi-disant amis du père
Grandet venaient faire la partie le soir, elle était
gaie, elle dissimulait ; mais, pendant toute la
matinée, elle causait de Charles avec sa mère et
Nanon. Nanon avait compris qu'elle pouvait com-
patir aux souffrances de sa jeune maîtresse sans
manquer à ses devoirs envers son vieux patron,
elle qui disait à Eugénie : « Si j'avais eu un homme
à moi, je l'aurais... suivi dans l'enfer. Je l'aurais... quoi... Enfin, j'aurais voulu m'exterminer
pour lui ; mais... rin. Je mourrai sans savoir ce
que c'est que la vie. Croiriez-vous, mademoiselle,
que ce vieux Cornoiller, qu'est un bon homme
tout de même, tourne autour de ma jupe, rapport

à mes rentes, tout comme ceux qui viennent ici flairer le magot de monsieur, en vous faisant la cour? Je vois ça, parce que je suis encore fine, quoique je sois grosse comme une tour; hé! bien, mam'zelle, ça me fait plaisir, quoique ça ne soye pas de l'amour.»

Deux mois se passèrent ainsi. Cette vie domestique, jadis si monotone, s'était animée par l'immense intérêt du secret qui liait plus intimement ces trois femmes. Pour elles, sous les planchers grisâtres de cette salle, Charles vivait, allait, venait encore. Soir et matin Eugénie ouvrait la toilette et contemplait le portrait de sa tante. Un dimanche matin elle fut surprise par sa mère au moment où elle était occupée à chercher les traits de Charles dans ceux du portrait. Madame Grandet fut alors initiée au terrible secret de l'échange fait par le voyageur contre le trésor d'Eugénie.

— Tu lui as tout donné, dit la mère épouvantée. Que diras-tu donc à ton père, au jour de l'an, quand il voudra voir ton or?

Les yeux d'Eugénie devinrent fixes, et ces deux femmes demeurèrent dans un effroi mortel pendant la moitié de la matinée. Elles furent assez troublées pour manquer la grand-messe, et n'allèrent qu'à la messe militaire. Dans trois jours l'année 1819 finissait. Dans trois jours devait commencer une terrible action, une tragédie bourgeoise sans poison, ni poignard, ni sang répandu; mais, relativement aux acteurs, plus cruelle que tous les drames accomplis dans l'illustre famille des Atrides.

— Qu'allons-nous devenir? dit madame Grandet à sa fille en laissant son tricot sur ses genoux.

La pauvre mère subissait de tels troubles depuis deux mois que les manches de laine dont elle avait besoin pour son hiver n'étaient pas encore finies. Ce fait domestique, minime en apparence, eut de tristes résultats pour elle. Faute de manches, le froid la saisit d'une façon fâcheuse au milieu d'une sueur causée par une épouvantable colère de son mari.

— Je pensais, ma pauvre enfant, que, si tu m'avais confié ton secret, nous aurions eu le temps d'écrire à Paris à monsieur des Grassins. Il aurait pu nous envoyer des pièces d'or semblables aux tiennes; et, quoique Grandet les connaisse bien, peut-être...

— Mais où donc aurions-nous pris tant d'argent ?

— J'aurais engagé mes propres. D'ailleurs monsieur des Grassins nous eût bien...

— Il n'est plus temps, répondit Eugénie d'une voix sourde et altérée en interrompant sa mère. Demain matin ne devons-nous pas aller lui souhaiter la bonne année dans sa chambre ?

— Mais, ma fille, pourquoi n'irais-je donc pas voir les Cruchot ?

— Non, non, ce serait me livrer à eux et nous mettre sous leur dépendance. D'ailleurs j'ai pris mon parti. J'ai bien fait, je ne me repens de rien. Dieu me protégera. Que sa sainte volonté se fasse. Ah ! si vous aviez lu sa lettre, vous n'auriez pensé qu'à lui, ma mère.

Le lendemain matin, premier janvier 1820, la terreur flagrante à laquelle la mère et la fille étaient en proie leur suggéra la plus naturelle des excuses pour ne pas venir solennellement dans la chambre de Grandet. L'hiver de 1819 à 1820 fut un des plus rigoureux de l'époque. La neige encombrait les toits.

Madame Grandet dit à son mari, dès qu'elle l'entendit se remuant dans sa chambre: «Grandet, fais donc allumer par Nanon un peu de feu chez moi; le froid est si vif que je gèle sous ma couverture. Je suis arrivée à un âge où j'ai besoin de ménagements. D'ailleurs, reprit-elle après une légère pause, Eugénie viendra s'habiller là. Cette pauvre fille pourrait gagner une maladie à faire sa toilette chez elle par un temps pareil. Puis nous irons te souhaiter le bon an près du feu, dans la salle. »

— Ta, ta, ta, ta, quelle langue! comme tu commences l'année, madame Grandet? Tu n'as jamais tant parlé. Cependant tu n'as pas mangé de pain trempé dans du vin, je pense[1]. Il y eut un moment de silence. Eh! bien, reprit le bonhomme, que sans doute la proposition de sa femme arrangeait, je vais faire ce que vous voulez, madame Grandet. Tu es vraiment une bonne femme, et je ne veux pas qu'il t'arrive malheur à l'échéance de ton âge, quoique en général les La Bertellière soient faits de vieux ciment. Hein! pas vrai? cria-t-il après une pause. Enfin, nous en avons hérité, je leur pardonne. Et il toussa.

— Vous êtes gai ce matin, monsieur, dit gravement la pauvre femme.

— Toujours gai, moi…

> *Gai, gai, gai, le tonnelier,*
> *Raccommodez votre cuvier!*

ajouta-t-il en entrant chez sa femme tout habillé. Oui, nom d'un petit bonhomme, il fait solidement froid tout de même. Nous déjeunerons bien, ma femme. Des Grassins m'a envoyé un pâté de foies gras truffé! Je vais aller le chercher à la dili-

---

1. Comme les perroquets, dont ce traitement favorisait, dit-on, l'élocution.

gence. Il doit y avoir joint un double napoléon pour Eugénie, vint lui dire le tonnelier à l'oreille. Je n'ai plus d'or, ma femme. J'avais bien encore quelques vieilles pièces, je puis te dire cela à toi ; mais il a fallu les lâcher pour les affaires. Et, pour célébrer le premier jour de l'an, il l'embrassa sur le front.

— Eugénie, cria la bonne mère, je ne sais sur quel côté ton père a dormi ; mais il est bon homme, ce matin. Bah ! nous nous en tirerons.

— Quoi qu'il a donc, notre maître ? dit Nanon en entrant chez sa maîtresse pour y allumer du feu. D'abord, il m'a dit : « Bon jour, bon an, grosse bête ! Va faire du feu chez ma femme, elle a froid. » Ai-je été sotte quand je l'ai vu me tendant la main pour me donner un écu de six francs qui n'est quasi point rogné du tout ! Tenez, madame, regardez-le donc ? Oh ! le brave homme. C'est un digne homme, tout de même. Il y en a qui, pus y deviennent vieux, pus y durcissent ; mais lui, il se fait doux comme votre cassis, et y rabonit. C'est un ben parfait, un ben bon homme…

Le secret de cette joie était dans une entière réussite de la spéculation de Grandet. Monsieur des Grassins, après avoir déduit les sommes que lui devait le tonnelier pour l'escompte des cent cinquante mille francs d'effets hollandais, et pour le surplus qu'il lui avait avancé afin de compléter l'argent nécessaire à l'achat des cent mille livres de rente, lui envoyait, par la diligence, trente mille francs en écus, restant sur le semestre de ses intérêts, et lui avait annoncé la hausse des fonds publics. Ils étaient alors à 89, les plus célèbres capitalistes en achetaient, fin janvier, à 92. Grandet gagnait, depuis deux mois, douze pour cent sur ses capitaux, il avait apuré ses comptes, et allait désormais toucher cinquante

mille francs tous les six mois sans avoir à payer
ni impositions, ni réparations. Il concevait enfin
la rente, placement pour lequel les gens de province manifestent une répugnance invincible, et
il se voyait, après cinq ans, maître d'un capital
de six millions grossi sans beaucoup de soins, et
qui, joint à la valeur territoriale de ses propriétés, composerait une fortune colossale. Les six
francs donnés à Nanon étaient peut-être le solde
d'un immense service que la servante avait à son
insu rendu à son maître.

— Oh! oh! où va donc le père Grandet, qu'il
court dès le matin comme au feu? se dirent les
marchands occupés à ouvrir leurs boutiques.
Puis, quand ils le virent revenant du quai suivi
d'un facteur des Messageries transportant sur
une brouette des sacs pleins: L'eau va toujours à
la rivière, le bonhomme allait à ses écus, disait
l'un. — Il lui en vient de Paris, de Froidfond, de
Hollande! disait un autre. — Il finira par acheter
Saumur, s'écriait un troisième. — Il se moque
du froid, il est toujours à son affaire, disait une
femme à son mari. — Eh! eh! monsieur Grandet,
si ça vous gênait, lui dit un marchand de drap,
son plus proche voisin, je vous en débarrasserais.

— Ouin! ce sont des sous, répondit le vigneron.

— D'argent, dit le facteur à voix basse.

— Si tu veux que je te soigne, mets une bride
à ta *margoulette*, dit le bonhomme au facteur en
ouvrant sa porte.

— Ah! le vieux renard, je le croyais sourd,
pensa le facteur; il paraît que quand il fait froid
il entend.

— Voilà vingt sous pour tes étrennes, et *motus*!
Détale! lui dit Grandet. Nanon te reportera ta
brouette. — Nanon, les linottes sont-elles à la
messe?

— Oui, monsieur.

— Allons, haut la patte! à l'ouvrage, cria-t-il
en la chargeant de sacs. En un moment les écus
furent transportés dans sa chambre où il s'en-
ferma. Quand le déjeuner sera prêt, tu me cogne-
ras au mur. Reporte la brouette aux Messageries.

La famille ne déjeuna qu'à dix heures.

— Ici ton père ne demandera pas à voir ton
or, dit madame Grandet à sa fille en rentrant de
la messe. D'ailleurs tu feras la frileuse. Puis nous
aurons le temps de remplir ton trésor pour le
jour de ta naissance...

Grandet descendit l'escalier en pensant à méta-
morphoser promptement ses écus parisiens en
bon or et à son admirable spéculation des rentes
sur l'État. Il était décidé à placer ainsi ses revenus
jusqu'à ce que la rente atteignît le taux de cent
francs. Méditation funeste à Eugénie. Aussitôt
qu'il entra, les deux femmes lui souhaitèrent une
bonne année, sa fille en lui sautant au cou et
le câlinant, madame Grandet gravement et avec
dignité.

— Ah! ah! mon enfant, dit-il en baisant sa fille
sur les joues, je travaille pour toi, vois-tu?... je
veux ton bonheur. Il faut de l'argent pour être
heureux. Sans argent, bernique. Tiens, voilà un
napoléon tout neuf, je l'ai fait venir de Paris.
Nom d'un petit bonhomme, il n'y a pas un grain
d'or ici. Il n'y a que toi qui as de l'or. Montre-moi
ton or, fifille.

— Bah! il fait trop froid; déjeunons, lui répondit Eugénie.

— Hé! bien, après, hein? Ça nous aidera tous
à digérer. Ce gros des Grassins, il nous a envoyé
ça tout de même, reprit-il. Ainsi mangez, mes
enfants, ça ne nous coûte rien. Il va bien des
Grassins, je suis content de lui. Le merluchon

rend service à Charles, et gratis encore. Il arrange très bien les affaires de ce pauvre défunt Grandet. — Ououh! ououh! fit-il, la bouche pleine, après une pause, cela est bon! Manges-en donc, ma femme! ça nourrit au moins pour deux jours.

— Je n'ai pas faim. Je suis toute malingre, tu le sais bien.

— Ah! ouin! Tu peux te bourrer sans crainte de faire crever ton coffre; tu es une La Bertel-lière, une femme solide. Tu es bien un petit brin jaunette, mais j'aime le jaune.

L'attente d'une mort ignominieuse et publique est moins horrible peut-être pour un condamné que ne l'était pour madame Grandet et pour sa fille l'attente des événements qui devaient termi-ner ce déjeuner de famille. Plus gaiement parlait et mangeait le vieux vigneron, plus le cœur de ces deux femmes se serrait. La fille avait néan-moins un appui dans cette conjoncture: elle pui-sait de la force en son amour.

— Pour lui, pour lui, se disait-elle, je souffri-rais mille morts.

À cette pensée, elle jetait à sa mère des regards flamboyants de courage.

— Ôte tout cela, dit Grandet à Nanon quand, vers onze heures, le déjeuner fut achevé; mais laisse-nous la table. Nous serons plus à l'aise pour voir ton petit trésor, dit-il en regardant Eugénie. Petit, ma foi, non. Tu possèdes, valeur intrinsèque, cinq mille neuf cent cinquante-neuf francs, et quarante de ce matin, cela fait six mille francs moins un. Eh! bien, je te donnerai, moi, ce franc pour compléter la somme, parce que, vois-tu, fifille… Hé! bien, pourquoi nous écoutes-tu? Montre-moi tes talons, Nanon, et va faire ton ouvrage, dit le bonhomme. Nanon disparut.

— Écoute, Eugénie, il faut que tu me donnes ton or. Tu ne le refuseras pas à ton pépère, ma petite fifille, hein ? Les deux femmes étaient muettes.

— Je n'ai plus d'or, moi. J'en avais, je n'en ai plus. Je te rendrai six mille francs en livres, et tu vas les placer comme je vais te le dire. Il ne faut plus penser au douzain. Quand je te marierai, ce qui sera bientôt, je te trouverai un futur qui pourra t'offrir le plus beau douzain dont on aura jamais parlé dans la province. Écoute donc, fifille. Il se présente une belle occasion : tu peux mettre tes six mille francs dans le gouvernement, et tu en auras tous les six mois près de deux cents francs d'intérêts, sans impôts, ni réparations, ni grêle, ni gelée, ni marée, ni rien de ce qui tracasse les revenus. Tu répugnes peut-être à te séparer de ton or, hein, fifille ? Apporte-le-moi tout de même. Je te ramasserai des pièces d'or, des hollandaises, des portugaises, des roupies du Mogol, des génovines, et, avec celles que je te donnerai à tes fêtes, en trois ans tu auras rétabli la moitié de ton joli petit trésor en or. Que dis-tu, fifille ? Lève donc le nez. Allons, va le chercher, le mignon. Tu devrais me baiser sur les yeux pour te dire ainsi des secrets et des mystères de vie et de mort pour les écus. Vraiment les écus vivent et grouillent comme des hommes : ça va, ça vient, ça sue, ça produit.

Eugénie se leva, mais, après avoir fait quelques pas vers la porte, elle se retourna brusquement, regarda son père en face et lui dit : «Je n'ai plus *mon* or.»

— Tu n'as plus ton or ! s'écria Grandet en se dressant sur ses jarrets comme un cheval qui entend tirer le canon à dix pas de lui.

— Non, je ne l'ai plus.

— Tu te trompes, Eugénie.

— Non.

— Par la serpette de mon père!

Quand le tonnelier jurait ainsi, les planchers tremblaient.

— Bon saint bon Dieu! voilà madame qui pâlit, cria Nanon.

— Grandet, ta colère me fera mourir, dit la pauvre femme.

— Ta, ta, ta, ta, vous autres, vous ne mourez jamais dans votre famille! — Eugénie, qu'avez-vous fait de vos pièces? cria-t-il en fondant sur elle.

— Monsieur, dit la fille aux genoux de madame Grandet, ma mère souffre beaucoup. Voyez, ne la tuez pas.

Grandet fut épouvanté de la pâleur répandue sur le teint de sa femme, naguère si jaune.

— Nanon, venez m'aider à me coucher, dit la mère d'une voix faible. Je meurs.

Aussitôt Nanon donna le bras à sa maîtresse, autant en fit Eugénie, et ce ne fut pas sans des peines infinies qu'elles purent la monter chez elle, car elle tombait en défaillance de marche en marche. Grandet resta seul. Néanmoins, quelques moments après, il monta sept ou huit marches, et cria: «Eugénie, quand votre mère sera couchée, vous descendrez.»

— Oui, mon père.

Elle ne tarda pas à venir, après avoir rassuré sa mère.

— Ma fille, lui dit Grandet, vous allez me dire où est votre trésor.

— Mon père, si vous me faites des présents dont je ne sois pas entièrement maîtresse, reprenez-les, répondit froidement Eugénie en cherchant le napoléon sur la cheminée et le lui présentant.

Grandet saisit vivement le napoléon et le coula dans son gousset.

— Je crois bien que je ne te donnerai plus rien. Pas seulement ça! dit-il en faisant claquer l'ongle de son pouce sous sa maîtresse dent. Vous méprisez donc votre père, vous n'avez donc pas confiance en lui, vous ne savez donc pas ce que c'est qu'un père. S'il n'est pas tout pour vous, il n'est rien. Où est votre or?

— Mon père, je vous aime et vous respecte, malgré votre colère; mais je vous ferai fort humblement observer que j'ai vingt-deux ans. Vous m'avez assez souvent dit que je suis majeure, pour que je le sache. J'ai fait de mon argent ce qu'il m'a plu d'en faire, et soyez sûr qu'il est bien placé...

— Où?

— C'est un secret inviolable, dit-elle. N'avez-vous pas vos secrets?

— Ne suis-je pas le chef de ma famille, ne puis-je avoir mes affaires?

— C'est aussi mon affaire.

— Cette affaire doit être mauvaise, si vous ne pouvez pas la dire à votre père, mademoiselle Grandet.

— Elle est excellente, et je ne puis pas la dire à mon père.

— Au moins quand avez-vous donné votre or? Eugénie fit un signe de tête négatif. — Vous l'aviez encore le jour de votre fête, hein? Eugénie, devenue aussi rusée par amour que son père l'était par avarice, réitéra le même signe de tête.

— Mais l'on n'a jamais vu pareil entêtement, ni vol pareil, dit Grandet d'une voix qui alla *crescendo* et qui fit graduellement retentir la maison. Comment! ici, dans ma propre maison, chez moi, quelqu'un aura pris ton or! le seul or qu'il y

avait! et je ne saurai pas qui? L'or est une chose
chère. Les plus honnêtes filles peuvent faire des
fautes, donner je ne sais quoi, cela se voit chez
les grands seigneurs et même chez les bourgeois,
mais donner de l'or, car vous l'avez donné à
quelqu'un, hein? Eugénie fut impassible. A-t-on
vu pareille fille! Est-ce moi qui suis votre père?
Si vous l'avez placé, vous en avez un reçu...

— Étais-je libre, oui ou non, d'en faire ce que
bon me semblait? Était-ce à moi?

— Mais tu es un enfant.

— Majeure.

Abasourdi par la logique de sa fille, Grandet
pâlit, trépigna, jura; puis trouvant enfin des
paroles, il cria: «Maudit serpent de fille! ah!
mauvaise graine, tu sais bien que je t'aime, et tu
en abuses. Elle égorge son père! Pardieu, tu
auras jeté notre fortune aux pieds de ce va-nu-
pieds qui a des bottes de maroquin. Par la serpette de mon père, je ne peux pas te déshériter,
nom d'un tonneau! mais je te maudis, toi, ton
cousin, et tes enfants! Tu ne verras rien arriver
de bon de tout cela, entends-tu? Si c'était à
Charles, que... Mais, non, ce n'est pas possible.
Quoi! ce méchant mirliflor m'aurait dévalisé...»
Il regarda sa fille qui restait muette et froide.
— Elle ne bougera pas, elle ne sourcillera pas,
elle est plus Grandet que je ne suis Grandet. Tu
n'as pas donné ton or pour rien, au moins.
Voyons, dis? Eugénie regarda son père, en lui
jetant un regard ironique qui l'offensa. Eugénie,
vous êtes chez moi, chez votre père. Vous devez,
pour y rester, vous soumettre à ses ordres. Les
prêtres vous ordonnent de m'obéir. Eugénie
baissa la tête. Vous m'offensez dans ce que j'ai de
plus cher, reprit-il, je ne veux vous voir que soumise. Allez dans votre chambre. Vous y demeure-

rez jusqu'à ce que je vous permette d'en sortir. Nanon vous y portera du pain et de l'eau. Vous m'avez entendu, marchez!

Eugénie fondit en larmes et se sauva près de sa mère. Après avoir fait un certain nombre de fois le tour de son jardin dans la neige, sans s'apercevoir du froid, Grandet se douta que sa fille devait être chez sa femme; et, charmé de la prendre en contravention à ses ordres, il grimpa les escaliers avec l'agilité d'un chat, et apparut dans la chambre de madame Grandet au moment où elle caressait les cheveux d'Eugénie dont le visage était plongé dans le sein maternel.

— Console-toi, ma pauvre enfant, ton père s'apaisera.

— Elle n'a plus de père, dit le tonnelier. Est-ce bien vous et moi, madame Grandet, qui avons fait une fille désobéissante comme l'est celle-là? Jolie éducation, et religieuse surtout. Hé! bien, vous n'êtes pas dans votre chambre. Allons, en prison, en prison, mademoiselle.

— Voulez-vous me priver de ma fille, monsieur? dit madame Grandet en montrant un visage rougi par la fièvre.

— Si vous la voulez garder, emportez-la, videz-moi toutes deux la maison. Tonnerre, où est l'or, qu'est devenu l'or?

Eugénie se leva, lança un regard d'orgueil sur son père, et rentra dans sa chambre à laquelle le bonhomme donna un tour de clef.

— Nanon, cria-t-il, éteins le feu de la salle. Et il vint s'asseoir sur un fauteuil au coin de la cheminée de sa femme, en lui disant: «Elle l'a donné sans doute à ce misérable séducteur de Charles qui n'en voulait qu'à notre argent.»

Madame Grandet trouva, dans le danger qui menaçait sa fille et dans son sentiment pour elle, assez de force pour demeurer en apparence froide, muette et sourde.

— Je ne savais rien de tout ceci, répondit-elle en se tournant du côté de la ruelle du lit pour ne pas subir les regards étincelants de son mari. Je souffre tant de votre violence, que si j'en crois mes pressentiments, je ne sortirai d'ici que les pieds en avant. Vous auriez dû m'épargner en ce moment, monsieur, moi qui ne vous ai jamais causé de chagrin, du moins, je le pense. Votre fille vous aime, je la crois innocente autant que l'enfant qui naît; ainsi ne lui faites pas de peine, révoquez votre arrêt, le froid est bien vif, vous pouvez être cause de quelque grave maladie.

— Je ne la verrai ni ne lui parlerai. Elle restera dans sa chambre au pain et à l'eau jusqu'à ce qu'elle ait satisfait son père. Que diable, un chef de famille doit savoir où va l'or de sa maison. Elle possédait les seules roupies qui fussent en France peut-être, puis des génovines, des ducats de Hollande.

— Monsieur, Eugénie est notre unique enfant et quand même elle les aurait jetés à l'eau...

— À l'eau? cria le bonhomme, à l'eau! Vous êtes folle madame Grandet. Ce que j'ai dit est dit, vous le savez. Si vous voulez avoir la paix au logis, confessez votre fille, tirez-lui les vers du nez, les femmes s'entendent mieux entre elles à ça que nous autres. Quoi qu'elle ait pu faire, je ne la mangerai point. A-t-elle peur de moi? Quand elle aurait doré son cousin de la tête aux pieds, il est en pleine mer, hein! nous ne pouvons pas courir après...

— Eh! bien, monsieur? Excitée par la crise nerveuse où elle se trouvait, ou par le malheur de sa fille qui développait sa tendresse et son intelligence, la perspicacité de madame Grandet lui fit apercevoir un mouvement terrible dans la loupe de son mari, au moment où elle répondait ; elle changea d'idée sans changer de ton. — Eh ! bien, monsieur, ai-je plus d'empire sur elle que vous n'en avez ? Elle ne m'a rien dit, elle tient de vous.

— Tudieu ! comme vous avez la langue pendue ce matin ! Ta, ta, ta, ta, vous me narguez, je crois. Vous vous entendez peut-être avec elle.

Il regarda sa femme fixement.

— En vérité, monsieur Grandet, si vous voulez me tuer, vous n'avez qu'à continuer ainsi. Je vous le dis, monsieur, et, dût-il m'en coûter la vie, je vous le répéterais encore : vous avez tort envers votre fille, elle est plus raisonnable que vous ne l'êtes. Cet argent lui appartenait, elle n'a pu qu'en faire un bel usage, et Dieu seul a le droit de connaître nos bonnes œuvres. Monsieur, je vous en supplie, rendez vos bonnes grâces à Eugénie !... Vous amoindrirez ainsi l'effet du coup que m'a porté votre colère, et vous me sauverez peut-être la vie. Ma fille, monsieur, rendez-moi ma fille.

— Je décampe, dit-il. Ma maison n'est pas tenable, la mère et la fille raisonnent et parlent comme si... Brooouh ! Pouah ! Vous m'avez donné de cruelles étrennes. Eugénie, cria-t-il. Oui, oui, pleurez ! Ce que vous faites vous causera des remords, entendez-vous. À quoi donc vous sert de manger le bon Dieu six fois tous les trois mois, si vous donnez l'or de votre père en cachette à un fainéant qui vous dévorera votre cœur quand vous n'aurez plus que ça à lui prêter ? Vous verrez ce que vaut votre Charles avec ses bottes de maroquin et son air de n'y pas toucher. Il n'a ni cœur ni âme, puisqu'il ose emporter le trésor d'une pauvre fille sans l'agrément des parents.

Quand la porte de la rue fut fermée, Eugénie sortit de sa chambre[1] et vint près de sa mère.

— Vous avez bien du courage pour votre fille, lui dit-elle.

— Vois-tu, mon enfant, où nous mènent les choses illicites?... tu m'as fait faire un mensonge.

— Oh! je demanderai à Dieu de m'en punir seule.

— C'est-y vrai, dit Nanon effarée en arrivant, que voilà mademoiselle au pain et à l'eau pour le reste des jours?

— Qu'est-ce que cela fait, Nanon? dit tranquillement Eugénie.

— Ah! pus souvent que je mangerai de la frippe quand la fille de la maison mange du pain sec. Non, non.

— Pas un mot de tout ça, Nanon, dit Eugénie.

— J'aurai la goule morte, mais vous verrez.

Grandet dîna seul pour la première fois depuis vingt-quatre ans.

— Vous voilà donc veuf, monsieur, lui dit Nanon. C'est bien désagréable d'être veuf avec deux femmes dans sa maison.

— Je ne te parle pas à toi. Tiens ta margoulette ou je te chasse. Qu'est-ce que tu as dans ta casserole que j'entends bouillotter sur le fourneau?

— C'est des graisses que je fonds...

— Il viendra du monde ce soir, allume le feu.

Les Cruchot, madame des Grassins et son fils arrivèrent à huit heures, et s'étonnèrent de ne voir ni madame Grandet ni sa fille.

---

1. Cependant Balzac a précisé un peu plus haut que Grandet avait donné «un tour de clef» en emprisonnant Eugénie dans sa chambre.

— Ma femme est un peu indisposée. Eugénie est auprès d'elle, répondit le vieux vigneron dont la figure ne trahit aucune émotion.

Au bout d'une heure employée en conversations insignifiantes, madame des Grassins, qui était montée faire sa visite à madame Grandet, descendit, et chacun lui demanda : « Comment va madame Grandet ? »

— Mais, pas bien du tout, du tout, dit-elle. L'état de sa santé me paraît vraiment inquiétant. À son âge, il faut prendre les plus grandes précautions, papa Grandet.

— Nous verrons cela, répondit le vigneron d'un air distrait.

Chacun lui souhaita le bonsoir. Quand les Cruchot furent dans la rue, madame des Grassins leur dit : « Il y a quelque chose de nouveau chez les Grandet. La mère est très mal sans seulement qu'elle s'en doute. La fille a les yeux rouges comme quelqu'un qui a pleuré longtemps. Voudraient-ils la marier contre son gré ? »

Lorsque le vigneron fut couché, Nanon vint en chaussons à pas muets chez Eugénie, et lui découvrit un pâté fait à la casserole.

— Tenez, mademoiselle, dit la bonne fille, Cornoiller m'a donné un lièvre. Vous mangez si peu, que ce pâté vous durera bien huit jours ; et, par la gelée, il ne risquera point de se gâter. Au moins, vous ne demeurerez pas au pain sec. C'est que ça n'est point sain du tout.

— Pauvre Nanon, dit Eugénie en lui serrant la main.

— Je l'ai fait ben bon, ben délicat, et *il* ne s'en est point aperçu. J'ai pris le lard, le laurier, tout sur mes six francs ; j'en suis ben la maîtresse. Puis la servante se sauva, croyant entendre Grandet.

Pendant quelques mois, le vigneron vint voir

constamment sa femme à des heures différentes dans la journée, sans prononcer le nom de sa fille, sans la voir ni faire à elle la moindre allusion. Madame Grandet ne quitta point sa chambre, et, de jour en jour, son état empira. Rien ne fit plier le vieux tonnelier. Il restait inébranlable, âpre et froid comme une pile de granit. Il continua d'aller et venir selon ses habitudes; mais il ne bégaya plus, causa moins, et se montra dans les affaires plus dur qu'il ne l'avait jamais été. Souvent il lui échappait quelque erreur dans ses chiffres. — Il s'est passé quelque chose chez les Grandet, disaient les Cruchotins et les Grassinistes. — Qu'est-il donc arrivé dans la maison Grandet? fut une question convenue que l'on s'adressait généralement dans toutes les soirées à Saumur. Eugénie allait aux offices sous la conduite de Nanon. Au sortir de l'église, si madame des Grassins lui adressait quelques paroles, elle y répondait d'une manière évasive et sans satisfaire sa curiosité. Néanmoins il fut impossible au bout de deux mois de cacher, soit aux trois Cruchot, soit à madame des Grassins, le secret de la réclusion d'Eugénie. Il y eut un moment où les prétextes manquèrent pour justifier sa perpétuelle absence. Puis, sans qu'il fût possible de savoir par qui le secret avait été trahi, toute la ville apprit que depuis le premier jour de l'an mademoiselle Grandet était, par l'ordre de son père, enfermée dans sa chambre, au pain et à l'eau, sans feu; que Nanon lui faisait des friandises, les lui apportait pendant la nuit; et l'on savait même que la jeune personne ne pouvait voir et soigner sa mère que pendant le temps où son père était absent du logis. La conduite de Grandet fut alors jugée très sévèrement. La ville entière le mit pour ainsi dire hors la loi, se souvint de ses trahisons, de ses duretés, et l'excommunia. Quand il passait, chacun se le montrait en chuchotant. Lorsque sa fille descendait la rue tortueuse pour aller à la messe ou à vêpres, accompagnée de Nanon, tous les habitants se mettaient aux fenêtres pour examiner avec curiosité la contenance de la riche héritière et son visage, où se peignaient une mélancolie et une douceur angéliques. Sa réclusion, la disgrâce de son père, n'étaient rien pour elle. Ne voyait-elle pas la mappemonde, le petit banc, le jardin, le pan de mur, et ne reprenait-elle pas sur ses lèvres le miel qu'y avaient laissé les baisers de l'amour? Elle ignora pendant quelque temps les conversations dont elle était l'objet en ville, tout aussi bien que les ignorait son père. Religieuse et pure devant Dieu, sa conscience et l'amour l'aidaient à patiemment supporter la colère et la vengeance paternelles. Mais une douleur profonde faisait taire toutes les autres douleurs. Chaque jour, sa mère, douce et tendre créature, qui s'embellissait de l'éclat que jetait son âme en approchant de la tombe, sa mère dépérissait de jour en jour. Souvent Eugénie se reprochait d'avoir été la cause innocente de la cruelle, de la lente maladie qui la dévorait. Ces remords, quoique calmés par sa mère, l'attachaient encore plus étroitement à son amour. Tous les matins, aussitôt que son père était sorti, elle venait au chevet du lit de sa mère, et là, Nanon lui apportait son déjeuner. Mais la pauvre Eugénie, triste et souffrante des souffrances de sa mère, en montrait le visage à Nanon par un geste muet, pleurait et n'osait parler de son cousin. Madame Grandet, la première, était forcée de lui dire: «Où est-*il*? Pourquoi n'écrit-*il* pas?»

La mère et la fille ignoraient complètement les distances.

— Pensons à lui, ma mère, répondait Eugénie,
et n'en parlons pas. Vous souffrez; vous avant
tout.

Tout c'était *lui.*

— Mes enfants, disait madame Grandet, je ne
regrette point la vie. Dieu m'a protégée en me faisant envisager avec joie le terme de mes misères.

Les paroles de cette femme étaient constamment saintes et chrétiennes. Quand, au moment
de déjeuner près d'elle, son mari venait se promener dans sa chambre, elle lui dit, pendant les
premiers mois de l'année, les mêmes discours,
répétés avec une douceur angélique, mais avec la
fermeté d'une femme à qui une mort prochaine
donnait le courage qui lui avait manqué pendant
sa vie.

— Monsieur, je vous remercie de l'intérêt que
vous prenez à ma santé, lui répondait-elle quand
il lui avait fait la plus banale des demandes; mais
si vous voulez rendre mes derniers moments
moins amers et alléger mes douleurs, rendez vos
bonnes grâces à notre fille; montrez-vous chrétien, époux et père.

En entendant ces mots, Grandet s'asseyait près
du lit et agissait comme un homme, qui, voyant
venir une averse, se met tranquillement à l'abri
sous une porte cochère: il écoutait silencieusement sa femme, et ne répondait rien. Quand les
plus touchantes, les plus tendres, les plus reli-
gieuses supplications lui avaient été adressées, il
disait: «Tu es un peu pâlotte aujourd'hui, ma
pauvre femme.» L'oubli le plus complet de sa
fille semblait être gravé sur son front de grès, sur
ses lèvres serrées. Il n'était même pas ému par
les larmes que ses vagues réponses, dont les
termes étaient à peine variés, faisaient couler le
long du blanc visage de sa femme.

— Que Dieu vous pardonne, monsieur, disait-elle, comme je vous pardonne moi-même. Vous aurez un jour besoin d'indulgence.

Depuis la maladie de sa femme, il n'avait plus osé se servir de son terrible : ta, ta, ta, ta, ta ! Mais aussi son despotisme n'était-il pas désarmé par cet ange de douceur, dont la laideur disparaissait de jour en jour, chassée par l'expression des qualités morales qui venaient fleurir sur sa face. Elle était tout âme. Le génie de la prière semblait purifier, amoindrir les traits les plus grossiers de sa figure, et la faisait resplendir. Qui n'a pas observé le phénomène de cette transfiguration sur de saints visages où les habitudes de l'âme finissent par triompher des traits les plus rudement contournés, en leur imprimant l'animation particulière due à la noblesse et à la pureté des pensées élevées ! Le spectacle de cette transformation accomplie par les souffrances qui consumaient les lambeaux de l'être humain dans cette femme agissait, quoique faiblement, sur le vieux tonnelier dont le caractère resta de bronze. Si sa parole ne fut plus dédaigneuse, un imperturbable silence, qui sauvait sa supériorité de père de famille, domina sa conduite. Sa fidèle Nanon paraissait-elle au marché, soudain quelques lazzis, quelques plaintes sur son maître lui sifflaient aux oreilles ; mais, quoique l'opinion publique condamnât hautement le père Grandet, la servante le défendait par orgueil pour la maison.

— Eh ! bien, disait-elle aux détracteurs du bonhomme, est-ce que nous ne devenons pas tous plus durs en vieillissant ? Pourquoi ne voulez-vous pas qu'il se racornisse un peu, cet homme ? Taisez donc vos menteries. Mademoiselle vit comme une reine. Elle est seule, eh ! bien, c'est son goût. D'ailleurs mes maîtres ont des raisons majeures.

Enfin, un soir, vers la fin du printemps, madame Grandet, dévorée par le chagrin, encore plus que par la maladie, n'ayant pas réussi, malgré ses prières, à réconcilier Eugénie et son père, confia ses peines secrètes aux Cruchot.

— Mettre une fille de vingt-trois ans au pain et à l'eau ?... s'écria le président de Bonfons, et sans motif ; mais cela constitue *des sévices tortionnaires ; elle peut protester contre, et tant dans que sur...*

— Allons, mon neveu, dit le notaire, laissez votre baragouin de palais. Soyez tranquille, madame, je ferai finir cette réclusion dès demain.

En entendant parler d'elle, Eugénie sortit de sa chambre.

— Messieurs, dit-elle en s'avançant par un mouvement plein de fierté, je vous prie de ne pas vous occuper de cette affaire. Mon père est maître chez lui. Tant que j'habiterai sa maison, je dois lui obéir. Sa conduite ne saurait être soumise à l'approbation ni à la désapprobation du monde, il n'en est comptable qu'à Dieu. Je réclame de votre amitié le plus profond silence à cet égard. Blâmer mon père serait attaquer notre propre considération. Je vous sais gré, messieurs, de l'intérêt que vous me témoignez ; mais vous m'obligeriez davantage si vous vouliez faire cesser les bruits offensants qui courent par la ville, et desquels j'ai été instruite par hasard.

— Elle a raison, dit madame Grandet.

— Mademoiselle, la meilleure manière d'empêcher le monde de jaser est de vous faire rendre la liberté, lui répondit respectueusement le vieux notaire frappé de la beauté que la retraite, la mélancolie et l'amour avaient imprimée à Eugénie.

— Eh! bien, ma fille, laisse à monsieur Cruchot le soin d'arranger cette affaire, puisqu'il répond du succès. Il connaît ton père et sait comment il faut le prendre. Si tu veux me voir heureuse pendant le peu de temps qui me reste à vivre, il faut, à tout prix, que ton père et toi vous soyez réconciliés.

Le lendemain, suivant une habitude prise par Grandet depuis la réclusion d'Eugénie, il vint faire un certain nombre de tours dans son petit jardin. Il avait pris pour cette promenade le moment où Eugénie se peignait. Quand le bonhomme arrivait au gros noyer, il se cachait derrière le tronc de l'arbre, restait pendant quelques instants à contempler les longs cheveux de sa fille, et flottait sans doute entre les pensées que lui suggérait la ténacité de son caractère et le désir d'embrasser son enfant. Souvent il demeurait assis sur le petit banc de bois pourri où Charles et Eugénie s'étaient juré un éternel amour, pendant qu'elle regardait aussi son père à la dérobée ou dans son miroir. S'il se levait et recommençait sa promenade, elle s'asseyait complaisamment à la fenêtre et se mettait à examiner le pan de mur où pendaient les plus jolies fleurs, d'où sortaient, d'entre les crevasses, des Cheveux de Vénus, des liserons et une plante grasse, jaune ou blanche, un *Sedum* très abondant dans les vignes à Saumur et à Tours. Maître Cruchot vint de bonne heure et trouva le vieux vigneron assis par un beau jour de juin sur le petit banc, le dos appuyé au mur mitoyen, occupé à voir sa fille.

— Qu'y a-t-il pour votre service, maître Cruchot? dit-il en apercevant le notaire.

— Je viens vous parler d'affaires.

— Ah! ah! avez-vous un peu d'or à me donner contre des écus?

— Non, non, il ne s'agit pas d'argent, mais de votre fille Eugénie. Tout le monde parle d'elle et de vous.

— De quoi se mêle-t-on? Charbonnier est naître chez lui[1].

— D'accord, le charbonnier est maître de se tuer aussi, ou, ce qui est pis, de jeter son argent par les fenêtres.

— Comment cela?

— Eh! mais votre femme est très malade, mon ami. Vous devriez même consulter monsieur Bergerin, elle est en danger de mort. Si elle venait à mourir sans avoir été soignée comme il faut, vous ne seriez pas tranquille, je le crois.

— Ta! ta! ta! ta! vous savez ce qu'a ma femme! Ces médecins, une fois qu'ils ont mis le pied chez vous, ils viennent des cinq à six fois par jour.

— Enfin, Grandet, vous ferez comme vous l'entendrez. Nous sommes de vieux amis; il n'y a pas, dans tout Saumur, un homme qui prenne plus que moi d'intérêt à ce qui vous concerne; j'ai donc dû vous dire cela. Maintenant, arrive qui plante, vous êtes majeur, vous savez vous conduire, allez. Ceci n'est d'ailleurs pas l'affaire qui m'amène. Il s'agit de quelque chose de plus grave pour vous, peut-être. Après tout, vous n'avez pas envie de tuer votre femme, elle vous est trop utile. Songez donc à la situation où vous seriez, vis-à-vis de votre fille, si madame Grandet mourait. Vous devriez des comptes à Eugénie, puisque vous êtes commun en biens avec votre femme. Votre fille sera en droit de réclamer le partage de votre fortune, de faire

---

1. Réapparition du proverbe dont nous avons rencontré vers le début du roman une version plaisamment déformée (voir notre note 1, p. 49).

vendre Froidfond. Enfin, elle succède à sa mère, de qui vous ne pouvez pas hériter.

Ces paroles furent un coup de foudre pour le bonhomme, qui n'était pas aussi fort en législation qu'il pouvait l'être en commerce. Il n'avait jamais pensé à une licitation.

— Ainsi je vous engage à la traiter avec douceur, dit Cruchot en terminant.

— Mais savez-vous ce qu'elle a fait, Cruchot !

— Quoi ? dit le notaire curieux de recevoir une confidence du père Grandet et de connaître la cause de la querelle.

— Elle a donné son or.

— Eh ! bien, était-il à elle ? demanda le notaire.

— Ils me disent tous cela ! dit le bonhomme en laissant tomber ses bras par un mouvement tragique.

— Allez-vous, pour une misère, reprit Cruchot, mettre des entraves aux concessions que vous lui demanderez de vous faire à la mort de sa mère ?

— Ah ! vous appelez six mille francs d'or une misère ?

— Eh ! mon vieil ami, savez-vous ce que coûteront l'inventaire et le partage de la succession de votre femme si Eugénie l'exige ?

— Quoi ?

— Deux, ou trois, quatre cent mille francs peut-être ! Ne faudra-t-il pas liciter, et vendre pour connaître la véritable valeur ? au lieu qu'en vous entendant...

— Par la serpette de mon père ! s'écria le vigneron qui s'assit en pâlissant, nous verrons ça, Cruchot.

Après un moment de silence ou d'agonie, le bonhomme regarda le notaire en lui disant : « La vie est bien dure ! Il s'y trouve bien des douleurs. » — Cruchot, reprit-il solennellement, vous ne voulez pas me tromper, jurez-moi sur l'honneur que ce que vous me chantez là est fondé en Droit. Montrez-moi le Code, je veux voir le Code!

— Mon pauvre ami, répondit le notaire, ne sais-je pas mon métier?

— Cela est donc bien vrai. Je serai dépouillé, trahi, tué, dévoré par ma fille.

— Elle hérite de sa mère.

— À quoi servent donc les enfants! Ah! ma femme, je l'aime. Elle est solide heureusement. C'est une La Bertellière.

— Elle n'a pas un mois à vivre.

Le tonnelier se frappa le front, marcha, revint, et, jetant un regard effrayant à Cruchot : « Comment faire? » lui dit-il.

— Eugénie pourra renoncer purement et simplement à la succession de sa mère. Vous ne voulez pas la déshériter, n'est-ce pas? Mais, pour obtenir un partage de ce genre, ne la rudoyez pas. Ce que je vous dis là, mon vieux, est contre mon intérêt. Qu'ai-je à faire, moi?... des liquidations, des inventaires, des ventes, des partages...

— Nous verrons, nous verrons. Ne parlons plus de cela, Cruchot. Vous me tribouillez les entrailles. Avez-vous reçu de l'or?

— Non; mais j'ai quelques vieux louis, une dizaine, je vous les donnerai. Mon bon ami, faites la paix avec Eugénie. Voyez-vous, tout Saumur vous jette la pierre.

— Les drôles!

— Allons, les rentes sont à 99. Soyez donc content une fois dans la vie.

— À 99, Cruchot?

— Oui.

— Eh! eh! 99! dit le bonhomme en reconduisant le vieux notaire jusqu'à la porte de la rue. Puis, trop agité par ce qu'il venait d'entendre

pour rester au logis, il monta chez sa femme et
lui dit : « Allons, la mère, tu peux passer la journée avec ta fille, je vas à Froidfond. Soyez gen-
tilles toutes deux. C'est le jour de notre mariage,
ma bonne femme : tiens, voilà dix écus pour ton
reposoir de la Fête-Dieu. Il y a assez longtemps
que tu veux en faire un, régale-toi ! Amusez-vous,
soyez joyeuses, portez-vous bien. Vive la joie ! » Il
jeta dix écus de six francs sur le lit de sa femme
et lui prit la tête pour la baiser au front. — Bonne
femme, tu vas mieux, n'est-ce pas ?

— Comment pouvez-vous penser à recevoir
dans votre maison le Dieu qui pardonne en tenant
votre fille exilée de votre cœur ? dit-elle avec émotion.

— Ta, ta, ta, ta, ta, dit le père d'une voix cares-
sante, nous verrons cela.

— Bonté du ciel ! Eugénie, cria la mère en
rougissant de joie, viens embrasser ton père ! il te
pardonne !

Mais le bonhomme avait disparu. Il se sauvait
à toutes jambes vers ses closeries en tâchant de
mettre en ordre ses idées renversées. Grandet
commençait alors sa soixante-seizième année.
Depuis deux ans principalement, son avarice
s'était accrue comme s'accroissent toutes les passions persistantes de l'homme. Suivant une observation faite sur les avares, sur les ambitieux, sur
tous les gens dont la vie a été consacrée à une idée
dominante, son sentiment avait affectionné plus
particulièrement un symbole de sa passion. La
vue de l'or, la possession de l'or était devenue
sa monomanie. Son esprit de despotisme avait
grandi en proportion de son avarice, et abandonner la direction de la moindre partie de ses biens
à la mort de sa femme lui paraissait une chose
contre nature. Déclarer sa fortune à sa fille, inven-

torier l'universalité de ses biens meubles et immeubles pour les liciter?... — Ce serait à se couper la gorge, dit-il tout haut au milieu d'un clos en en examinant les ceps. Enfin il prit son parti, revint à Saumur à l'heure du dîner, résolu de plier devant Eugénie, de la cajoler, de l'amadouer afin de pouvoir mourir royalement en tenant jusqu'au dernier soupir les rênes de ses millions. Au moment où le bonhomme, qui par hasard avait pris son passe-partout, montait l'escalier à pas de loup pour venir chez sa femme, Eugénie avait apporté sur le lit de sa mère le beau nécessaire. Toutes deux, en l'absence de Grandet, se donnaient le plaisir de voir le portrait de Charles, en examinant celui de sa mère.

— C'est tout à fait son front et sa bouche! disait Eugénie au moment où le vigneron ouvrit la porte. Au regard que jeta son mari sur l'or, madame Grandet cria: «Mon Dieu, ayez pitié de nous!»

Le bonhomme sauta sur le nécessaire comme un tigre fond sur un enfant endormi. — Qu'est-ce que c'est que cela? dit-il en emportant le trésor et allant se placer à la fenêtre. — Du bon or! de l'or! s'écria-t-il. Beaucoup d'or! ça pèse deux livres. Ah! ah! Charles t'a donné cela contre tes belles pièces. Hein! pourquoi ne me l'avoir pas dit? C'est une bonne affaire, fifille! Tu es ma fille, je te reconnais. Eugénie tremblait de tous ses membres. — N'est-ce pas, ceci est à Charles? reprit le bonhomme.

— Oui, mon père, ce n'est pas à moi. Ce meuble est un dépôt sacré.

— Ta! ta! ta! il a pris ta fortune, faut te rétablir ton petit trésor.

— Mon père?...

Le bonhomme voulut prendre son couteau

pour faire sauter une plaque d'or, et fut obligé
de poser le nécessaire sur une chaise. Eugénie
s'élança pour le ressaisir; mais le tonnelier, qui
avait tout à la fois l'œil à sa fille et au coffret, la
repoussa si violemment en étendant le bras
qu'elle alla tomber sur le lit de sa mère.

— Monsieur, monsieur, cria la mère en se
dressant sur son lit.

Grandet avait tiré son couteau et s'apprêtait à
soulever l'or.

— Mon père, cria Eugénie en se jetant à
genoux et marchant ainsi pour arriver plus près
du bonhomme et lever les mains vers lui, mon
père, au nom de tous les Saints et de la Vierge,
au nom du Christ, qui est mort sur la croix; au
nom de votre salut éternel, mon père, au nom de
ma vie, ne touchez pas à ceci! Cette toilette n'est
ni à vous ni à moi; elle est à un malheureux
parent qui me l'a confiée, et je dois la lui rendre
intacte.

— Pourquoi la regardais-tu, si c'est un dépôt?
Voir, c'est pis que toucher.

— Mon père, ne la détruisez pas, ou vous me
déshonorez. Mon père, entendez-vous?

— Monsieur, grâce! dit la mère.

— Mon père, cria Eugénie d'une voix si éclatante que Nanon effrayée monta. Eugénie sauta
sur un couteau qui était à sa portée et s'en arma.

— Eh bien? lui dit froidement Grandet en
souriant à froid.

— Monsieur, monsieur, vous m'assassinez! dit
la mère.

— Mon père, si votre couteau entame seulement une parcelle de cet or, je me perce de celui-
ci. Vous avez déjà rendu ma mère mortellement
malade, vous tuerez encore votre fille. Allez maintenant, blessure pour blessure.

Grandet tint son couteau sur le nécessaire, et regarda sa fille en hésitant.

— En serais-tu donc capable, Eugénie? dit-il.

— Oui, monsieur, dit la mère.

— Elle le ferait comme elle le dit, cria Nanon. Soyez donc raisonnable, monsieur, une fois dans votre vie. Le tonnelier regarda l'or et sa fille alternativement pendant un instant. Madame Grandet s'évanouit. — Là, voyez-vous, mon cher monsieur? madame se meurt, cria Nanon.

— Tiens, ma fille, ne nous brouillons pas pour un coffre. Prends donc! s'écria vivement le tonnelier en jetant la toilette sur le lit. — Toi, Nanon, va chercher monsieur Bergerin. — Allons, la mère, dit-il en baisant la main de sa femme, ce n'est rien, va: nous avons fait la paix. Pas vrai, fifille? Plus de pain sec, tu mangeras tout ce que tu voudras. Ah! elle ouvre les yeux. Eh! bien, la mère, mémère, timère, allons donc! Tiens, vois, j'embrasse Eugénie. Elle aime son cousin, elle l'épousera si elle veut, elle lui gardera le petit coffre. Mais vis longtemps, ma pauvre femme. Allons, remue donc! Écoute, tu auras le plus beau reposoir qui se soit jamais fait à Saumur.

— Mon Dieu, pouvez-vous traiter ainsi votre femme et votre enfant! dit d'une voix faible madame Grandet.

— Je ne le ferai plus, plus, cria le tonnelier. Tu vas voir, ma pauvre femme. Il alla à son cabinet, et revint avec une poignée de louis qu'il éparpilla sur le lit. — Tiens, Eugénie, tiens, ma femme, voilà pour vous, dit-il en maniant les louis. Allons, égaie-toi, ma femme; porte-toi bien, tu ne manqueras de rien, ni Eugénie non plus. Voilà cent louis d'or pour elle. Tu ne les donneras pas, Eugénie, ceux-là, hein?

Madame Grandet et sa fille se regardèrent étonnées.

— Reprenez-les, mon père; nous n'avons besoin que de votre tendresse.

— Eh! bien, c'est ça, dit-il en empochant les louis, vivons comme de bons amis. Descendons tous dans la salle pour dîner, pour jouer au loto tous les soirs à deux sous. Faites vos farces! Hein, ma femme?

— Hélas! je le voudrais bien, puisque cela peut vous être agréable, dit la mourante; mais je ne saurais me lever.

— Pauvre mère, dit le tonnelier, tu ne sais pas combien je t'aime. Et toi, ma fille! Il la serra, l'embrassa. Oh! comme c'est bon d'embrasser sa fille après une brouille! ma fifille! Tiens, vois-tu, mémère, nous ne faisons qu'un maintenant. Va donc serrer cela, dit-il à Eugénie en lui montrant le coffret. Va, ne crains rien. Je ne t'en parlerai plus, jamais.

Monsieur Bergerin, le plus célèbre médecin de Saumur, arriva bientôt. La consultation finie, il déclara positivement à Grandet que sa femme était bien mal, mais qu'un grand calme d'esprit, un régime doux et des soins minutieux pourraient reculer l'époque de sa mort vers la fin de l'automne.

— Ça coûtera-t-il cher? dit le bonhomme, faut-il des drogues?

— Peu de drogues, mais beaucoup de soins, répondit le médecin qui ne put retenir un sourire.

— Enfin, monsieur Bergerin, répondit Grandet, vous êtes un homme d'honneur, pas vrai? Je me fie à vous, venez voir ma femme toutes et quantes fois vous le jugerez convenable. Conservez-moi ma bonne femme; je l'aime beaucoup, voyez-vous, sans que ça paraisse, parce que, chez moi, tout se passe en dedans et me trifouille l'âme. J'ai du chagrin. Le chagrin est entré chez moi avec la mort de mon frère, pour lequel je dépense, à Paris, des sommes... les yeux de la tête, enfin ! et ça ne finit point. Adieu, monsieur, si l'on peut sauver ma femme, sauvez-la, quand même il faudrait dépenser pour ça cent ou deux cents francs.

Malgré les souhaits fervents que Grandet faisait pour la santé de sa femme, dont la succession ouverte était une première mort pour lui ; malgré la complaisance qu'il manifestait en toute occasion pour les moindres volontés de la mère et de la fille étonnées ; malgré les soins les plus tendres prodigués par Eugénie, madame Grandet marcha rapidement vers la mort. Chaque jour elle s'affaiblissait et dépérissait comme dépérissent la plupart des femmes atteintes, à cet âge, par la maladie. Elle était frêle autant que les feuilles des arbres en automne. Les rayons du ciel la faisaient resplendir comme ces feuilles que le soleil traverse et dore. Ce fut une mort digne de sa vie, une mort toute chrétienne ; n'est-ce pas dire sublime ? Au mois d'octobre 1822 éclatèrent particulièrement ses vertus, sa patience d'ange et son amour pour sa fille ; elle s'éteignit sans avoir laissé échapper la moindre plainte. Agneau sans tache, elle allait au ciel, et ne regrettait ici-bas que la douce compagne de sa froide vie, à laquelle ses derniers regards semblaient prédire mille maux. Elle tremblait de laisser cette brebis, blanche comme elle, seule au milieu d'un monde égoïste qui voulait lui arracher sa toison, ses trésors.

— Mon enfant, lui dit-elle avant d'expirer, il n'y a de bonheur que dans le ciel, tu le sauras un jour.

Le lendemain de cette mort, Eugénie trouva de

nouveaux motifs de s'attacher à cette maison où elle était née, où elle avait tant souffert, où sa mère venait de mourir. Elle ne pouvait contempler la croisée et la chaise à patins dans la salle sans verser des pleurs. Elle crut avoir méconnu l'âme de son vieux père en se voyant l'objet de ses soins les plus tendres : il venait lui donner le bras pour descendre au déjeuner ; il la regardait d'un œil presque bon pendant des heures entières ; enfin il la couvait comme si elle eût été d'or. Le vieux tonnelier se ressemblait si peu à lui-même, il tremblait tellement devant sa fille, que Nanon et les Cruchotins, témoins de sa faiblesse, l'attribuèrent à son grand âge, et craignirent ainsi quelque affaiblissement dans ses facultés ; mais le jour où la famille prit le deuil, après le dîner auquel fut convié maître Cruchot, qui seul connaissait le secret de son client, la conduite du bonhomme s'expliqua.

— Ma chère enfant, dit-il à Eugénie lorsque la table fut ôtée et les portes soigneusement closes, te voilà héritière de ta mère, et nous avons de petites affaires à régler entre nous deux. Pas vrai, Cruchot ?

— Oui.

— Est-il donc si nécessaire de s'en occuper aujourd'hui, mon père ?

— Oui, oui, fifille. Je ne pourrais pas durer dans l'incertitude où je suis. Je ne crois pas que tu veuilles me faire de la peine.

— Oh ! mon père.

— Hé ! bien, il faut arranger tout cela ce soir.

— Que voulez-vous donc que je fasse ?

— Mais, fifille, ça ne me regarde pas. Dites-lui donc, Cruchot.

— Mademoiselle, monsieur votre père ne voudrait ni partager, ni vendre ses biens, ni payer des droits énormes pour l'argent comptant qu'il peut posséder. Donc, pour cela, il faudrait se dispenser de faire l'inventaire de toute la fortune qui aujourd'hui se trouve indivise entre vous et monsieur votre père...

— Cruchot, êtes-vous bien sûr de cela, pour en parler ainsi devant un enfant ?

— Laissez-moi dire, Grandet.

— Oui, oui, mon ami. Ni vous ni ma fille ne voulez me dépouiller. N'est-ce pas, fifille ?

— Mais, monsieur Cruchot, que faut-il que je fasse ? demanda Eugénie impatientée.

— Eh ! bien, dit le notaire, il faudrait signer cet acte par lequel vous renonceriez à la succession de madame votre mère, et laisseriez à votre père l'usufruit de tous les biens indivis entre vous, et dont il vous assure la nue propriété...

— Je ne comprends rien à tout ce que vous me dites, répondit Eugénie, donnez-moi l'acte, et montrez-moi la place où je dois signer.

Le père Grandet regardait alternativement l'acte et sa fille, sa fille et l'acte, en éprouvant de si violentes émotions qu'il s'essuya quelques gouttes de sueur venues sur son front.

— Fifille, dit-il, au lieu de signer cet acte qui coûtera gros à faire enregistrer, si tu voulais renoncer purement et simplement à la succession de ta pauvre chère mère défunte, et t'en rapporter à moi pour l'avenir, j'aimerais mieux ça. Je te ferais alors tous les mois une bonne grosse rente de cent francs. Vois, tu pourrais payer autant de messes que tu voudrais à ceux pour lesquels tu en fais dire... Hein ! cent francs par mois, en livres ?

— Je ferai tout ce qu'il vous plaira, mon père.

— Mademoiselle, dit le notaire, il est de mon devoir de vous faire observer que vous vous dépouillez...

— Eh! mon Dieu, dit-elle, qu'est-ce que cela me fait?

— Tais-toi, Cruchot. C'est dit, c'est dit, s'écria Grandet en prenant la main de sa fille et y frappant avec la sienne. Eugénie, tu ne te dédiras point, tu es une honnête fille, hein?

— Oh! mon père!...

Il l'embrassa avec effusion, la serra dans ses bras à l'étouffer.

— Va, mon enfant, tu donnes la vie à ton père; mais tu lui rends ce qu'il t'a donné: nous sommes quittes. Voilà comment doivent se faire les affaires. La vie est une affaire. Je te bénis! Tu es une vertueuse fille, qui aime bien son papa. Fais ce que tu voudras maintenant. À demain donc, Cruchot, dit-il en regardant le notaire épouvanté. Vous verrez à bien préparer l'acte de renonciation au greffe du Tribunal.

Le lendemain, vers midi, fut signée la déclaration par laquelle Eugénie accomplissait elle-même sa spoliation. Cependant, malgré sa parole, à la fin de la première année, le vieux tonnelier n'avait pas encore donné un sou des cent francs par mois si solennellement promis à sa fille. Aussi, quand Eugénie lui en parla plaisamment, ne put-il s'empêcher de rougir; il monta vivement à son cabinet, revint, et lui présenta environ le tiers des bijoux qu'il avait pris à son neveu.

— Tiens, petite, dit-il d'un accent plein d'ironie, veux-tu ça pour tes douze cents francs?

— Ô mon père! vrai, me les donnez-vous?

— Je t'en rendrai autant l'année prochaine, dit-il en les lui jetant dans son tablier. Ainsi en peu de temps tu auras toutes *ses* breloques, ajouta-t-il en se frottant les mains, heureux de pouvoir spéculer sur le sentiment de sa fille.

Néanmoins le vieillard, quoique robuste encore,

sentit la nécessité d'initier sa fille aux secrets du ménage. Pendant deux années consécutives il lui fit ordonner en sa présence le menu de la maison, et recevoir les redevances. Il lui apprit lentement et successivement les noms, la contenance de ses clos, de ses fermes. Vers la troisième année il l'avait si bien accoutumée à toutes ses façons d'avarice, il les avait si visiblement tournées chez elle en habitudes, qu'il lui laissa sans crainte les clefs de la dépense, et l'institua la maîtresse au logis.

Cinq ans se passèrent sans qu'aucun événement marquât dans l'existence monotone d'Eugénie et de son père. Ce fut les mêmes actes constamment accomplis avec la régularité chronométrique des mouvements de la vieille pendule. La profonde mélancolie de mademoiselle Grandet n'était un secret pour personne ; mais, si chacun put en pressentir la cause, jamais un mot prononcé par elle ne justifia les soupçons que toutes les sociétés de Saumur formaient sur l'état du cœur de la riche héritière. Sa seule compagnie se composait des trois Cruchot et de quelques-uns de leurs amis qu'ils avaient insensiblement introduits au logis. Ils lui avaient appris à jouer au whist, et venaient tous les soirs faire la partie. Dans l'année 1827, son père, sentant le poids des infirmités, fut forcé de l'initier aux secrets de sa fortune territoriale, et lui disait, en cas de difficultés, de s'en rapporter à Cruchot le notaire, dont la probité lui était connue. Puis, vers la fin de cette année, le bonhomme fut enfin, à l'âge de quatre-vingt-deux ans, pris par une paralysie qui fit de rapides progrès. Grandet fut condamné par monsieur Bergerin. En pensant qu'elle allait bientôt se trouver seule dans le monde, Eugénie se tint, pour ainsi dire, plus près

de son père, et serra plus fortement ce dernier
anneau d'affection. Dans sa pensée, comme dans
celle de toutes les femmes aimantes, l'amour
était le monde entier, et Charles n'était pas là.
Elle fut sublime de soins et d'attentions pour son
vieux père, dont les facultés commençaient à
baisser, mais dont l'avarice se soutenait instinctivement. Aussi la mort de cet homme ne
contrasta-t-elle point avec sa vie. Dès le matin il
se faisait rouler entre la cheminée de sa chambre
et la porte de son cabinet, sans doute plein d'or.
Il restait là sans mouvement, mais il regardait
tour à tour avec anxiété ceux qui venaient le voir
et la porte doublée de fer. Il se faisait rendre
compte des moindres bruits qu'il entendait ; et,
au grand étonnement du notaire, il entendait
le bâillement de son chien dans la cour. Il se
réveillait de sa stupeur apparente au jour et à
l'heure où il fallait recevoir des fermages, faire
des comptes avec les closiers, ou donner des
quittances. Il agitait alors son fauteuil à roulettes
jusqu'à ce qu'il se trouvât en face de la porte de
son cabinet. Il le faisait ouvrir par sa fille, et
veillait à ce qu'elle plaçât en secret elle-même les
sacs d'argent les uns sur les autres, à ce qu'elle
fermât la porte. Puis il revenait à sa place silencieusement aussitôt qu'elle lui avait rendu la précieuse clef, toujours placée dans la poche de son
gilet, et qu'il tâtait de temps en temps. D'ailleurs
son vieil ami le notaire, sentant que la riche héritière épouserait nécessairement son neveu, le
président, si Charles Grandet ne revenait pas,
redoubla de soins et d'attentions : il venait tous
les jours se mettre aux ordres de Grandet, allait à
son commandement à Froidfond, aux terres, aux
prés, aux vignes, vendait les récoltes, et transmu-
tait tout en or et en argent qui venait se réunir

secrètement aux sacs empilés dans le cabinet.
Enfin arrivèrent les jours d'agonie, pendant lesquels la forte charpente du bonhomme fut aux
prises avec la destruction. Il voulut rester assis
au coin de son feu, devant la porte de son cabinet. Il attirait à lui et roulait toutes les couver-
tures que l'on mettait sur lui, et disait à Nanon :
«Serre, serre ça, pour qu'on ne me vole pas.»
Quand il pouvait ouvrir les yeux, où toute sa vie
s'était réfugiée, il les tournait aussitôt vers la
porte du cabinet où gisaient ses trésors en disant
à sa fille : «Y sont-ils? y sont-ils?» d'un son de
voix qui dénotait une sorte de peur panique.

— Oui, mon père.

— Veille à l'or, mets de l'or devant moi.

Eugénie lui étendait des louis sur une table, et
il demeurait des heures entières les yeux attachés
sur les louis, comme un enfant qui, au moment
où il commence à voir, contemple stupidement le
même objet; et, comme à un enfant, il lui échappait un sourire pénible.

— Ça me réchauffe! disait-il quelquefois en
laissant paraître sur sa figure une expression de
béatitude.

Lorsque le curé de la paroisse vint l'adminis-
trer, ses yeux, morts en apparence depuis quelques
heures, se ranimèrent à la vue de la croix, des
chandeliers, du bénitier d'argent qu'il regarda
fixement, et sa loupe remua pour la dernière fois.
Lorsque le prêtre lui approcha des lèvres le cruci-
fix en vermeil pour lui faire baiser le Christ, il fit
un épouvantable geste pour le saisir, et ce dernier
effort lui coûta la vie, il appela Eugénie, qu'il ne
voyait pas quoiqu'elle fût agenouillée devant lui
et qu'elle baignât de ses larmes une main déjà
froide.

— Mon père, bénissez-moi!... demanda-t-elle.

— Aie bien soin de tout. Tu me rendras compte de ça là-bas, dit-il en prouvant par cette dernière parole que le christianisme doit être la religion des avares.

Eugénie Grandet se trouva donc seule au monde dans cette maison, n'ayant que Nanon à qui elle pût jeter un regard avec la certitude d'être entendue et comprise, Nanon, le seul être qui l'aimât pour elle et avec qui elle pût causer de ses chagrins. La Grande Nanon était une providence pour Eugénie. Aussi ne fut-elle plus une servante, mais une humble amie. Après la mort de son père, Eugénie apprit par maître Cruchot qu'elle possédait trois cent mille livres de rentes en biens-fonds dans l'arrondissement de Saumur, six millions placés en trois pour cent à soixante francs, et il valait alors soixante-dix-sept francs; plus deux millions en or et cent mille francs en écus, sans compter les arrérages à recevoir. L'estimation totale de ses biens allait à dix-sept millions.

— Où donc est mon cousin? se dit-elle.

Le jour où maître Cruchot remit à sa cliente l'état de la succession, devenue claire et liquide, Eugénie resta seule avec Nanon, assises l'une et l'autre de chaque côté de la cheminée de cette salle si vide, où tout était souvenir, depuis la chaise à patins sur laquelle s'asseyait sa mère jusqu'au verre dans lequel avait bu son cousin.

— Nanon, nous sommes seules...

— Oui, mademoiselle; et, si je savais où il est, ce mignon, j'irais de mon pied, le chercher.

— Il y a la mer entre nous, dit-elle.

Pendant que la pauvre héritière pleurait ainsi en compagnie de sa vieille servante, dans cette froide et obscure maison, qui pour elle composait tout l'univers, il n'était question de Nantes à

Orléans que des dix-sept millions de mademoiselle Grandet. Un de ses premiers actes fut de
donner douze cents francs de rente viagère à
Nanon, qui possédant déjà six cents autres
francs, devint un riche parti. En moins d'un
mois, elle passa de l'état de fille à celui de
femme, sous la protection d'Antoine Cornoiller,
qui fut nommé garde-général des terres et propriétés de mademoiselle Grandet. Madame Cornoiller eut sur ses contemporaines un immense
avantage. Quoiqu'elle eût cinquante-neuf ans,
elle ne paraissait pas en avoir plus de quarante.
Ses gros traits avaient résisté aux attaques du
temps. Grâce au régime de sa vie monastique,
elle narguait la vieillesse par un teint coloré, par
une santé de fer. Peut-être n'avait-elle jamais été
aussi bien qu'elle le fut au jour de son mariage.
Elle eut les bénéfices de sa laideur, et apparut
grosse, grasse, forte, ayant sur sa figure indes-
tructible un air de bonheur qui fit envier par
quelques personnes le sort de Cornoiller. «Elle
est bon teint, disait le drapier. — Elle est capable
de faire des enfants, dit le marchand de sel ; elle
s'est conservée comme dans de la saumure, sous
votre respect. — Elle est riche, et le gars Cornoiller fait un bon coup», disait un autre voisin.
En sortant du vieux logis, Nanon, qui était aimée
de tout le voisinage, ne reçut que des compliments en descendant la rue tortueuse pour se
rendre à la paroisse. Pour présent de noce, Eugénie lui donna trois douzaines de couverts. Cornoiller, surpris d'une telle magnificence, parlait
de sa maîtresse les larmes aux yeux : il se serait
fait hacher pour elle. Devenue la femme de
confiance d'Eugénie, madame Cornoiller eut
désormais un bonheur égal pour elle à celui de
posséder un mari. Elle avait enfin une dépense à

ouvrir, à fermer, des provisions à donner le matin,
comme faisait son défunt maître. Puis elle eut à
régir deux domestiques, une cuisinière et une
femme de chambre chargée de raccommoder le
linge de la maison, de faire les robes de mademoiselle. Cornoiller cumula les fonctions de garde
et de régisseur. Il est inutile de dire que la cuisinière et la femme de chambre choisies par Nanon
étaient de véritables perles. Mademoiselle Grandet eut ainsi quatre serviteurs dont le dévouement
était sans bornes. Les fermiers ne s'aperçurent
donc pas de la mort du bonhomme, tant il avait
sévèrement établi les usages et coutumes de son
administration, qui fut soigneusement continuée
par monsieur et madame Cornoiller.

À trente ans[1], Eugénie ne connaissait encore
aucune des félicités de la vie. Sa pâle et triste
enfance s'était écoulée auprès d'une mère dont le
cœur méconnu, froissé, avait toujours souffert.
En quittant avec joie l'existence, cette mère plai-
gnit sa fille d'avoir à vivre, et lui laissa dans
l'âme de légers remords et d'éternels regrets. Le
premier, le seul amour d'Eugénie était, pour elle,
un principe de mélancolie. Après avoir entrevu
son amant pendant quelques jours, elle lui avait
donné son cœur entre deux baisers furtivement
acceptés et reçus ; puis il était parti, mettant tout
un monde entre elle et lui. Cet amour, maudit

1. Ici commençait dans l'édition originale le sixième et dernier chapitre, intitulé « Ainsi va le monde ». L'examen du
manuscrit a révélé à P.-G. Castex que ces quatre mots y étaient
primitivement répétés en épigraphe avec la référence : « *Scènes
de la vie parisienne. Les Marana.* » Épigraphe et référence bif-
fées ensuite. Il y a lieu d'observer que le deuxième volume des
Scènes de la vie parisienne, contenant *Les Marana* et formant le
tome X des *Études de mœurs au XIXe siècle*, n'a paru que vers le
mois d'avril 1834 ; la nouvelle avait été publiée dans la *Revue de
Paris* plus d'un an auparavant.

par son père, lui avait presque coûté sa mère, et ne lui causait que des douleurs mêlées de frêles espérances. Ainsi jusqu'alors elle s'était élancée vers le bonheur en perdant ses forces, sans les échanger. Dans la vie morale, aussi bien que dans la vie physique, il existe une aspiration et une respiration : l'âme a besoin d'absorber les sentiments d'une autre âme, de se les assimiler pour les lui restituer plus riches. Sans ce beau phénomène humain, point de vie au cœur ; l'air lui manque alors, il souffre, et dépérit. Eugénie commençait à souffrir. Pour elle, la fortune n'était ni un pouvoir ni une consolation : elle ne pouvait exister que par l'amour, par la religion, par sa foi dans l'avenir. L'amour lui expliquait l'éternité. Son cœur et l'Évangile lui signalaient deux mondes à attendre. Elle se plongeait nuit et jour au sein de deux pensées infinies, qui pour elle peut-être n'en faisaient qu'une seule. Elle se retirait en elle-même, aimant et se croyant aimée. Depuis sept ans, sa passion avait tout envahi. Ses trésors n'étaient pas les millions dont les revenus s'entassaient, mais le coffret de Charles, mais les deux portraits suspendus à son lit, mais les bijoux rachetés à son père, étalés orgueilleusement sur une couche de ouate dans un tiroir du bahut ; mais le dé de sa tante, duquel s'était servie sa mère, et que tous les jours elle prenait religieusement pour travailler à une broderie, ouvrage de Pénélope, entrepris seulement pour mettre à son doigt cet or plein de souvenirs. Il ne paraissait pas vraisemblable que mademoiselle Grandet voulût se marier durant son deuil. Sa piété vraie était connue. Aussi la famille Cruchot, dont la politique était sagement dirigée par le vieil abbé, se contenta-t-elle de cerner l'héritière en l'entourant des soins les plus affectueux. Chez

elle, tous les soirs, la salle se remplissait d'une
société composée des plus chauds et des plus
dévoués Cruchotins du pays qui s'efforçaient de
chanter les louanges de la maîtresse du logis sur
tous les tons. Elle avait le médecin ordinaire de
sa chambre, son grand aumônier, son chambel-
lan, sa première dame d'atours, son premier
ministre, son chancelier surtout, un chancelier
qui voulait lui tout dire. L'héritière eût-elle désiré
un porte-queue, on lui en aurait trouvé un. C'était
une reine, et la plus habilement adulée de toutes
les reines. La flatterie n'émane jamais des grandes
âmes, elle est l'apanage des petits esprits, qui
réussissent à se rapetisser encore pour mieux
entrer dans la sphère vitale de la personne
autour de laquelle ils gravitent. La flatterie sous-
entend un intérêt. Aussi les personnes qui
venaient meubler tous les soirs la salle de mademoiselle Grandet, nommée par elles mademoiselle de Froidfond, réussissaient-elles merveilleu-
sement à l'accabler de louanges. Ce concert
d'éloges, nouveaux pour Eugénie, la fit d'abord
rougir ; mais insensiblement, et quelque grossiers
que fussent les compliments, son oreille s'accou-
tuma si bien à entendre vanter sa beauté, que si
quelque nouveau venu l'eût trouvée laide, ce
reproche lui aurait été beaucoup plus sensible
alors que huit ans auparavant. Puis elle finit par
aimer des douceurs qu'elle mettait secrètement
aux pieds de son idole. Elle s'habitua donc par
degrés à se laisser traiter en souveraine et à voir
sa cour pleine tous les soirs. Monsieur le président de Bonfons était le héros de ce petit cercle,
où son esprit, sa personne, son instruction, son
amabilité sans cesse étaient vantés. L'un faisait
observer que, depuis sept ans, il avait beaucoup
augmenté sa fortune ; que Bonfons valait au

moins dix mille francs de rente et se trouvait
enclavé, comme tous les biens des Cruchot, dans
les vastes domaines de l'héritière. — Savez-vous,
mademoiselle, disait un habitué, que les Cruchot
ont à eux quarante mille livres de rente. — Et
leurs économies, reprenait une vieille Crucho-
tine, mademoiselle de Gribeaucourt. Un monsieur de Paris est venu dernièrement offrir à
monsieur Cruchot deux cent mille francs de son
étude. Il doit la vendre, s'il peut être nommé juge
de paix. — Il veut succéder à monsieur de Bonfons dans la présidence du tribunal, et prend ses
précautions, répondit madame d'Orsonval ; car
monsieur le président deviendra conseiller, puis
président à la Cour, il a trop de moyens pour ne
pas arriver. — Oui, c'est un homme bien distingué, disait un autre. Ne trouvez-vous pas, mademoiselle ? Monsieur le président avait tâché de se
mettre en harmonie avec le rôle qu'il voulait
jouer. Malgré ses quarante ans, malgré sa figure
brune et rébarbative, flétrie comme le sont
presque toutes les physionomies judiciaires, il se
mettait en jeune homme, badinait avec un jonc,
ne prenait point de tabac chez mademoiselle de
Froidfond, y arrivait toujours en cravate blanche,
et en chemise dont le jabot à gros plis lui donnait
un air de famille avec les individus du genre din-
don. Il parlait familièrement à la belle héritière,
et lui disait : Notre chère Eugénie ! Enfin, hormis
le nombre des personnages, en remplaçant le
loto par le whist, et en supprimant les figures de
monsieur et de madame Grandet, la scène par
laquelle commence cette histoire était à peu près
la même que par le passé. La meute poursuivait
toujours Eugénie et ses millions ; mais la meute
plus nombreuse aboyait mieux, et cernait sa
proie avec ensemble. Si Charles fût arrivé du

fond des Indes, il eût donc retrouvé les mêmes personnages et les mêmes intérêts. Madame des Grassins, pour laquelle Eugénie était parfaite de grâce et de bonté, persistait à tourmenter les Cruchot. Mais alors, comme autrefois, la figure d'Eugénie eût dominé le tableau ; comme autrefois, Charles eût encore été là le souverain. Néanmoins il y avait un progrès. Le bouquet présenté jadis à Eugénie aux jours de sa fête par le président était devenu périodique. Tous les soirs il apportait à la riche héritière un gros et magnifique bouquet que madame Cornoiller mettait ostensiblement dans un bocal, et jetait secrètement dans un coin de la cour, aussitôt les visiteurs partis. Au commencement du printemps, madame des Grassins essaya de troubler le bonheur des Cruchotins en parlant à Eugénie du marquis de Froidfond, dont la maison ruinée pouvait se relever si l'héritière voulait lui rendre sa terre par un contrat de mariage. Madame des Grassins faisait sonner haut la pairie, le titre de marquise, et, prenant le sourire de dédain d'Eugénie pour une approbation, elle allait disant que le mariage de monsieur le président Cruchot n'était pas aussi avancé qu'on le croyait. — Quoique monsieur de Froidfond ait cinquante ans, disaitelle, il ne paraît pas plus âgé que ne l'est monsieur Cruchot ; il est veuf, il a des enfants, c'est vrai ; mais il est marquis, il sera pair de France, et par le temps qui court trouvez donc des mariages de cet acabit. Je sais de science certaine que le père Grandet, en réunissant tous ses biens à la terre de Froidfond, avait l'intention de s'enter sur les Froidfond. Il me l'a souvent dit. Il était malin, le bonhomme.

— Comment, Nanon, dit un soir Eugénie en se couchant, il ne m'écrira pas une fois en sept ans ?...

Pendant que ces choses se passaient à Saumur, Charles faisait fortune aux Indes. Sa pacotille s'était d'abord très bien vendue. Il avait réalisé promptement une somme de six mille dollars. Le baptême de la Ligne lui fit perdre beaucoup de préjugés ; il s'aperçut que le meilleur moyen d'arriver à la fortune était, dans les régions intertropicales, aussi bien qu'en Europe, d'acheter et de vendre des hommes. Il vint donc sur les côtes d'Afrique et fit la traite des nègres, en joignant à son commerce d'hommes celui des marchandises les plus avantageuses à échanger sur les divers marchés où l'amenaient ses intérêts. Il porta dans les affaires une activité qui ne lui laissait aucun moment de libre. Il était dominé par l'idée de reparaître à Paris dans tout l'éclat d'une haute fortune, et de ressaisir une position plus brillante encore que celle d'où il était tombé. À force de rouler à travers les hommes et les pays, d'en observer les coutumes contraires, ses idées se modifièrent et il devint sceptique. Il n'eut plus de notions fixes sur le juste et l'injuste, en voyant taxer de crime dans un pays ce qui était vertu dans un autre. Au contact perpétuel des intérêts, son cœur se refroidit, se contracta, se dessécha. Le sang des Grandet ne faillit point à sa destinée. Charles devint dur, âpre à la curée. Il vendit des Chinois, des Nègres, des nids d'hirondelles, des enfants, des artistes ; il fit l'usure en grand. L'habitude de frauder les droits de douane le rendit moins scrupuleux sur les droits de l'homme. Il allait à Saint-Thomas acheter à vil prix les marchandises volées par les pirates, et les portait sur les places où elles manquaient. Si la noble et pure figure d'Eugénie l'accompagna dans son premier voyage comme cette image de Vierge que mettent sur leur vaisseau les marins espagnols,

et s'il attribua ses premiers succès à la magique
influence des vœux et des prières de cette douce
fille ; plus tard, les Négresses, les Mulâtresses, les
Blanches, les Javanaises, les Almées, ses orgies
de toutes les couleurs, et les aventures qu'il eut
en divers pays effacèrent complètement le souvenir de sa cousine, de Saumur, de la maison, du
banc, du baiser pris dans le couloir. Il se souve-
nait seulement du petit jardin encadré de vieux
murs, parce que là sa destinée hasardeuse avait
commencé ; mais il reniait sa famille : son oncle
était un vieux chien qui lui avait filouté ses bijoux ;
Eugénie n'occupait ni son cœur ni ses pensées,
elle occupait une place dans ses affaires comme
créancière d'une somme de six mille francs. Cette
conduite et ces idées expliquent le silence de
Charles Grandet. Dans les Indes, à Saint-Thomas,
à la côte d'Afrique, à Lisbonne et aux États-Unis,
le spéculateur avait pris, pour ne pas compromettre son nom, le pseudonyme de Sepherd. Carl
Sepherd pouvait sans danger se montrer partout
infatigable, audacieux, avide, en homme qui,
résolu de faire fortune *quibuscumque viis*[1], se
dépêche d'en finir avec l'infamie pour rester
honnête homme pendant le restant de ses jours.
Avec ce système, sa fortune fut rapide et brillante. En 1827 donc, il revenait à Bordeaux, sur
le *Marie-Caroline*, joli brick appartenant à une
maison de commerce royaliste. Il possédait dix-
neuf cent mille francs en trois tonneaux de poudre
d'or bien cerclés, desquels il comptait tirer sept
ou huit pour cent en les monnayant à Paris. Sur
ce brick, se trouvait également un gentilhomme
ordinaire de la chambre de S. M. le roi Charles X,
monsieur d'Aubrion, bon vieillard qui avait fait

---

1. Par tous moyens quelconques.

la folie d'épouser une femme à la mode, et dont la fortune était aux îles. Pour réparer les prodigalités de madame d'Aubrion, il était allé réaliser ses propriétés. Monsieur et madame d'Aubrion, de la maison d'Aubrion de Buch, dont le dernier Captal mourut avant 1789, réduits à une vingtaine de mille livres de rente, avaient une fille assez laide que la mère voulait marier sans dot, sa fortune lui suffisant à peine pour vivre à Paris. C'était une entreprise dont le succès eût semblé problématique à tous les gens du monde malgré l'habileté qu'ils prêtent aux femmes à la mode. Aussi madame d'Aubrion elle-même désespérait-elle presque, en voyant sa fille, d'en embarrasser qui que ce fût, fût-ce même un homme ivre de noblesse. Mademoiselle d'Aubrion était une demoiselle longue comme l'insecte, son homonyme[1]; maigre, fluette, à bouche dédaigneuse, sur laquelle descendait un nez trop long, gros du bout, flavescent à l'état normal, mais complètement rouge après les repas, espèce de phénomène végétal plus désagréable au milieu d'un visage pâle et ennuyé que dans tout autre. Enfin, elle était telle que pouvait la désirer une mère de trente-huit ans qui, belle encore, avait encore des prétentions. Mais, pour contrebalancer de tels désavantages, la marquise d'Aubrion avait donné à sa fille un air très distingué, l'avait soumise à une hygiène qui maintenait provisoirement le nez à un ton de chair raisonnable, lui avait appris l'art de se mettre avec goût, l'avait dotée de jolies manières, lui avait enseigné ces regards mélancoliques qui intéressent un homme et lui font croire qu'il va rencontrer l'ange si vainement cherché; elle lui avait montré la manœuvre du

1. Une «demoiselle», ou libellule.

pied, pour l'avancer à propos et en faire admirer
la petitesse, au moment où le nez avait l'impertinence de rougir ; enfin, elle avait tiré de sa fille
un parti très satisfaisant. Au moyen de manches
larges, de corsages menteurs, de robes bouf-
fantes et soigneusement garnies, d'un corset à
haute pression, elle avait obtenu des produits
féminins si curieux que, pour l'instruction des
mères, elle aurait dû les déposer dans un musée.
Charles se lia beaucoup avec madame d'Aubrion,
qui voulait précisément se lier avec lui. Plusieurs
personnes prétendent même que, pendant la traversée, la belle madame d'Aubrion ne négligea
aucun moyen de capturer un gendre si riche. En
débarquant à Bordeaux, au mois de juin 1827,
monsieur, madame, mademoiselle d'Aubrion et
Charles logèrent ensemble dans le même hôtel et
partirent ensemble pour Paris. L'hôtel d'Aubrion
était criblé d'hypothèques, Charles devait le libé-
rer. La mère avait déjà parlé du bonheur qu'elle
aurait de céder son rez-de-chaussée à son gendre
et à sa fille. Ne partageant pas les préjugés de
monsieur d'Aubrion sur la noblesse, elle avait
promis à Charles Grandet d'obtenir du bon
Charles X une ordonnance royale qui l'autorise-
rait, lui Grandet, à porter le nom d'Aubrion, à en
prendre les armes, et à succéder, moyennant la
constitution d'un majorat[1] de trente-six mille
livres de rente, à Aubrion, dans le titre de Captal
de Buch et marquis d'Aubrion. En réunissant

1. Dans *Le Contrat de mariage*, Balzac lui-même donne la
définition suivante du majorat : « Une fortune inaliénable, pré-
levée sur la fortune des deux époux, et constituée au profit de
l'aîné de la maison, à chaque génération, sans qu'il soit privé
de ses droits au partage égal des autres biens. » L'institution
avait pour objet d'aider à la conservation de grandes fortunes
et de grandes propriétés foncières ; elle fut supprimée, par voie
d'extinction, en 1835.

leurs fortunes, vivant en bonne intelligence, et moyennant des sinécures, on pourrait réunir cent et quelques mille livres de rente à l'hôtel d'Aubrion. — Et quand on a cent mille livres de rente, un nom, une famille, que l'on va à la cour, car je vous ferai nommer gentilhomme de la chambre, on devient tout ce qu'on veut être, disait-elle à Charles. Ainsi vous serez, à votre choix, maître des requêtes au Conseil d'État, préfet, secrétaire d'ambassade, ambassadeur. Charles X aime beaucoup d'Aubrion, ils se connaissent depuis l'enfance.

Enivré d'ambition par cette femme, Charles avait caressé, pendant la traversée, toutes ces espérances qui lui furent présentées par une main habile, et sous forme de confidences versées de cœur à cœur. Croyant les affaires de son père arrangées par son oncle, il se voyait ancré tout à coup dans le faubourg Saint-Germain, où tout le monde voulait alors entrer, et où, à l'ombre du nez bleu de mademoiselle Mathilde, il reparaissait en comte d'Aubrion, comme les Dreux reparurent un jour en Brézé. Ébloui par la prospérité de la Restauration qu'il avait laissée chancelante, saisi par l'éclat des idées aristocratiques, son envirement commencé sur le vaisseau se maintint à Paris où il résolut de tout faire pour arriver à la haute position que son égoïste belle-mère lui faisait entrevoir. Sa cousine n'était donc plus pour lui qu'un point dans l'espace de cette brillante perspective. Il revit Annette. En femme du monde, Annette conseilla vivement à son ancien ami de contracter cette alliance, et lui promit son appui dans toutes ses entreprises ambitieuses. Annette était enchantée de faire épouser une demoiselle laide et ennuyeuse à Charles, que le séjour des Indes avait rendu très séduisant : son teint avait bruni, ses manières étaient devenues décidées, hardies, comme le sont celles des hommes habitués à trancher, à dominer, à réussir. Charles respira plus à l'aise dans Paris, en voyant qu'il pouvait y jouer un rôle. Des Grassins, apprenant son retour, son mariage prochain, sa fortune, le vint voir pour lui parler des trois cent mille francs moyennant lesquels il pouvait acquitter les dettes de son père. Il trouva Charles en conférence avec le joaillier auquel il avait commandé des bijoux pour la corbeille de mademoiselle d'Aubrion, et qui lui en montrait les dessins. Malgré les magnifiques diamants que Charles avait rapportés des Indes, les façons, l'argenterie, la joaillerie solide et futile du jeune ménage allait encore à plus de deux cent mille francs. Charles reçut des Grassins, qu'il ne reconnut pas, avec l'impertinence d'un jeune homme à la mode qui, dans les Indes, avait tué quatre hommes en différents duels. Monsieur des Grassins était déjà venu trois fois, Charles l'écouta froidement : puis il lui répondit, sans l'avoir bien compris : « Les affaires de mon père ne sont pas les miennes. Je vous suis obligé, monsieur, des soins que vous avez bien voulu prendre, et dont je ne saurais profiter. Je n'ai pas ramassé presque deux millions à la sueur de mon front pour aller les flanquer à la tête des créanciers de mon père. »

— Et si monsieur votre père était, d'ici à quelques jours, déclaré en faillite ?

— Monsieur, d'ici à quelques jours, je me nommerai le comte d'Aubrion. Vous entendez bien que ce me sera parfaitement indifférent. D'ailleurs, vous savez mieux que moi que quand un homme a cent mille livres de rente, son père n'a jamais fait faillite, ajouta-t-il en poussant poliment le sieur des Grassins vers la porte.

Au commencement du mois d'août de cette année, Eugénie était assise sur le petit banc de bois où son cousin lui avait juré un éternel amour, et où elle venait déjeuner quand il faisait beau. La pauvre fille se complaisait en ce moment, par la plus fraîche, la plus joyeuse matinée, à repasser dans sa mémoire les grands, les petits événements de son amour et les catastrophes dont il avait été suivi. Le soleil éclairait le joli pan de mur tout fendillé, presque en ruines, auquel il était défendu de toucher, de par la fantasque héritière, quoique Cornoiller répétât souvent à sa femme qu'on serait écrasé dessous quelque jour. En ce moment, le facteur de poste frappa, remit une lettre à madame Cornoiller, qui vint au jardin en criant : « Mademoiselle, une lettre ! » Elle la donna à sa maîtresse en lui disant : « C'est-y celle que vous attendez ? »

Ces mots retentirent aussi fortement au cœur d'Eugénie qu'ils retentirent réellement entre les murailles de la cour et du jardin.

— Paris ! C'est de lui. Il est revenu.

Eugénie pâlit, et garda la lettre pendant un moment. Elle palpitait trop vivement pour pouvoir la décacheter et la lire. La Grande Nanon resta debout, les deux mains sur les hanches, et la joie semblait s'échapper comme une fumée par les crevasses de son brun visage.

— Lisez donc, mademoiselle…

— Ah ! Nanon, pourquoi revient-il par Paris, quand il s'en est allé par Saumur ?

— Lisez, vous le saurez.

Eugénie décacheta la lettre en tremblant. Il en tomba un mandat sur la maison *madame des Grassins et Corret* de Saumur. Nanon le ramassa.

« Ma chère cousine… »

— Je ne suis plus Eugénie, pensa-t-elle. Et son cœur se serra.

«Vous…»

— Il me disait *tu*!

Elle se croisa les bras, n'osa plus lire la lettre, et de grosses larmes lui vinrent aux yeux.

— Est-il mort? demanda Nanon.

— Il n'écrirait pas, dit Eugénie.

Elle lut toute la lettre que voici.

«Ma chère cousine, vous apprendrez, je le crois, avec plaisir, le succès de mes entreprises. Vous m'avez porté bonheur, je suis revenu riche, et j'ai suivi les conseils de mon oncle, dont la mort et celle de ma tante viennent de m'être apprises par monsieur des Grassins. La mort de nos parents est dans la nature, et nous devons leur succéder. J'espère que vous êtes aujourd'hui consolée. Rien ne résiste au temps, je l'éprouve. Oui, ma chère cousine, malheureusement pour moi, le moment des illusions est passé. Que voulez-vous! En voyageant à travers de nombreux pays, j'ai réfléchi sur la vie. D'enfant que j'étais au départ, je suis devenu homme au retour. Aujourd'hui, je pense à bien des choses auxquelles je ne songeais pas autrefois. Vous êtes libre, ma cousine, et je suis libre encore; rien n'empêche, en apparence, la réalisation de nos petits projets; mais j'ai trop de loyauté dans le caractère pour vous cacher la situation de mes affaires. Je n'ai point oublié que je ne m'appartiens pas; je me suis toujours souvenu dans mes longues traversées du petit banc de bois…»

Eugénie se leva comme si elle eût été sur des charbons ardents, et alla s'asseoir sur une des marches de la cour.

«… du petit banc de bois où nous nous sommes juré de nous aimer toujours, du couloir, de la salle grise, de ma chambre en mansarde, et de la nuit où vous m'avez rendu, par votre délicate obligeance, mon avenir plus facile. Oui, ces souvenirs ont soutenu mon courage, et je me suis dit que vous pensiez toujours à moi comme je pensais souvent à vous, à l'heure convenue entre nous. Avez-vous bien regardé les nuages à neuf heures? Oui, n'est-ce pas? Aussi, ne veux-je pas trahir une amitié sacrée pour moi; non, je ne dois point vous tromper. Il s'agit, en ce moment, pour moi, d'une alliance qui satisfait à toutes les idées que je me suis formées sur le mariage. L'amour, dans le mariage, est une chimère. Aujourd'hui mon expérience me dit qu'il faut obéir à toutes les lois sociales et réunir toutes les convenances voulues par le monde en se mariant. Or, déjà se trouve entre nous une différence d'âge qui, peut-être, influerait plus sur votre avenir, ma chère cousine, que sur le mien. Je ne vous parlerai ni de vos mœurs, ni de votre éducation, ni de vos habitudes, qui ne sont nullement en rapport avec la vie de Paris, et ne cadreraient sans doute point avec mes projets ultérieurs. Il entre dans mes plans de tenir un grand état de maison, de recevoir beaucoup de monde, et je crois me souvenir que vous aimez une vie douce et tranquille. Non, je serai plus franc, et veux vous faire arbitre de ma situation; il vous appartient de la connaître, et vous avez le droit de la juger. Aujourd'hui je possède quatre-vingt mille livres de rente. Cette fortune me permet de m'unir à la famille d'Aubrion, dont l'héritière, jeune personne de dix-neuf ans, m'apporte en mariage son nom, un titre, la place de gentilhomme honoraire de la chambre de Sa Majesté, et une position des plus brillantes. Je vous avouerai, ma chère cousine, que je n'aime

pas le moins du monde mademoiselle d'Aubrion,
mais, par son alliance, j'assure à mes enfants une
situation sociale dont un jour les avantages
seront incalculables : de jour en jour, les idées
monarchiques reprennent faveur. Donc, quelques
années plus tard, mon fils, devenu marquis d'Aubrion, ayant un majorat de quarante mille livres
de rente, pourra prendre dans l'État telle place
qu'il lui conviendra de choisir. Nous nous devons
à nos enfants. Vous voyez, ma cousine, avec
quelle bonne foi je vous expose l'état de mon
cœur, de mes espérances et de ma fortune. Il est
possible que de votre côté vous ayez oublié nos
enfantillages après sept années d'absence ; mais
moi, je n'ai oublié ni votre indulgence, ni mes
paroles ; je me souviens de toutes, même des plus
légèrement données, et auxquelles un jeune
homme moins consciencieux que je ne le suis,
ayant un cœur moins jeune et moins probe, ne
songerait même pas. En vous disant que je
ne pense qu'à faire un mariage de convenance, et
que je me souviens encore de nos amours d'enfant, n'est-ce pas me mettre entièrement à votre
discrétion, vous rendre maîtresse de mon sort,
et vous dire que, s'il faut renoncer à mes ambi-
tions sociales, je me contenterai volontiers de ce
simple et pur bonheur duquel vous m'avez offert
de si touchantes images... »

— Tan, ta, ta. — Tan, ta, ti. — Tinn, ta, ta.
— Toûn ! — Toûn, ta, ti. — Tinn, ta, ta..., etc.,
avait chanté Charles Grandet sur l'air de *Non più
andrai* [1], en signant :

«Votre dévoué cousin,

«CHARLES.»

---

1. Chanté par Almaviva dans *Les Noces de Figaro* de Mozart.

— Tonnerre de Dieu! c'est y mettre des procédés, se dit-il. Et il avait cherché le mandat, et il avait ajouté ceci :

«*P.-S.* Je joins à ma lettre un mandat sur la maison des Grassins de huit mille francs[1] à votre ordre, et payable en or, comprenant intérêts et capital de la somme que vous avez eu la bonté de me prêter. J'attends de Bordeaux une caisse où se trouvent quelques objets que vous me permettrez de vous offrir en témoignage de mon éternelle reconnaissance. Vous pouvez renvoyer par la diligence ma toilette à l'hôtel d'Aubrion, rue Hillerin-Bertin. »

— Par la diligence! dit Eugénie. Une chose pour laquelle j'aurais donné mille fois ma vie!

Épouvantable et complet désastre. Le vaisseau sombrait sans laisser ni un cordage, ni une planche sur le vaste océan des espérances. En se voyant abandonnées, certaines femmes vont arracher leur amant aux bras d'une rivale, la tuent et s'enfuient au bout du monde, sur l'échafaud ou dans la tombe. Cela, sans doute, est beau; le mobile de ce crime est une sublime passion qui impose à la Justice humaine. D'autres femmes baissent la tête et souffrent en silence : elles vont mourantes et résignées, pleurant et pardonnant, priant et se souvenant jusqu'au dernier soupir. Ceci est de l'amour, l'amour vrai, l'amour des anges, l'amour fier qui vit de sa douleur et qui en meurt. Ce fut le sentiment d'Eugénie après avoir lu cette horrible lettre. Elle jeta ses regards au ciel, en pensant aux dernières paroles de sa mère,

---

1. «De francs 8 100 », portaient toutes les éditions antérieures à 1843 : soit exactement, remarque P.-G. Castex, le capital initial de 6 000 francs, augmenté d'intérêts simples calculés à 5 % pendant sept ans.

qui, semblable à quelques mourants, avait projeté sur l'avenir un coup d'œil pénétrant, lucide ; puis, Eugénie se souvenant de cette mort et de cette vie prophétique, mesura d'un regard toute sa destinée. Elle n'avait plus qu'à déployer ses ailes, tendre au ciel, et vivre en prières jusqu'au jour de sa délivrance.

— Ma mère avait raison, dit-elle en pleurant. Souffrir et mourir.

Elle vint à pas lents de son jardin dans la salle. Contre son habitude, elle ne passa point par le couloir ; mais elle retrouva le souvenir de son cousin dans ce vieux salon gris, sur la cheminée duquel était toujours une certaine soucoupe dont elle se servait tous les matins à son déjeuner, ainsi que du sucrier de vieux Sèvres. Cette matinée devait être solennelle et pleine d'événements pour elle. Nanon lui annonça le curé de la paroisse. Ce curé, parent des Cruchot, était dans les intérêts du président de Bonfons. Depuis quelques jours, le vieil abbé l'avait déterminé à parler à mademoiselle Grandet, dans un sens purement religieux, de l'obligation où elle était de contracter mariage. En voyant son pasteur, Eugénie crut qu'il venait chercher les mille francs qu'elle donnait mensuellement aux pauvres, et dit à Nanon de les aller chercher ; mais le curé se prit à sourire.

— Aujourd'hui, mademoiselle, je viens vous parler d'une pauvre fille à laquelle toute la ville de Saumur s'intéresse, et qui, faute de charité pour elle-même, ne vit pas chrétiennement.

— Mon Dieu ! monsieur le curé, vous me trouvez dans un moment où il m'est impossible de songer à mon prochain, je suis tout occupée de moi. Je suis bien malheureuse, je n'ai d'autre refuge que l'Église ; elle a un sein assez large

pour contenir toutes nos douleurs, et des sentiments assez féconds pour que nous puissions y
puiser sans crainte de les tarir.

— Eh! bien, mademoiselle, en nous occupant
de cette fille, nous nous occuperons de vous.
Écoutez. Si vous voulez faire votre salut, vous
n'avez que deux voies à suivre, ou quitter le
monde ou en suivre les lois. Obéir à votre destinée terrestre ou à votre destinée céleste.

— Ah! votre voix me parle au moment où
je voulais entendre une voix. Oui, Dieu vous
adresse ici, monsieur. Je vais dire adieu au
monde et vivre pour Dieu seul dans le silence et
la retraite.

— Il est nécessaire, ma fille, de longtemps
réfléchir à ce violent parti. Le mariage est une
vie, le voile est une mort.

— Eh! bien, la mort, la mort promptement,
monsieur le curé, dit-elle avec une effrayante
vivacité.

— La mort! mais vous avez de grandes obligations à remplir envers la Société, mademoiselle.
N'êtes-vous donc pas la mère des pauvres auxquels vous donnez des vêtements, du bois en
hiver et du travail en été? Votre grande fortune
est un prêt qu'il faut rendre, et vous l'avez saintement acceptée ainsi. Vous ensevelir dans un
couvent, ce serait de l'égoïsme; quant à rester
vieille fille, vous ne le devez pas. D'abord, pour-
riez-vous gérer seule votre immense fortune?
vous la perdriez peut-être. Vous auriez bientôt
mille procès, et vous seriez engarriée[1] en d'inex-
tricables difficultés. Croyez votre pasteur: un

---

1. Embarrassée, asservie, astreinte, tourmentée. On écrivait
aussi «angariée». Cette expression populaire semble dérivée de
«angarie», sorte de servitude définie en droit féodal.

époux vous est utile, vous devez conserver ce que
Dieu vous a donné. Je vous parle comme à une
ouaille chérie. Vous aimez trop sincèrement Dieu
pour ne pas faire votre salut au milieu du monde,
dont vous êtes un des plus beaux ornements, et
auquel vous donnez de saints exemples.

En ce moment, madame des Grassins se fit
annoncer. Elle venait amenée par la vengeance
et par un grand désespoir.

— Mademoiselle, dit-elle. Ah! voici monsieur
le curé. Je me tais, je venais vous parler d'affaires, et je vois que vous êtes en grande conférence.

— Madame, dit le curé, je vous laisse le champ
libre.

— Oh! monsieur le curé, dit Eugénie, revenez
dans quelques instants, votre appui m'est en ce
moment bien nécessaire.

— Oui, ma pauvre enfant, dit madame des
Grassins.

— Que voulez-vous dire? demandèrent mademoiselle Grandet et le curé.

— Ne sais-je pas le retour de votre cousin, son
mariage avec mademoiselle d'Aubrion?... Une
femme n'a jamais son esprit dans sa poche.

Eugénie rougit et resta muette; mais elle prit
le parti d'affecter à l'avenir l'impassible contenance qu'avait su prendre son père.

— Eh! bien, madame, répondit-elle avec ironie, j'ai sans doute l'esprit dans ma poche, je ne
comprends pas. Parlez, parlez devant monsieur
le curé, vous savez qu'il est mon directeur.

— Eh! bien, mademoiselle, voici ce que des
Grassins m'écrit. Lisez.

Eugénie lut la lettre suivante:

«Ma chère femme, Charles Grandet arrive des
Indes, il est à Paris depuis un mois...

— Un mois! se dit Eugénie en laissant tomber sa main. »

Après une pause, elle reprit la lettre.

« ... Il m'a fallu faire antichambre deux fois avant de pouvoir parler à ce futur vicomte d'Aubrion. Quoique tout Paris parle de son mariage, et que tous les bans soient publiés... »

— Il m'écrivait donc au moment où..., se dit Eugénie. Elle n'acheva pas, elle ne s'écria pas comme une Parisienne: « Le polisson! » Mais pour ne pas être exprimé, le mépris n'en fut pas moins complet.

« ... Ce mariage est loin de se faire ; le marquis d'Aubrion ne donnera pas sa fille au fils d'un banqueroutier. Je suis venu lui faire part des soins que son oncle et moi nous avons donnés aux affaires de son père, et des habiles manœuvres par lesquelles nous avons su faire tenir les créanciers tranquilles jusqu'aujourd'hui. Ce petit impertinent n'a-t-il pas eu le front de me répondre, à moi qui, pendant cinq ans, me suis dévoué nuit et jour à ses intérêts et à son honneur, que *les affaires de son père n'étaient pas les siennes*. Un agréé serait en droit de lui demander trente à quarante mille francs d'honoraires, à un pour cent sur la somme des créances. Mais, patience, il est bien légitimement dû douze cent mille francs aux créanciers, et je vais faire déclarer son père en faillite. Je me suis embarqué dans cette affaire sur la parole de ce vieux caïman de Grandet, et j'ai fait des promesses au nom de la famille. Si monsieur le vicomte d'Aubrion se soucie peu de son honneur, le mien m'intéresse fort. Aussi vais-je expliquer ma position aux créanciers. Néanmoins, j'ai trop de respect pour mademoiselle Eugénie, à l'alliance de laquelle, en des temps plus heureux, nous avions pensé, pour agir sans que tu lui aies parlé de cette affaire... »

Là, Eugénie rendit froidement la lettre sans l'achever.

— Je vous remercie, dit-elle à madame des Grassins, *nous verrons cela...*

— En ce moment, vous avez toute la voix de défunt votre père, dit madame des Grassins.

— Madame, vous avez huit mille cent francs[1] d'or à nous compter, lui dit Nanon.

— Cela est vrai ; faites-moi l'avantage de venir avec moi, madame Cornoiller.

— Monsieur le curé, dit Eugénie avec un noble sang-froid que lui donna la pensée qu'elle allait exprimer, serait-ce pécher que de demeurer en état de virginité dans le mariage ?

— Ceci est un cas de conscience dont la solution m'est inconnue. Si vous voulez savoir ce qu'en pense en sa Somme *de Matrimonio* le célèbre Sanchez, je pourrai vous le dire demain.

Le curé partit, mademoiselle Grandet monta dans le cabinet de son père et y passa la journée seule, sans vouloir descendre à l'heure du dîner, malgré les instances de Nanon. Elle parut le soir, à l'heure où les habitués de son cercle arrivèrent. Jamais le salon des Grandet n'avait été aussi plein qu'il le fut pendant cette soirée. La nouvelle du retour et de la sotte trahison de Charles avait été répandue dans toute la ville. Mais quelque attentive que fût la curiosité des visiteurs, elle ne fut point satisfaite. Eugénie, qui s'y était attendue, ne laissa percer sur son visage calme aucune des cruelles émotions qui l'agitaient. Elle sut prendre une figure riante pour répondre à ceux qui voulurent lui témoigner de l'intérêt par des regards ou des paroles mélancoliques. Elle sut enfin cou-

---

1. Nouvelle inadvertance de Balzac, qui a négligé de reporter ici la correction signalée par notre note 1, p. 239.

vrir son malheur sous les voiles de la politesse. Vers neuf heures, les parties finissaient, et les joueurs quittaient leurs tables, se payaient et discutaient les derniers coups de whist en venant se joindre au cercle des causeurs. Au moment où l'assemblée se leva en masse pour quitter le salon, il y eut un coup de théâtre qui retentit dans Saumur, de là dans l'arrondissement et dans les quatre préfectures environnantes.

— Restez, monsieur le président, dit Eugénie à monsieur de Bonfons en lui voyant prendre sa canne.

À cette parole, il n'y eut personne dans cette nombreuse assemblée qui ne se sentît ému. Le président pâlit et fut obligé de s'asseoir.

— Au président les millions, dit mademoiselle de Gribeaucourt.

— C'est clair, le président de Bonfons épouse mademoiselle Grandet, s'écria madame d'Orsonval.

— Voilà le meilleur coup de la partie, dit l'abbé.

— C'est un beau *schleem*, dit le notaire.

Chacun dit son mot, chacun fit son calembour, tous voyaient l'héritière montée sur ses millions, comme sur un piédestal. Le drame commencé depuis neuf ans se dénouait. Dire, en face de tout Saumur, au président de rester, n'était-ce pas annoncer qu'elle voulait faire de lui son mari ? Dans les petites villes, les convenances sont si sévèrement observées, qu'une infraction de ce genre y constitue la plus solennelle des promesses.

— Monsieur le président, lui dit Eugénie d'une voix émue quand ils furent seuls, je sais ce qui vous plaît en moi. Jurez de me laisser libre pendant toute ma vie, de ne me rappeler aucun des droits que le mariage vous donne sur moi, et ma main est à vous. Oh! reprit-elle en le voyant se mettre à ses genoux, je n'ai pas tout dit. Je ne dois pas vous tromper, monsieur. J'ai dans le cœur un sentiment inextinguible. L'amitié sera le seul sentiment que je puisse accorder à mon mari : je ne veux ni l'offenser, ni contrevenir aux lois de mon cœur. Mais vous ne posséderez ma main et ma fortune qu'au prix d'un immense service.

— Vous me voyez prêt à tout, dit le président.

— Voici quinze cent mille francs, monsieur le président, dit-elle en tirant de son sein une reconnaissance de cent actions de la Banque de France, partez pour Paris, non pas demain, non pas cette nuit, mais à l'instant même. Rendez-vous chez monsieur des Grassins, sachez-y le nom de tous les créanciers de mon oncle, rassemblez-les, payez tout ce que sa succession peut devoir, capital et intérêts à cinq pour cent depuis le jour de la dette jusqu'à celui du remboursement, enfin veillez à faire faire une quittance générale et notariée, bien en forme. Vous êtes magistrat, je ne me fie qu'à vous en cette affaire. Vous êtes un homme loyal, un galant homme ; je m'embarquerai sur la foi de votre parole pour traverser les dangers de la vie à l'abri de votre nom. Nous aurons l'un pour l'autre une mutuelle indulgence. Nous nous connaissons depuis si longtemps, nous sommes presque parents, vous ne voudriez pas me rendre malheureuse.

Le président tomba aux pieds de la riche héritière en palpitant de joie et d'angoisse.

— Je serai votre esclave ! lui dit-il.

— Quand vous aurez la quittance, monsieur, reprit-elle en lui jetant un regard froid, vous la porterez avec tous les titres à mon cousin Grandet et vous lui remettrez cette lettre. À votre retour, je tiendrai ma parole.

Le président comprit, lui, qu'il devait mademoiselle Grandet à un dépit amoureux, aussi s'empressa-t-il d'exécuter ses ordres avec la plus grande promptitude, afin qu'il n'arrivât aucune réconciliation entre les deux amants.

Quand monsieur de Bonfons fut parti, Eugénie tomba sur son fauteuil et fondit en larmes. Tout était consommé. Le président prit la poste, et se trouvait à Paris le lendemain soir. Dans la matinée du jour qui suivit son arrivée, il alla chez des Grassins. Le magistrat convoqua les créanciers en l'Étude du notaire où étaient déposés les titres, et chez lequel pas un ne faillit à l'appel. Quoique ce fussent des créanciers, il faut leur rendre justice : ils furent exacts. Là, le président de Bonfons, au nom de mademoiselle Grandet, leur paya le capital et les intérêts dus. Le paiement des intérêts fut pour le commerce parisien un des événements les plus étonnants de l'époque. Quand la quittance fut enregistrée et des Grassins payé de ses soins par le don d'une somme de cinquante mille francs que lui avait allouée Eugénie, le président se rendit à l'hôtel d'Aubrion, et y trouva Charles au moment où il rentrait dans son appartement, accablé par son beau-père. Le vieux marquis venait de lui déclarer que sa fille ne lui appartiendrait qu'autant que tous les créanciers de Guillaume Grandet seraient soldés.

Le président lui remit d'abord la lettre suivante :

« MON COUSIN, monsieur le président de Bonfons s'est chargé de vous remettre la quittance de toutes les sommes dues par mon oncle et celle par laquelle je reconnais les avoir reçues de vous. On m'a parlé de faillite !... J'ai pensé que le fils

d'un failli ne pouvait peut-être pas épouser
mademoiselle d'Aubrion. Oui, mon cousin, vous
avez bien jugé de mon esprit et de mes manières :
je n'ai sans doute rien du monde, je n'en connais
ni les calculs ni les mœurs, et ne saurais vous
y donner les plaisirs que vous voulez y trouver.
Soyez heureux, selon les conventions sociales
auxquelles vous sacrifiez nos premières amours.
Pour rendre votre bonheur complet, je ne puis
donc plus vous offrir que l'honneur de votre
père. Adieu, vous aurez toujours une fidèle amie
dans votre cousine.

« Eugénie. »

Le président sourit de l'exclamation que ne put
réprimer cet ambitieux au moment où il reçut
l'acte authentique.

— Nous nous annoncerons réciproquement
nos mariages, lui dit-il.

— Ah ! vous épousez Eugénie. Eh ! bien, j'en
suis content, c'est une bonne fille. Mais, reprit-il
frappé tout à coup par une réflexion lumineuse,
elle est donc riche ?

— Elle avait, répondit le président d'un air
goguenard, près de dix-neuf millions, il y a quatre
jours ; mais elle n'en a plus que dix-sept aujour-
d'hui.

Charles regarda le président d'un air hébété.

— Dix-sept... mil...

— Dix-sept millions, oui, monsieur. Nous
réunissons, mademoiselle Grandet et moi, sept cent
cinquante mille livres de rente, en nous mariant.

— Mon cher cousin, dit Charles en retrouvant
un peu d'assurance, nous pourrons nous pousser
l'un l'autre.

— D'accord, dit le président. Voici, de plus,
une petite caisse que je dois aussi ne remettre

qu'à vous, ajouta-t-il en déposant sur une table le
coffret dans lequel était la toilette.

— Hé! bien, mon cher ami, dit madame la
marquise d'Aubrion en entrant sans faire attention à Cruchot, ne prenez nul souci de ce que vient
de vous dire ce pauvre monsieur d'Aubrion, à qui
la duchesse de Chaulieu vient de tourner la tête. Je
vous le répète, rien n'empêchera votre mariage...

— Rien, madame, répondit Charles. Les trois
millions autrefois dus par mon père ont été soldés hier.

— En argent? dit-elle.

— Intégralement, intérêts et capital, et je vais
faire réhabiliter sa mémoire.

— Quelle bêtise! s'écria la belle-mère. — Quel
est ce monsieur? dit-elle à l'oreille de son gendre,
en apercevant le Cruchot.

— Mon homme d'affaires, lui répondit-il à voix
basse.

La marquise salua dédaigneusement monsieur
de Bonfons et sortit.

— Nous nous poussons déjà, dit le président
en prenant son chapeau. Adieu, mon cousin.

— Il se moque de moi, ce catacouas[1] de Saumur. J'ai envie de lui donner six pouces de fer
dans le ventre.

Le président était parti. Trois jours après, monsieur de Bonfons, de retour à Saumur, publia son
mariage avec Eugénie. Six mois après, il était
nommé conseiller à la Cour royale d'Angers.

1. Ce nom d'oiseau exotique n'a rien qui doive surprendre
dans la bouche de l'ancien aventurier. Au lieu de «catacouas»
il faut probablement lire «cacatois» ou kakatoès (le mot est
d'origine malaise); l'interversion des lettres *c* et *t* pourrait être
une simple faute de graphie ou de typographie, d'un type
d'ailleurs assez courant, perpétuée imperturbablement d'édition en édition, et subsistant même dans le «Furne corrigé».

Avant de quitter Saumur, Eugénie fit fondre l'or des joyaux si longtemps précieux à son cœur, et les consacra, ainsi que les huit mille francs de son cousin, à un ostensoir d'or et en fit présent à la paroisse où elle avait tant prié Dieu pour *lui*! Elle partagea d'ailleurs son temps entre Angers et Saumur. Son mari, qui montra du dévouement dans une circonstance politique, devint président de chambre, et enfin premier président au bout de quelques années. Il attendit impatiemment la réélection générale afin d'avoir un siège à la Chambre. Il convoitait déjà la Pairie, et alors...

— Alors le roi sera donc son cousin, disait Nanon, la Grande Nanon, madame Cornoiller, bourgeoise de Saumur, à qui sa maîtresse annonçait les grandeurs auxquelles elle était appelée. Néanmoins monsieur le président de Bonfons (il avait enfin aboli le nom patronymique de Cruchot) ne parvint à réaliser aucune de ses idées ambitieuses. Il mourut huit jours après avoir été nommé député de Saumur. Dieu, qui voit tout et ne frappe jamais à faux, le punissait sans doute de ses calculs et de l'habileté juridique avec laquelle il avait minuté, *accurante Cruchot*[1], son contrat de mariage où les deux futurs époux se donnaient l'un à l'autre, *au cas où ils n'auraient pas d'enfants, l'universalité de leurs biens, meubles et immeubles sans en rien excepter ni réserver, en toute propriété, se dispensant même de la formalité de l'inventaire, sans que l'omission dudit inventaire puisse être opposée à leurs héritiers ou ayants cause, entendant que ladite donation soit, etc*. Cette clause peut expliquer le profond respect que le président eut constamment pour la volonté, pour la solitude de madame de Bonfons. Les femmes citaient mon-

1. Cruchot instrumentant

sieur le premier président comme un des hommes les plus délicats, le plaignaient et allaient jusqu'à souvent accuser la douleur, la passion d'Eugénie, mais comme elles savent accuser une femme, avec les plus cruels ménagements.

— Il faut que madame la présidente de Bonfons soit bien souffrante pour laisser son mari seul. Pauvre petite femme! Guérira-t-elle bientôt? Qu'a-t-elle donc, une gastrite, un cancer? Pourquoi ne voit-elle pas des médecins? Elle devient jaune depuis quelque temps; elle devrait aller consulter les célébrités de Paris. Comment peut-elle ne pas désirer un enfant? Elle aime beaucoup son mari, dit-on, comment ne pas lui donner d'héritier, dans sa position? Savez-vous que cela est affreux; et si c'était par l'effet d'un caprice, il serait bien condamnable. Pauvre président!

Douée de ce tact fin que le solitaire exerce par ses perpétuelles méditations et par la vue exquise avec laquelle il saisit les choses qui tombent dans sa sphère, Eugénie, habituée par le malheur et par sa dernière éducation à tout deviner, savait que le président désirait sa mort pour se trouver en possession de cette immense fortune, encore augmentée par les successions de son oncle le notaire, et de son oncle l'abbé, que Dieu eut la fantaisie d'appeler à lui. La pauvre recluse avait pitié du président. La Providence la vengea des calculs et de l'infâme indifférence d'un époux qui respectait, comme la plus forte des garanties, la passion sans espoir dont se nourrissait Eugénie. Donner la vie à un enfant, n'était-ce pas tuer les espérances de l'égoïsme, les joies de l'ambition caressées par le premier président? Dieu jeta donc des masses d'or à sa prisonnière pour qui l'or était indifférent et qui aspirait au ciel, qui vivait, pieuse et bonne, en de saintes pensées,

qui secourait incessamment les malheureux en
secret. Madame de Bonfons fut veuve à trente-
trois ans, riche de huit cent mille livres de rente,
encore belle, mais comme une femme est belle
à près de quarante ans[1]. Son visage est blanc,
reposé, calme. Sa voix est douce et recueillie, ses
manières sont simples. Elle a toutes les noblesses
de la douleur, la sainteté d'une personne qui n'a
pas souillé son âme au contact du monde, mais
aussi la roideur de la vieille fille et les habitudes
mesquines que donne l'existence étroite de la
province. Malgré ses huit cent mille livres de
rente, elle vit comme avait vécu la pauvre Eugénie Grandet, n'allume le feu de sa chambre
qu'aux jours où jadis son père lui permettait d'allumer le foyer de la salle, et l'éteint conformé-
ment au programme en vigueur dans ses jeunes
années. Elle est toujours vêtue comme l'était sa
mère. La maison de Saumur, maison sans soleil,
sans chaleur, sans cesse ombragée, mélancolique,
est l'image de sa vie. Elle accumule soigneusement ses revenus, et peut-être semblerait-elle
parcimonieuse si elle ne démentait la médisance
par un noble emploi de sa fortune. De pieuses
et charitables fondations, un hospice pour la
vieillesse et des écoles chrétiennes pour les
enfants, une bibliothèque publique richement
dotée, témoignent chaque année contre l'avarice
que lui reprochent certaines personnes. Les
églises de Saumur lui doivent quelques embellis-
sements. Madame de Bonfons que, par raillerie,
on appelle *mademoiselle*, inspire généralement
un religieux respect. Ce noble cœur, qui ne bat-

---

1. «Est belle près de quarante ans», disent toutes les éditions: ce qui n'a guère de sens. C'est encore l'examen du
manuscrit qui a permis de rétablir le texte.

tait que pour les sentiments les plus tendres, devait donc être soumis aux calculs de l'intérêt humain. L'argent devait communiquer ses teintes froides à cette vie céleste, et donner de la défiance pour les sentiments à une femme qui était tout sentiment.

— Il n'y a que toi qui m'aimes, disait-elle à Nanon.

La main de cette femme panse les plaies secrètes de toutes les familles. Eugénie marche au ciel accompagnée d'un cortège de bienfaits. La grandeur de son âme amoindrit les petitesses de son éducation et les coutumes de sa vie première. Telle est l'histoire de cette femme qui n'est pas du monde au milieu du monde, qui, faite pour être magnifiquement épouse et mère, n'a ni mari, ni enfants, ni famille. Depuis quelques jours, il est question d'un nouveau mariage pour elle. Les gens de Saumur s'occupent d'elle et de monsieur le marquis de Froidfond dont la famille commence à cerner la riche veuve comme jadis avaient fait les Cruchot. Nanon et Cornoiller sont, dit-on, dans les intérêts du marquis, mais rien n'est plus faux. Ni la Grande Nanon, ni Cornoiller n'ont assez d'esprit pour comprendre les corruptions du monde.

Paris, septembre 1833[1].

---

1. Cette datation est celle de l'édition de 1843 ; elle est maintenue dans le «Furne corrigé». Les éditions antérieures faisaient mention soit d'octobre 1833 soit de novembre 1833, dates d'ailleurs peu explicables. Pourquoi septembre ? À cette époque correspond peut-être le commencement de la rédaction, et en tout cas l'insertion dans *L'Europe littéraire* du début du roman (voir notre Notice). Mais aussi le mois de septembre 1833 est apparemment celui où fut conçue la fille de Balzac et de Maria du Fresnay (voir plus loin p. 271) : les termes de la dédicace montrent que Balzac se plaisait à rapprocher dans un même sentiment la création de l'œuvre et celle de l'enfant.

DOSSIER

VIE D'HONORÉ DE BALZAC

1799-1850

La biographie de Balzac est tellement chargée d'événements si divers, et tout s'y trouve si bien emmêlé, qu'un exposé purement chronologique des faits serait d'une confusion extrême.

Dans l'ordre chronologique, nous nous sommes donc contentés de distinguer, d'une manière aussi peu arbitraire que possible, cinq grandes époques de la vie de Balzac : des origines à 1814, 1815-1828, 1828-1833, 1833-1840, 1840-1850.

À l'intérieur des périodes principales, nous avons préféré, quand il y avait lieu, classer les faits selon leur nature : l'œuvre, les autres activités touchant la littérature, la vie sentimentale, les voyages, etc. (mais en reprenant, à l'intérieur de chaque paragraphe, l'ordre chronologique).

FAMILLE, ENFANCE ; DES ORIGINES À 1814

En juillet 1746 naît dans le Rouergue, d'une lignée paysanne, Bernard-François Balssa, qui sera le père du romancier et mourra en 1829 ; trente ans plus tard nous retrouvons le nom orthographié « Balzac ». Signalons à titre anecdotique (car l'événement ne semble pas avoir marqué notre Balzac) qu'un frère de Bernard-François fut guillotiné à Albi en 1819 pour l'assassinat, dont il était peut-être innocent, d'une fille de ferme.

Janvier 1797 : Bernard-François, directeur des vivres de la division militaire de Tours, épouse à cinquante ans

Laure Sallambier, qui en a dix-huit, et qui vivra jusqu'en 1854.

1799, 20 mai : naissance à Tours d'Honoré Balzac (le nom ne comporte pas encore la particule). Un premier fils, né jour pour jour un an plus tôt, n'avait pas vécu.

Après Honoré, le ménage aura trois autres enfants : 1º Laure (1800-1871), qui épousera en 1820 Eugène Surville, ingénieur des Ponts et Chaussées, et restera pour le romancier une confidente affectueuse et sûre ; 2º Laurence (1802-1825), devenue en 1821 Mme de Montzaigle : c'est sur son acte de baptême que la particule « de » apparaît pour la première fois devant le nom des Balzac ; 3º Henry (1807-1858), fils adultérin dont le père était Jean de Margonne (1780-1858), châtelain de Saché.

L'enfance et l'adolescence d'Honoré seront affectées par la préférence de la mère pour Henry, lequel, dépourvu de dons et de caractère, traînera une existence assez misérable ; les ternes séjours qu'il fera dans les îles de l'Océan Indien avant de mourir à Mayotte contrastent absolument avec les aventures des romanesques coureurs de mers balzaciens. Balzac gardera des liens étroits avec Margonne et séjournera souvent à Saché, où l'on montre encore sa chambre et sa table de travail.

Dès sa naissance, Honoré est mis en nourrice chez la femme d'un gendarme à Saint-Cyr-sur-Loire, aujourd'hui faubourg de Tours (rive droite). De 1804 à 1807 il est externe dans un établissement scolaire de Tours, de 1807 à 1813 il est pensionnaire au collège de Vendôme. Puis, pendant plus d'un an, en 1813-1814, atteint de troubles et d'une espèce d'hébétude qu'on attribue à un abus de lecture, il demeure dans sa famille, au repos. En 1814, pendant quelques mois, il reprend ses études au collège de Tours, comme externe.

Son père, alors administrateur de l'Hospice général de Tours, est nommé directeur des vivres dans une entreprise parisienne de fournitures aux armées. Toute la famille quitte Tours pour Paris en novembre 1814.

APPRENTISSAGES, 1815-1828

1815-1819. Honoré poursuit ses études à Paris. Il entreprend son droit, suivit des cours à la Sorbonne et au

Muséum. Il travaille comme clerc dans l'étude de Mᵉ Guillonnet-Merville, avoué, puis dans celle de Mᵉ Passez, notaire ; ces deux stages laisseront sur lui une empreinte profonde.

Son père ayant pris sa retraite, la famille, dont les ressources sont désormais réduites, quitte Paris et s'installe pendant l'été 1819 à Villeparisis. Cependant Honoré, qu'on destinait au notariat, obtient de renoncer à cette carrière, et de demeurer seul à Paris, dans une mansarde, pour éprouver sa vocation en s'exerçant au métier des lettres.

Dès 1817 il a rédigé des *Notes sur la philosophie et la religion*, suivies en 1818 de *Notes sur l'immortalité de l'âme*, premiers indices du goût prononcé qu'il gardera longtemps pour la spéculation philosophique : maintenant il s'attaque à une tragédie, *Cromwell*, cinq actes en vers, qu'il termine au printemps de 1820. Soumise à plusieurs juges successifs, l'œuvre est uniformément estimée détestable ; Andrieux, aimable écrivain, ami de la famille, professeur au Collège de France et académicien, conclut que l'auteur peut tenter sa chance dans n'importe quelle voie, hormis la littérature. Balzac continue sa recherche philosophique avec *Falthurne* et *Sténie* (1820), que suivront bientôt (1823) un *Traité de la prière* et un second *Falthurne*.

De 1822 à 1827, soit en collaboration soit seul, mais toujours sous des pseudonymes, il publie une masse considérable de produits romanesques « de consommation courante », qu'il lui arrivera d'appeler « petites opérations de littérature marchande » ou même « cochonneries littéraires ». À leur sujet, les balzaciens se partagent ; les uns y cherchent des ébauches de thèmes et les signes avant-coureurs du génie romanesque ; les autres doutent que Balzac, soucieux seulement de satisfaire sa clientèle, y ait rien mis qui soit vraiment de lui-même.

En 1822 commence sa longue liaison (mais, de sa part, non exclusive) avec Laure de Berny, qu'il a rencontrée à Villeparisis l'année précédente. Née en 1777, elle a alors deux fois son âge, et elle est d'un an et demi l'aînée de la mère d'Honoré ; celui-ci aura pour elle un amour en quelque sorte ambivalent, où il trouvera une compensation à son enfance frustrée.

Fille d'un musicien de la Cour et d'une femme de la

chambre de Marie-Antoinette, elle-même femme d'expérience, Laure initiera son jeune amant non seulement aux secrets de la vie mondaine sous l'Ancien Régime, mais aussi à ceux de la condition féminine et de la joie sensuelle. Elle restera pour lui un soutien, et le guide le plus sûr. Elle mourra en 1836.

En 1825, Balzac entre en relations avec la duchesse d'Abrantès (1784-1838) ; cette nouvelle maîtresse, qui d'ailleurs s'ajoute à la précédente et ne se substitue pas à elle, a encore quinze ans de plus que lui. Fort avertie de la grande et petite histoire de la Révolution et de l'Empire, elle complète l'éducation que lui a donnée Mme de Berny, et le présente aux nombreux amis qu'elle garde dans le monde ; lui-même, plus tard, se fera son conseiller et peut-être son collaborateur lorsqu'elle écrira ses *Mémoires*.

En septembre 1820, au tirage au sort, il obtient un «bon numéro» qui le dispense du service militaire.

Durant la fin de cette période, il se lance dans des affaires qui enrichissent d'une manière incomparable l'expérience du futur auteur de *La Comédie humaine*, mais qui en attendant se soldent par de pénibles et coûteux échecs.

Il se fait éditeur en 1825, l'éditeur se fait imprimeur en 1826, l'imprimeur se fait fondeur de caractères en 1827 — toujours en association, les fonds de ses propres apports étant constitués par sa famille et par Mme de Berny. En 1825 et 1826 il publie, entre autres, des éditions compactes de Molière et de La Fontaine, pour lesquelles il a composé des notices. En 1828, la société de fonderie est remaniée ; il en est écarté au profit d'Alexandre de Berny, fils de son amie : l'entreprise deviendra une des plus belles réalisations françaises dans ce domaine. L'imprimerie est liquidée quelques mois plus tard, en août ; elle laisse à Balzac 60 000 francs de dettes (dont 50 000 envers sa famille).

Nombreux voyages et séjours en province, notamment dans la région de l'Isle-Adam, en Normandie et surtout en Touraine, terre natale et terre d'élection.

LES DÉBUTS, 1828-1833

À la mi-septembre 1828 Balzac va s'établir pour six semaines à Fougères, en vue du roman qu'il prépare sur la chouannerie. *Le Dernier Chouan ou la Bretagne en 1800*, dont le titre deviendra finalement *Les Chouans*, paraît en mars 1829; c'est le premier roman dont il assume ouvertement la responsabilité en le signant de son véritable nom.

En décembre 1829, il publie sous l'anonymat *Physiologie du mariage*, un essai ou, comme il dira plus tard, une «étude analytique» qu'il avait ébauchée puis délaissée plusieurs années auparavant.

1830: les *Scènes de la vie privée* réunissent en deux volumes six nouvelles ou courts récits. Ce nombre sera porté à quinze dans une réédition du même titre en quatre tomes (1832).

1831: *La Peau de chagrin*; ce roman est repris pour former la même année, avec douze autres récits divers, trois volumes de *Romans et contes philosophiques*; l'ensemble est précédé d'une introduction de Philarète Chasles, certainement inspirée par Balzac. 1832: les *Nouveaux Contes philosophiques* augmentent de quatre récits (dont une première version de *Louis Lambert*) cette collection. Il faut noter que le mot «philosophiques» a encore un sens fort vague, et provisoire, dans l'esprit de l'écrivain.

Les *Contes drolatiques*. À l'imitation des *Cent nouvelles nouvelles* (il avait un goût très vif pour la vieille littérature dite gauloise), il voulait en écrire cent, répartis en dix dizains. Le premier dizain paraît en 1832, le deuxième en 1833; le troisième ne sera publié qu'en 1837, et l'entreprise s'arrêtera là.

Septembre 1833: *Le Médecin de campagne*. Pendant toute cette époque, Balzac donne une foule de textes divers à de nombreux périodiques. Il poursuivra ce genre de collaborations durant toute sa vie, mais à une cadence moindre.

Continuation des amours avec Laure de Berny et avec Laure d'Abrantès.

Liaison avec Olympe Pélissier.

Présenté à la duchesse de Castries en 1831, il séjourne auprès d'elle, à Aix-les-Bains et à Genève, en septembre et octobre 1832; elle s'amuse à se laisser chaudement courtiser par lui, mais ne cède pas, ce dont il se montre fort déconfit.

Au début de 1832 il reçoit d'Odessa une lettre signée «L'Étrangère», et répond par une petite annonce insérée dans un journal: c'est le début de ses relations avec Mme Hanska (1801-1882), sa future femme, qu'il rencontre pour la première fois à Neuchâtel dans les derniers jours de septembre 1833.

Vers cette même époque il a une maîtresse discrète, Marie ou Maria du Fresnay.

Voyages très nombreux. Outre ceux que nous avons signalés ci-dessus (Fougères, Aix, Genève, Neuchâtel), il faut mentionner plusieurs séjours près de Tours ou de Nemours avec Mme de Berny, à Saché, à Angoulême chez ses amis Carraud, etc.

Son travail acharné n'empêche pas qu'il ne soit très répandu dans les milieux littéraires et dans le monde; il mène une vie ostentatoire et dispendieuse.

En politique, il se convertit au légitimisme. Il envisage de se présenter aux élections législatives de 1831, et en 1832 à une élection partielle.

L'ESSOR, 1833-1840

Durant cette période, Balzac ne se contente pas d'assurer le développement de son œuvre: il se préoccupe de lui assigner une organisation d'ensemble. Déjà les *Scènes de la vie privée* et les *Romans et contes philosophiques* témoignaient chez lui de cette tendance; maintenant il s'avance sur la voie qui le conduira à la conception globale de *La Comédie humaine*.

En octobre 1833, il signe un contrat pour la publication d'une collection intitulée *Études de mœurs au xixᵉ siècle*, et qui doit rassembler aussi bien les rééditions que des ouvrages nouveaux. Divisée en trois séries, cette collection va comprendre quatre tomes de *Scènes de la vie privée*, quatre de *Scènes de la vie de province* et quatre de *Scènes de la vie parisienne*. Les douze volumes paraissent en ordre dispersé de décembre 1833 à février 1837. Le tome I est précédé d'une importante introduction de Félix Davin, porte-parole ou même prête-nom de Balzac. La classification a une valeur à la fois littérale et symbolique: elle se fonde à la fois sur le cadre de l'action et sur la signification du thème.

Parallèlement paraissent de 1834 à 1840 vingt volumes d'*Études philosophiques*, avec une nouvelle introduction de Félix Davin.

Principales créations en librairie de cette période : *Eugénie Grandet*, fin 1833 ; *La Recherche de l'absolu*, 1834 ; *Le Père Goriot*, *La Fleur des pois* (titre qui deviendra *Le Contrat de mariage*), *Séraphita*, 1835 ; *Histoire des Treize*, 1833-1835 ; *Le Lys dans la vallée*, 1836 ; *La Vieille Fille*, *Illusions perdues* (début), *César Birotteau*, 1837 ; *La Femme supérieure* (titre qui deviendra *Les Employés*), *La Maison Nucingen*, *La Torpille* (début de *Splendeurs et misères des courtisanes*), 1838 ; *Le Cabinet des antiques*, *Une fille d'Ève*, *Béatrix*, 1839 ; *Une princesse parisienne* (titre qui deviendra *Les Secrets de la princesse de Cadignan*), *Pierrette*, *Pierre Grassou*, 1840.

En marge de cette activité essentielle, Balzac prend à la fin de 1835 une participation majoritaire dans la *Chronique de Paris*, journal politique et littéraire ; il y publie un bon nombre de textes, jusqu'à ce que la société, irrémédiablement déficitaire, soit dissoute six mois plus tard. Curieusement il réédite (et complète à l'aide de « nègres ») une partie de ses romans de jeunesse, en gardant un pseudonyme qui n'abuse personne : ce sont les *Œuvres complètes d'Horace de Saint-Aubin*, seize volumes, 1836-1840.

En 1838 il s'inscrit à la toute jeune Société des Gens de Lettres ; il la préside en 1839, et mène diverses campagnes pour la protection de la propriété littéraire et des droits des auteurs.

Candidat à l'Académie française en 1839, il s'efface devant Hugo, qui d'ailleurs n'est pas élu.

En 1840 il fonde la *Revue parisienne*, mensuelle et entièrement rédigée par lui ; elle disparaît après le troisième numéro, où il a inséré son long et fameux article sur *La Chartreuse de Parme*.

Théâtre : en 1839, la Renaissance refuse *L'École des ménages*, pièce dont il donne chez Custine une lecture à laquelle assistent Stendhal et Théophile Gautier. En 1840 la censure écarte plusieurs fois et finit par autoriser *Vautrin*, pièce interdite dès le lendemain de la première.

Il séjourne à Genève auprès de Mme Hanska du 24 décembre 1833 au 8 février 1834 ; il la retrouve à

Vienne (Autriche) en mai-juin 1835; alors commence une séparation qui durera huit ans.

Le 4 juin 1834 naît Marie du Fresnay, présumée être sa fille, et qu'il regarde comme telle; elle ne mourra qu'en 1930.

Mme de Berny cesse de le voir à la fin de 1835; elle va mourir huit mois plus tard.

En 1836, naissance de Lionel-Richard Lowell, fils présumé de Balzac et de la comtesse Guidoboni-Visconti; en 1837, le comte lui donne lui-même procuration pour régler à Venise en son nom une affaire de succession; en 1837 encore, c'est chez la comtesse que Balzac, poursuivi pour dettes, se réfugie: elle le paie pour lui, et lui évite ainsi la contrainte par corps.

Juillet-août 1836: Mme Marbouty, déguisée en homme, l'accompagne à Turin et en Suisse.

Voyages toujours nombreux.

Au cours de l'excursion autrichienne de 1835, il est reçu par Metternich, et visite le champ de bataille de Wagram en vue d'un roman qu'il ne parviendra jamais à écrire. En 1836, séjournant en Touraine, il se voit accueilli par Talleyrand et la duchesse de Dino. L'année suivante, chez George Sand qui l'héberge à Nohant; elle lui suggère le sujet de *Béatrix*.

Durant son voyage italien de 1837 il a appris, à Gênes, qu'on pouvait exploiter fructueusement en Sardaigne les scories d'anciennes mines de plomb argentifère; en 1838, en passant par la Corse, il se rend sur place — pour y constater que l'idée était si bonne qu'une société marseillaise l'a devancé; retour par Gênes, Turin, et Milan où il s'attarde.

On signale en 1834 un dîner réunissant Balzac, Vidocq et les bourreaux Sanson père et fils.

Démêlés avec la Garde nationale, où il se refuse obstinément à assurer ses tours de garde: en 1835 il se cache d'elle à Chaillot sous le nom de «madame veuve Durand»; en 1836 elle l'incarcère pendant une semaine dans sa prison surnommée «Hôtel des Haricots»; nouvel emprisonnement en 1839, pour la même raison.

En 1837, près de Paris, à Sèvres, au lieu-dit les Jardies, il achète les premiers éléments de ce dont il voudra constituer tout un domaine. Il rêvera même de faire fortune en y acclimatant la culture de l'ananas. Ses projets assez grandioses lui coûteront fort cher et ne lui amèneront que des déboires. Liquidation longue et onéreuse en 1840-1841.

C'est en octobre 1840 que, quittant les Jardies, il s'installe à Passy dans l'actuelle rue Raynouard, où sa maison est redevenue aujourd'hui «La Maison de Balzac».

SUITE ET FIN, 1841-1850

Le fait marquant qui inaugure cette période est l'acte de naissance officiel de *La Comédie humaine* considérée comme un ensemble organique. Cet acte, c'est le contrat passé le 2 octobre 1841 avec un groupe d'éditeurs pour la publication, sous ce «titre général», des «œuvres complètes» de Balzac, celui-ci se réservant «l'ordre et la distribution des matières, la tomaison et l'ordre des volumes».

Nous avons vu le romancier, dès ses véritables débuts ou presque, montrer le souci d'un ordre et d'un classement. Une lettre à Mme Hanska du 26 octobre 1834 en faisait déjà état. Une lettre de décembre 1839 ou janvier 1840, adressée à un éditeur non identifié, et restée sans suite, mentionnait pour la première fois le «titre général» avec un plan assez détaillé. Cette fois le grand projet va enfin se réaliser (sous réserve de quelques changements de détail ultérieurs dans le plan, et sous réserve aussi de plusieurs ouvrages annoncés qui ne seront jamais composés).

Réunissant rééditions et nouveautés, l'ensemble désormais intitulé *La Comédie humaine* paraît de 1842 à 1848 en dix-sept volumes, complétés en 1855 par un tome XVIII, et suivis, en 1855 encore, d'un tome XIX (*Théâtre*) et d'un tome XX (*Contes drolatiques*). Trois parties: *Études de mœurs*, *Études philosophiques*, *Études analytiques* — la première partie étant elle-même divisée en *Scènes de la vie privée*, *Scènes de la vie de province*, *Scènes de la vie parisienne*, *Scènes de la vie politique*, *Scènes de la vie militaire* et *Scènes de la vie de campagne*.

L'Avant-propos est un texte doctrinal capital. Avant de se résoudre à l'écrire lui-même, Balzac avait demandé vainement une préface à Nodier, à George Sand, ou envisagé de reproduire les introductions de Davin aux anciennes *Études de mœurs* et *Études philosophiques*.

Premières publications en librairie : *Le Curé de village*, 1841 ; *Mémoires de deux jeunes mariées*, *Ursule Mirouët*, *Albert Savarus*, *La Femme de trente ans* (sous sa forme et son titre définitifs après beaucoup d'avatars), *Les Deux Frères* (titre qui deviendra *La Rabouilleuse*), 1842 ; *Une ténébreuse affaire*, *La Muse du département*, *Illusions perdues* (au complet), 1843 ; *Honorine*, *Modeste Mignon*, 1844 ; *Petites Misères de la vie conjugale*, 1846 ; *La Dernière Incarnation de Vautrin* (achevant *Splendeurs et misères des courtisanes*), 1847 ; *Les Parents pauvres* (*Le Cousin Pons* et *La Cousine Bette*), 1847-1848.

Romans posthumes : *Le Député d'Arcis* et *Les Petits Bourgeois*, restés inachevés, et terminés, avec une désinvolture confondante, par Charles Rabou agréé par la veuve, paraissent respectivement en 1854 et 1856. La veuve assure elle-même, avec beaucoup plus de tact, la mise au point des *Paysans* qu'elle publie en 1855.

Théâtre. Représentation et échec des *Ressources de Quinola*, 1842 ; de *Paméla Giraud*, 1843. Succès sans lendemain de *La Marâtre*, pièce créée à une date peu favorable (25 mai 1848) ; trois mois plus tard la Comédie-Française reçoit *Mercadet ou le Faiseur*, mais la pièce ne sera pas représentée.

Chevalier de la Légion d'honneur depuis avril 1845, Balzac, encore candidat à l'Académie française, obtient 4 voix le 11 janvier 1849, dont celles de Hugo et de Lamartine (on lui préfère le duc de Noailles) et, aux trois scrutins du 18 janvier, 2 voix (Vigny et Hugo), 1 voix (Hugo) et 0 voix, le comte de Saint-Priest étant élu.

Amours et voyages, durant toute cette période, portent pratiquement un seul et même nom : Mme Hanska. Le mari meurt — enfin ! — le 10 novembre 1841, en Ukraine ; mais Balzac n'est informé que le 5 janvier d'un événement qu'il attend pourtant avec tant d'impatience. Son amie, libre désormais de l'épouser, va néanmoins le faire attendre près de dix ans encore, soit qu'elle manque d'empressement, soit que, réellement, le régime tsariste se dispose à confisquer ses biens qui sont considérables, si elle s'unit à un étranger.

En 1843, après huit ans de séparation, Balzac va la retrouver pour deux mois à Saint-Pétersbourg ; il rentre par Berlin, les pays rhénans, la Belgique. En 1845, voyages communs en Allemagne, en France, en Hollande, en Belgique, en Italie. En 1846, ils se rencontrent à Rome et voyagent en Italie, en Suisse, en Allemagne.

Mme Hanska est enceinte; Balzac en est profondément heureux et, de surcroît, voit dans cette circonstance une occasion de hâter son mariage; il se désespère lorsqu'elle accouche en novembre 1846 d'un enfant mort-né.

En 1847, elle passe quelques mois à Paris; lui-même, peu après, rédige un testament en sa faveur. À l'automne, il va la retrouver en Ukraine, où il séjourne près de cinq mois. Il rentre à Paris pour assister à la révolution de février 1848, et envisager une candidature aux élections législatives; il repart dès la fin de septembre pour l'Ukraine, où il séjourne jusqu'à la fin d'avril 1850.

C'est là qu'il épouse Mme Hanska, le 14 mars 1850.

Rentrés ensemble à Paris vers le 20 mai les deux époux, le 4 juin, se font donation mutuelle de tous leurs biens en cas de décès. Depuis plusieurs années, la santé de Balzac n'a pas cessé de se dégrader.

Du 1er juin 1850 date (à notre connaissance) la dernière lettre que Balzac ait écrite entièrement de sa main. Le 18 août, il a reçu l'extrême-onction, et Hugo, venu en visite, le trouve inconscient: il meurt à onze heures et demie du soir, dans un état physique affligeant. On l'enterre au Père-Lachaise trois jours plus tard; les cordons du poêle sont tenus par Hugo et Dumas, mais aussi par le sinistre Sainte-Beuve, qui n'a jamais rien compris à son génie, et par le ministre de l'Intérieur; devant sa tombe, discours (fort beau) de Hugo: ni Hugo ni Baudelaire ne se sont trompés sur lui.

La femme de Balzac, après avoir trouvé quelque consolation à son veuvage, mourra en 1882.

NOTICE

LA GENÈSE DE L'ŒUVRE

Nous sommes mal renseignés sur la genèse d'*Eugénie Grandet*.

La première mention du projet et du titre, dans la correspondance de Balzac, date du 15 août 1833 ; mais aucune indication n'autorise à croire que la rédaction fût déjà entreprise. Le 19 août, cependant, une lettre à Mme Hanska laisse entendre que le récit pourrait être achevé « à la fin du mois » ; il est vrai qu'alors le romancier n'envisage qu'une œuvre courte comme *Le Curé de Tours* : elle sera finalement deux fois et demie plus longue.

Le début — soit environ le sixième ou le cinquième du texte définitif — paraît le 19 septembre 1833 dans un périodique, *L'Europe littéraire*. Du 22 ou du 23 septembre au 4 octobre, Balzac est absent de Paris : c'est alors que se place, à Neuchâtel, sa première rencontre avec Mme Hanska. Il repartira vers la fin de décembre pour la rejoindre de nouveau, à Genève cette fois. Le temps qui sépare les deux voyages va lui suffire pour achever et pour publier en librairie *Eugénie Grandet*.

Beaucoup plus tard, dans une lettre du 1er janvier 1844, il rappellera à son amie que le roman avait été composé « entre Neuchâtel et Genève », c'est-à-dire entre leurs deux premiers rendez-vous. Cela est presque vrai ; ce qui est vrai aussi, c'est qu'il redoutait fort la jalousie d'Ève Hanska, sans doute réveillée ou rétrospectivement éveillée par la dédicace « À Maria » (voir p. 271) : prudent, il préférait qu'elle se crût la seule inspiratrice de l'œuvre. Le même souci d'équivoque explique, dans la postface de 1833 que nous reproduisons en annexe, un rapprochement qui surprend entre la Marie et l'Ève du christianisme.

Aussitôt rentré de Neuchâtel, dans les premiers jours d'octobre, Balzac reprend le travail interrompu. Peut-être la coupure et le délai ont-ils préparé l'évolution que nous voyons maintenant se faire en lui, et le développement que va prendre le roman.

Il annonce le 12 octobre à sa sœur Laure qu'il va incessamment «finir» celui-ci, le 13 à Mme Hanska qu'il prévoit l'achèvement pour le surlendemain. Et puis, le 18, à la même: «*Eugénie Grandet*, un de mes tableaux les plus achevés, est à moitié.» Cinq semaines plus tard, le 23 novembre, il n'en est encore qu'aux trois quarts de ce que sera le texte définitif.

LES ÉDITIONS

Cependant, la composition est commencée. Et il semble que le tout — rédaction et correction des épreuves, de front — soit terminé vers le 1er décembre. Le livre paraît pour la Noël (bien qu'il soit daté de 1834). Accompagné d'une préface et d'une postface, mais sans dédicace, il forme le tome V des *Études de mœurs au xixe siècle*, et, dans cette série, le premier volume des *Scènes de la vie de province*. La collection ayant été publiée en ordre dispersé, il se trouve faire partie de la première livraison.

Réédité séparément en 1839, il est alors précédé, pour la première fois, de la dédicace à Maria. Cette dédicace est maintenue, mais préface et postface, ainsi que la division antérieure en six chapitres, sont supprimées en 1843 dans le cinquième volume de l'édition globale de *La Comédie humaine*, où *Eugénie Grandet* constitue avec *Ursule Mirouet* et *Pierrette* le tome I de la section *Scènes de la vie de province* (éditeurs: Furne, Dubochet, Hetzel).

Les chercheurs se sont donné beaucoup de mal pour identifier l'original de Grandet et l'original de la maison de Saumur. On pourra lire l'analyse et la discussion de leurs travaux en tête de l'édition critique très approfondie qu'a procurée P.-G. Castex en 1965.

Le résultat (car il nous paraît inutile d'entrer dans le détail) est que la maison Grandet n'a jamais existé à Saumur, et d'autre part qu'aucune des hypothèses avancées pour doter Grandet d'un modèle réel ne résiste à un examen sérieux. On pouvait s'en douter : à partir d'une expérience, certes, mais d'une expérience étendue et fort diversifiée, Balzac a tout inventé. Le site même a été transposé ; tout ce qu'il dit de l'Anjou doit s'entendre de la Touraine : la démonstration de P.-G. Castex est, là-dessus aussi, convaincante.

Le texte de base demeure celui des éditeurs Furne et autres, c'est-à-dire celui de 1843. Mais il est nécessaire d'y apporter quelques aménagements, rares d'ailleurs, et de détail. En effet, songeant à une éventuelle édition future, Balzac avait noté des corrections sur un exemplaire de cette édition ; l'exemplaire subsiste : les balzaciens l'appellent le «Furne corrigé». Nous devons évidemment tenir compte des indications qu'on y relève.

Seulement celles-ci ne présentent pas toujours un caractère définitif. Balzac, par exemple, change ici un chiffre, et là, omettant de répéter la rectification, laisse subsister le chiffre ancien. Ainsi le «Furne corrigé», où se remarquent une multitude d'inadvertances, ne peut pas être regardé comme une mise au point *ne varietur* ; il semble qu'on doive plutôt y voir un relevé d'intentions. Notre texte se conforme aux corrections, dont nos notes signalent, s'il y a lieu, les incertitudes.

D'autre part le Furne, dont les épreuves paraissent avoir été revues un peu vite, n'est pas exempt de fautes typographiques ; certaines d'entre elles, au surplus, dans le cas particulier d'*Eugénie Grandet*, reproduisent purement et simplement celles des éditions antérieures. Là encore Balzac, toujours pressé par le temps, a survolé de haut, sans descendre aux détails.

Par chance, le manuscrit a été conservé. Balzac, lorsqu'il arriva à Genève vers le 24 décembre 1833, l'apportait dans ses bagages : c'était son cadeau de Noël à Mme Hanska. À la mort de celle-ci, le document fut acheté par Albert Cahen d'Anvers ; il se trouve aujourd'hui aux États-Unis (Pierpont Morgan Library), et P.-G. Castex a pu enregistrer dans son édition critique de 1965 le résultat détaillé du minutieux examen auquel il avait procédé sur photocopie. Après lui et d'après lui, ses travaux nous ont permis de corriger, comme on le verra dans nos notes, certaines erreurs dues aux premiers protes et perpétuées de réimpression en réimpression jusqu'à lui.

Nous avons également utilisé la reproduction du « Furne corrigé », infiniment précieuse, et accompagnée d'utiles éclaircissements, que les balzaciens doivent à la diligence éclairée de Jean-A. Ducourneau. Le tome contenant *Eugénie Grandet* a paru, lui aussi, en 1965.

Dans la « Bibliothèque de la Pléiade », l'édition d'*Eugénie Grandet* est établie par Nicole Mozet (*La Comédie humaine*, t. III, Gallimard, 1976).

NOTE SUR LA DÉDICACE

C'est seulement en 1955 qu'une étude d'André Chancerel et Roger Pierrot a éclairci le mystère de cette dédicace (apparue pour la première fois dans la réédition de 1839). En 1833, au moment où il composait *Eugénie Grandet*, Balzac, qui menait de front des amours multiples, avait une liaison avec Marie ou Maria du Fresnay, née Daminois.

Celle-ci était alors âgée de vingt-quatre ans, et mariée depuis quatre ans. Nous ignorons quand commença et quand prit fin leur liaison. Selon toute vraisemblance, Balzac faisait allusion à Maria lorsqu'il écrivait à sa propre sœur Laure Surville le 12 octobre 1833 : « ... Je suis *père*, voilà un autre secret que j'avais à te dire, et à la tête d'une gentille personne, la plus naïve créature qui soit tombée comme une fleur du ciel, qui vient chez moi, en cachette, n'exige ni correspondance, ni soins, et qui dit : "Aime-moi un an ! Je t'aimerai toute ma vie." »

L'enfant naquit le 4 juin 1834. C'était une fille. On lui donna le prénom de sa mère, Marie ; et elle porta, comme il était normal, le nom de son père putatif, c'est-à-dire du mari de sa mère (*Pater is est quem nuptiae demonstrant*). Elle mourut presque centenaire, en 1930, à Nice. Il convient d'observer : 1° que le père putatif pouvait bien être aussi le père réel, Balzac n'ayant évidemment pas d'autres assurances là-dessus que celles que lui donnait son amie ; 2° qu'il annonçait sa future paternité près de huit mois à l'avance ; 3° qu'il n'agira pas autrement, durant toute sa carrière de romancier, lorsqu'il déclarera « achevés » des romans tout juste conçus.

Le texte de la dédicace n'en demeure pas moins énigmatique. L'hommage presque mystique de l'auteur à Maria, qui enfantait la fille tandis que lui-même enfantait l'œuvre, est, certes, touchant; mais on n'aperçoit guère de ressemblances possibles entre Maria du Fresnay et Eugénie Grandet, à moins que le mot «portrait» ne désigne ici qu'un portrait physique; encore celui-ci ne serait-il pas uniformément flatteur pour Maria. Peut-être faut-il plutôt rapprocher la constance d'Eugénie et la phrase de Maria que Balzac rapportait à Laure: «... Je t'aimerai toute ma vie.» Au demeurant, Mme Hanska se montrant fort attentivement jalouse, il se peut que Balzac ait pris soin de rédiger sa dédicace de 1839 en des termes ésotériques.

Du texte même de cette dédicace M. Roger Pierrot a pertinemment rapproché la phrase suivante d'une lettre du 9 avril 1843 de Balzac à Mme Hanska: «Je viens de renouveler le rameau de buis bénit qui se trouve à ma glace à la hauteur de votre profil, et qui le protège.» C'est là un nouvel exemple des équivoques délibérées dont fait état notre Notice.

ANNEXES

Il se rencontre au fond des provinces quelques têtes dignes d'une étude sérieuse, des caractères pleins d'originalité, des existences tranquilles à la superficie, et que ravagent secrètement de tumultueuses passions; mais les aspérités les plus tranchées des caractères, mais les exaltations les plus passionnées finissent par s'y abolir dans la constante monotonie des mœurs. Aucun poète n'a tenté de décrire les phénomènes de cette vie qui s'en va, s'adoucissant toujours. Pourquoi non? S'il y a de la poésie dans l'atmosphère de Paris, où tourbillonne un *simoun* qui enlève les fortunes et brise les cœurs, n'y en a-t-il donc pas aussi dans la lente action du *sirocco* de l'atmosphère provinciale qui détend les plus fiers courages, relâche les fibres, et désarme les passions de leur *acutesse*? Si tout arrive à Paris, tout passe en province; là, ni relief ni saillie; mais là, des drames dans le silence; là, des mystères habilement dissimulés; là, des dénouements dans un seul mot; là, d'énormes valeurs prêtées par le calcul et l'analyse aux actions les plus indifférentes. On y vit en public.

Si les peintres littéraires ont abandonné les admirables scènes de la vie de province, ce n'est ni par dédain ni faute d'observation; peut-être y a-t-il impuissance. En effet, pour initier à un intérêt presque muet, qui gît moins dans l'action que dans la pensée; pour rendre des figures, au premier aspect peu colorées, mais dont les détails et les demi-teintes sollicitent les plus savantes touches du pinceau; pour restituer à ces tableaux leurs ombres grises et

leur clair-obscur ; pour sonder une nature creuse en apparence, mais que l'examen trouve pleine et riche sous une
écorce unie, ne faut-il pas une multitude de préparations,
des soins inouïs, et, pour de tels portraits, les finesses de la
miniature antique ?

La superbe littérature de Paris, économe de ses heures,
qu'au détriment de l'art, elle emploie en haines et en plaisirs, veut son drame tout fait ; quant à le chercher, elle n'en
a le loisir à une époque où le temps manque aux événements ; quant à le créer, si quelque auteur en émettait la
prétention, cet acte viril exciterait des émeutes dans une
république où, depuis longtemps, il est défendu, de par la
critique des eunuques, d'inventer une forme, un genre, une
action quelconques.

Ces observations étaient nécessaires, et pour faire
connaître la modeste intention de l'auteur, qui ne veut être
ici que le plus humble des copistes, et pour établir incon-
testablement son droit à prodiguer les longueurs exigées
par le cercle de minuties dans lequel il est obligé de se
mouvoir. Enfin, au moment où l'on donne aux œuvres les
plus éphémères le glorieux nom de *conte*, qui ne doit
appartenir qu'aux créations les plus vivaces de l'art, il lui
sera sans doute pardonné de descendre aux mesquines
proportions de l'histoire, l'histoire vulgaire, le récit pur et
simple de ce qui se voit tous les jours en province.

Plus tard, il apportera son grain de sable au tas élevé par
les manœuvres de l'époque ; aujourd'hui, le pauvre artiste
n'a saisi qu'un de ces fils blancs promenés dans les airs par
la brise, et dont s'amusent les enfants, les jeunes filles, les
poètes ; dont les savants ne se soucient guère ; mais que,
dit-on, laisse tomber de sa quenouille, une céleste fileuse.
Prenez garde ! Il y a des *moralités* dans cette tradition
champêtre ! Aussi l'auteur en fait-il son épigraphe. Il vous
montrera comment, durant la belle saison de la vie, certaines illusions de blanches espérances, des fils argentés
descendent des cieux et y retournent sans avoir touché terre.

POSTFACE DE 1833 (SUPPRIMÉE EN 1843)

Ce dénouement trompe nécessairement la curiosité.
Peut-être en est-il ainsi de tous les dénouements vrais. Les

tragédies, les drames, pour parler le langage de ce temps, sont rares dans la nature. Souvenez-vous du préambule. Cette histoire est une traduction imparfaite de quelques pages oubliées par les copistes dans le grand livre du monde. Ici, nulle invention. L'œuvre est une humble miniature pour laquelle il fallait plus de patience que d'art. Chaque département a son Grandet. Seulement le Grandet de Mayenne ou de Lille est moins riche que ne l'était l'ancien maire de Saumur. L'auteur a pu forcer un trait, mal esquisser ses anges terrestres, mettre un peu trop ou pas assez de couleur sur son vélin. Peut-être a-t-il trop chargé d'or le contour de la tête de sa Maria ; peut-être n'a-t-il pas distribué la lumière selon les règles de l'art ; enfin, peut-être a-t-il trop rembruni les teintes déjà noires de son vieillard, image toute matérielle. Mais ne refusez pas votre indulgence au moine patient, vivant au fond de sa cellule ; humble auteur de la *Rosa Mundi*, de Marie, belle image de tout le sexe, la femme du moine, la seconde Eva des chrétiens.

S'il continue d'accorder, malgré les critiques, tant de perfections à la femme, il pense encore, lui jeune, que la femme est l'être le plus parfait entre les créatures. Sortie la dernière des mains qui façonnaient les mondes, elle doit exprimer plus purement que toute autre la pensée divine. Aussi n'est-elle pas, ainsi que l'homme, prise dans le granit primordial, devenu mol argile sous les doigts de Dieu ; non, tirée des flancs de l'homme, matière souple et ductile, elle est une création transitoire entre l'homme et l'ange. Aussi la voyez-vous forte autant que l'homme est fort, et délicatement intelligente par le sentiment, comme est l'ange. Ne fallait-il pas unir en elle ces deux natures pour la charger de toujours porter l'espèce en son cœur ? Un enfant, pour elle, n'est-il pas toute l'humanité !

Parmi les femmes, Eugénie Grandet sera peut-être un type, celui des dévouements jetés à travers les orages du monde et qui s'y engloutissent comme une noble statue enlevée à la Grèce et qui, pendant le transport, tombe à la mer où elle demeurera toujours ignorée.

DU MÊME AUTEUR

Dans la même collection

COLLECTION FOLIO

Composition Interligne.
Impression Société Nouvelle Firmin-Didot
à Mesnil-sur-l'Estrée, le 26 février 2008.
Dépôt légal : février 2008.
1ᵉʳ dépôt légal dans la collection : avril 1999.
Numéro d'imprimeur : 89308.

ISBN 978-2-07-040928-0/Imprimé en France.